谨以此书向改革开放40周年献礼

改革开放以来，一大批优秀企业家在市场竞争中迅速成长，一大批具有核心竞争力的企业不断涌现，为积累社会财富、创造就业岗位、促进经济社会发展、增强综合国力作出了重要贡献。营造企业家健康成长环境，弘扬优秀企业家精神，更好发挥企业家作用，对深化供给侧结构性改革、激发市场活力、实现经济社会持续健康发展具有重要意义。

——《中共中央 国务院关于营造企业家健康成长环境
弘扬优秀企业家精神 更好发挥企业家作用的意见》

江西省民营经济研究会 组撰

陈东旭

# 当代赣商

许林 著

江西人民出版社
Jiangxi People's Publishing House
全国百佳出版社

江西东旭投资集团有限公司园区俯瞰图

# 总序

以党的十一届三中全会召开为重大标志，中国改革开放的大幕徐徐拉开，一个波澜壮阔的伟大时代奔涌向前。

时代宏音犹在耳际，改革开放的伟大进程已经走过了整整四十个年轮。

四十年来，民营经济从无到有、由弱而强，写就了我国经济社会发展中令人瞩目的辉煌篇章。改革开放的历史，在某种意义上就是一部民营经济发展壮大的历史。

企业是市场的重要主体，企业和市场的发展都有赖于创新实干的企业家精神。这种精神是企业成长的原动力，也是发展社会主义市场经济最为宝贵的稀缺资源和强大竞争力。习近平总书记指出："全面深化改革，就要激发市场蕴藏的活力。市场活力来自于人，特别是来自于企业家，来自于企业家精神。"

改革开放以来，党中央、国务院和社会各界一直高度重视对企业家的培育和鼓励。进入新时代，培育好企业家队伍，弘扬好企业家精神，已经成为坚持和发展中国特色社会主义的重大选择。2017 年，在中央全面深化改革领导小组第三十四次会议上，习近平总书记又指出："企业家是经济活动的重要主体，要深度挖掘优秀企业家精神特质和典型案例，弘扬企业家精神，发挥企业家示范作用，造就优秀企业家队伍。"2017 年 9 月，中共中央、国务院发布《关于营造企业家健康成长环境　弘扬优秀企业家

精神　更好发挥企业家作用的意见》，这是中华人民共和国成立以来中央首次以专门文件明确企业家精神的地位和价值。

伟大时代对企业家地位和企业家精神的充分肯定，不仅促使中国民营经济在发展的过程中涌现出一大批优秀企业家，为企业发展开辟了广阔天地，更赋予了企业家奋力开创事业的强大力量。

伟大的时代也使江西民营经济如沐春风。在历届江西省委、省政府的领导下，江西民营经济迅猛发展，如今已占据全省经济的"半壁江山"。民营经济现已成为江西市场经济中最有活力、最具潜力、最富创造力的主体，成为推动江西省加速崛起的主力军、改革开放的主动力、增收富民的主渠道。伴随着江西民营经济的发展，在江西这片红土地上，一批创业先行者以敢为人先的勇气汇入了时代洪流。他们顺应时代发展，勇于拼搏进取，艰苦创业，锐意奋进，在伟大时代的进程中成就了人生事业的精彩。同时，在企业不断发展的进程中，他们积极履行社会责任，把企业的发展和社会责任的履行自觉统一起来，展现出企业家良好的时代精神风貌。

抚今追昔，我们在被当代赣商精神感染的时候，不由想起了以敢为人先、艰苦创业、义利兼顾等商业精神与商道品格著称的江右商帮，并深切地感受到赣商精神的传承和发扬光大。江右商帮曾纵横中华商界九百年，明清时期达到鼎盛，以人数之众、操业之广和讲究贾德著称于世，与晋商、徽商等并列为中国古代十大商帮。

历史深处有未来。

任何一个国家的崛起，都是政治、经济、文化、科技等领域的整体崛起。对社会发展和人类文明进步作出杰出贡献的代表者，历史总是以铭记的方式表达着敬意，其卓越贡献与思想精神的不断衍续，也成为永远闪耀于历史长空的精神启迪之星。

然而纵观历史，人们不难发现这样一个事实：青史留名的历史卓越贡献者多为思想家、文学家与科学家；而对社会物质文明进步作出了巨大贡献的企业家，在浩瀚的历史著述中却寥寥无几。

商道长河谁著史。

正是基于这一视野高度，江西省工商联（总商会）在雷元江主席领导下，于 2014 年研究重塑赣商大品牌、引领赣商新崛起的工作部署，把发掘、传承、弘扬江右商帮精神和树立新时代赣商文化自信紧密结合。具体而言，就是把历史上誉满华夏的江右商帮和改革开放进程中稳健崛起的新时代赣商群体整体纳入历史与现实的宏大视野，把传承与弘扬赣商精神作为立意高远方向，把激励赣商群体在改革开放新阶段更加奋发有为作为新起点，着力开创赣商在改革开放新阶段、新时代的大发展格局。

在此过程中，雷元江同志又进一步提出，激励赣商群体在改革开放新阶段更加奋发有为，不但要体现于财富创造上，而且要体现于精神风貌上。他强调在打造同心谷·赣商之家（商联中心）物质载体大厦的同时，还要打造一座赣商精神载体大厦，把改革开放以来赣商与时代脉搏同跃动、共奋进的壮怀激烈创业历程与精神风采真实完整再现出来，汇聚成一部宏大的赣商创业奋进史。由此，形成了组织撰写《当代赣商》大型报告文学丛书的整体创作构想。

在雷元江主席的直接领导和悉心指导下，这部体制宏大的报告文学系列丛书作品，选取一批在改革开放进程中敢为人先、勇于探索、成就大业且具有深厚家国情怀的优秀企业家作为赣商杰出代表，每位企业家自成一卷，以报告文学的形式再现他们的创业历程，展现他们的商业智慧、商道品格和人生情怀。其全部的归旨，就在于忠实呈现改革开放四十多年来的宏大赣商人物志与奋进史。

从 2014 年至 2017 年，《当代赣商》大型报告文学系列丛书的组织撰写工作展开样本创作。在形成蓝本的基础上，于 2018 年正式全面展开。

《当代赣商》大型报告文学系列丛书的组撰工作，既为改革开放进程中崛起的赣商群体著录了宏大创业史，同时也与江西省工商联（总商会）

部署实施的《赣商志》《赣商会馆志》《江右人家》《历史的铭记》等编撰创作，共同构建起一部完整而宏大的赣商发展传承史，矗立起一座赣商文化精神大厦。

为改革开放进程中的赣商群体著录宏大创业史，本就是一项具有开创性的工作。更为重要的是，在新时代大力弘扬优秀企业家精神的主旋律中，构建赣商文化精神大厦这一深远立意，又赋予了《当代赣商》大型报告文学丛书深刻的历史与现实意义。

赣商尤其是以江西知名民营企业家为代表的优秀赣商，他们以与江右商帮一脉相承的艰苦创业、义利兼顾精神，在开拓奋进、勇于担当中积淀了宝贵经验和深厚感召力，厚德实干、义利天下是当代赣商最明显的特征。因此，本丛书的出版，必将汇聚成激励和引导广大江西非公经济人士健康成长的强大正能量。

在改革开放的新时期，江西省工商联（总商会）在引领赣商奋发有为、再创新辉煌的整体谋划部署中，通过赣商精神大厦的打造，也必将为全体赣商在新的奋进征程中注入强大动力。

《当代赣商》大型报告文学丛书在江西省工商联（总商会）的领导部署下，由江西省民营经济研究会承担组织撰写和出版工作。其间，得到了各级领导的大力支持和热情指导，作者们付出了大量心血，在此一并表达诚挚感谢！

江西省民营经济研究会

2018 年 5 月 28 日

# 目录

# 概述

一

1995年岁初，春寒料峭的一个深夜。

在繁星闪烁的夜空映衬之下，江西省新余市第一中学偌大的校园里，显得格外空旷而静谧。

此时，学校的师生们早已熄灯就寝，而位于校园一隅的教师宿舍区，有一间教师宿舍窗户透出的灯光，将房间里一位青年教师全神贯注伏案工作的身影，清晰地映照在明净的窗户玻璃上。

夜阑灯下，那位青年教师正潜心研读着一本书。其间，他不时地用笔在书的字里行间画出重点或是注写着眉批，他俊朗的脸庞上始终凝聚着深思的神情，完全不知晓夜已深沉。

那位青年教师潜心研读的，是一本由广西博白县中学编写的高三年级物理学科辅导书，书名为《高中物理导学与针对训练》。

彼时，这位青年教师正任教新余市第一中学高三年级的物理课程。

"既然当老师，那就要当一名优秀的老师！"正是抱定这样的目标追求，在1990年从江西师范大学物理系毕业分配到新余市第一中学担任物理教师以来的5年时间里，这位青年教师不但以优秀的教学成绩赢得了全校师生的一致认可与敬意，而且，他对教学方法创新研究始终投以极大的热情，由此也深得学校领导的赞赏。

短短几年时间，这位青年教师已成为新余市第一中学物理教师中优秀的骨干教师之一。因此，从几年前起，他就开始连年担任学校高三年级物理课程的把关教师。

这位青年物理教师，就是陈东旭。

1990 年 9 月，从江西师大物理系毕业分配至新余一中任教的陈东旭，走上三尺讲台，翻开了他人生事业的崭新篇章。正是在那时，他在心底撰写下了自己所追求的明确目标——做一名优秀的物理教师，而不是一位合格的"教书匠"。

为此，从走上三尺讲台的那一天开始，陈东旭就一直在为实现这一目标而潜心努力、钻研不辍，也取得了为全校师生和学校领导认可的成绩。

新余一中的老师们逐渐发现，外表儒雅而谦和的陈东旭，在浑身透出的书卷气中，还有着激情、执着与韧劲。

其实，那是涌动在心底强烈的人生追求和青春激情，赋予了陈东旭特别的气质。

"不仅要让自己的学生们学得好，更要让学生们学得轻松。"这就是陈东旭要在自己的教学过程中去努力实现的境界目标。而同样的，他也一直在努力探求，让自己在教学过程中如何教得轻松——让老师教得轻松，是他执着探索的教学境界的另一大目标。

对于后来陈东旭在物理教师队伍中的脱颖而出，新余一中的校领导与同事们都深知，在很大程度上，正是来自于他对"让老师更轻松地教，让学生更有效地学"这一教学理念的大力推崇。而最难能可贵的是，陈东旭始终在教学理论的学习与自己的教学实践中孜孜以求地朝着这一方向探索。

事实上，陈东旭的这一实践探索极为不易，付出的艰辛鲜为人知。寒来暑往的多少个夜深人静的夜晚，陈东旭常常是聚精会神地伏案研读思考，宿舍窗户透出的灯光，见证了他为此付出的艰辛与努力。

再回到 1995 年那个春寒料峭的深夜。

显然，陈东旭被案头那本《高中物理导学与针对训练》中的内容深深吸引了，以至于一连多个晚上，他都在仔细研究这本教辅书，直至夜深人静。

自几天前得到这本教辅书之后，陈东旭很快发现，这本书无论是单题的解题思路还是整体知识点的贯通讲解，都那样让人豁然开朗。循着这本教辅书中的解题思路和各个章节知识点的讲解方法，陈东旭仿佛真切感受到，自己曾一直渴望实现的教学境界在这本书中得以呈现。

"这样的教辅书，才是真正让老师的教学变得轻松、让学生的学习变得轻松的好教辅书，这也是自己一直在寻找的好教辅书！"在对广西博白县中学编写的这本《高中物理导学与针对训练》进行深入的探析过程中，陈东旭为自己能得到这样一本教辅书而惊喜、庆幸！

继而，一个大胆的设想在陈东旭脑海中闪现——为什么自己不能按照广西博白县中学编写的这本《高中物理导学与针对训练》的思路，编写出包括高中各个学科在内的一整套教辅书来呢？如果是这样，那将让新余市一中全校、江西全省和全国所有中学的多少教师和学生从中受益！

这样的念头一经萌发，竟开始在陈东旭脑海里整日萦绕，继而逐渐酝酿、丰富和成熟起来。

陈东旭越来越清晰地意识到，这个念头已让自己欲罢不能。

人们不曾想到，这个在人们眼里充满着书卷气、对三尺讲台眷恋情深的优秀青年教师，在产生要编写出优秀教辅资料的这个设想之后，他的未来人生事业方向就此将发生重大转折。

人们更没有料到的是，正是这一次人生事业方向的转折，日后成就了一位在江西与全国民营图书出版领域具有深远影响力的优秀民营企业家。

一个人一旦拥有了更为高远目标的追求，往往也就在不经意间打开了通往自己崭新事业天地的一扇门。尽管他自己在当时并不曾意识到这一点。

陈东旭又何曾意识到，他在不经意间走向的，正是改革开放后蓬勃兴起的中国民营出版业的广阔发展天地。在教辅类书籍渐向繁荣的发展过程中，他从一本好教辅书对于自己推崇的"让老师更轻松地教，让学生更有效地学"这一教学理念的启示中，偶然之间所触摸到的，竟是改革开放进程中催生并强劲崛起的一个崭新行业——民营教辅类资料图书快速萌发兴起的大好春天！

多年以后，当陈东旭忆起自己创业成功的源起，深情地说道："江西金太阳教育的快速崛起直至后来朝向多元化产业方向强劲发展，是自己与公司全体同仁们靠着坚实努力一步步走出来的。然而，这一切成功的机遇，却是改革开放进程中全国民营书业崛起所赋予的。"

陈东旭庆幸，自己抓住了这一机遇！

1996年，陈东旭果敢作出了辞去教师公职、下海创业的决定——他要专心编写像广西博白县中学那本《高中物理导学与针对训练》一样的系列优质教辅书，以实现自己推崇的"让老师更轻松地教，让学生更有效地学"的目标。

内心里对三尺讲台充满着无尽眷恋的陈东旭，在领导与同事们鼓励但更多还是难以理解的目光中，毅然辞去了教师公职，离开了自己曾挥洒青春激情与汗水的新余市第一中学。

陈东旭深知，他辞职下海的目的，决不仅仅只是为了赚钱。即便就算是这个目的，对他而言，当时的一切都还只是充满着未知的一个美好愿望而已。但是，陈东旭却为实现心中"让老师更轻松地教，让学生更有效地学"这一目标，义无反顾地作出了辞去教师公职的决定。

而后来，人们在对陈东旭之所以能抓住机遇，成就人生事业的解读中，总结出了这样的深刻感悟——只有为认定的目标矢志不渝的拓荒者，才有敢为人先的勇气，从而抓住改革开放时代大潮中行业发展初春里的先机！

辞职后的陈东旭，最初是自己一个人，后来和几位志同道合的伙伴，起初在新余市后来又到吉安市与吉安一中合作，成立起《名校·名师·名作》丛书编委会，开始了《名校·名师·名作》系列丛书的编撰工作，就这样迈出了他艰难却自信的创业步伐。

今天回望，陈东旭创业初期何其艰难不易。

对于陈东旭而言，创业之初除了白手起家的种种现实困难，还有那些面对前路时的迷惘坚守——当他历经千辛万苦，组织全国200多所重点中学的优秀教师编写出《名校·名师·名作》丛书之后，市场却反应漠然——书卖不出去，这就意味着，接下去的路举步维艰。

然而，心里充满了激情、装满了理想的陈东旭，无论历尽怎样的艰难却依然信念坚定。即使是在最迷茫黯淡的日子里，陈东旭也从未轻言放弃。

陈东旭坚信，他认定的目标领域里必有一方广阔的事业天空！

经过反复思索，陈东旭想出了一条全新的思路——汇聚全国各地优秀中学的名校，编写一套高质量的高三年级模拟试卷，组织"高三全国大联考"，让全国各地的师生们先了解自己和《名校·名师·名作》编辑委员会，继而再销售《名校·名师·名作》这套丛书。

最终，第一套汇聚全国7所著名重点中学名师资源的高三模拟试卷成功出齐，"高三全国大联考"顺利组织进行。

1997年上半年，首批参加"高三全国大联考"的全国各地中学学生达到20多万人。"高三全国大联考"无论在内容上还是形式上极具开创性，迅速在江西全省、继而在全国各地的中学引起强烈反响。

之后，全国各地中学参加"高三大联考"的高三年级学生人数，以令人惊叹的速度增长：第二次"高三全国大联考"，参加的学生人数达到了70多万；第三次、第四次超过了100万；第五次"高三全国大联考"，参考学生人数又突破了120万……

"高三全国大联考"一举成功，陈东旭终于迎来了创业的转机！

陈东旭以执着和智慧，终于叩开了步入成功的第一道大门，《名校·名师·名作》系列丛书开始畅销全国各地。

与此同时，借助于"高三全国大联考"取得的成功，陈东旭不失时机地研发延伸新的教辅产品，"高三模拟卷"和"各学科单元卷"等试卷的销售量在 100 万套以上。1998 年，陈东旭又策划了全国首套高三年级"重组卷"，又随即成为全国各地中学竞相使用的高考复习首选测试卷。

围绕高考各科考试做精、做深文章，避开与当时种类繁多的"同步训练"竞争，从这一差异化竞争的角度打开进入教辅行业领域的路径，让陈东旭终于找到了成功的方向。

2000 年，陈东旭作出了一个大胆决定——到江西省会城市南昌成立一家教育研究机构。由此，陈东旭从江西吉安走向了江西南昌，掀开了他立足江西省会城市南昌、环视全国市场的事业蓝图。

2001 年，江西金太阳教育研究有限公司成立。

在江西金太阳教育创始期间，通过策划一系列深受广大师生欢迎的教辅书籍并顺利推向市场，江西金太阳教育逐步形成了独具特色而又种类丰富的教辅书籍产品。在这一过程中，江西金太阳教育成功实现了从单一试卷向多种教辅产品的发展。

更为关键的是，始终专注于教辅类书籍的研发和策划，又奠定了江西金太阳教育在全国民营教辅类图书领域的品牌地位。

在蓬勃发展的全国民营书业领域，江西金太阳教育开始崭露头角，知名度和美誉度不断提升。与此同时，陈东旭也逐渐成为中国民营书业领域举足轻重的人物。

2002 年，江西金太阳教育策划的系列教辅图书，被中国教育咨询公司评为全国教育图书十大品牌之一；

2003 年，陈东旭被《中国图书商报》评选为中国教辅类图书品牌十大策划人之一；

2004 年，中华全国工商业联合会、中国民营科技实业家协会联合授予陈东旭"中国优秀民营科技企业家"荣誉称号；

2006 年，中华全国工商业联合会授予江西金太阳教育"全国民营企业文化建设先进单位"荣誉称号；

2006 年，陈东旭被中国企业家协会评为"中国优秀企业家"；

从 1996 年到 2006 年，在十载风雨兼程的创业时光中，陈东旭带领着他的江西金太阳教育卓越团队，创造出了业界一个又一个传奇，记录着江西金太阳教育发展历程中一页又一页辉煌发展的篇章。

十年书写的精彩开篇，激发了陈东旭更为磅礴宏远的壮志雄心，他意在登顶全国民营教辅行业的高峰！

历经新世纪最初几年的发展，全国民营书业迎来了更为广阔的发展天地，比如总发行权的逐步放开、多层次教辅图书市场的形成等。但同时，对全国民营书业企业而言，也面临着更多的挑战。

陈东旭再一次抓住了机遇，勇于面对挑战，引领江西金太阳教育驶入了发展的快速道。

2008 年，江西金太阳教育获得国家新闻出版总署颁发的出版物国内总发行权，成为江西省第一家获得出版物总发行资格的民营企业。同年，江西金太阳教育又承接了《当代中学生报》的总策划和发行，引入电话营销模式，当年就取得了超过 20 万份发行量的奇迹。

任何一次教育改革，都必然要选准教学改革为切入口。

2008 年前后，随着新课标改革在全国广泛实施，教学改革为教辅市场又带来了机遇。对此，陈东旭又敏锐意识到了巨大的商机。

2009 年，江西金太阳教育专门策划的《金太阳导学案》成功上市。为了服务于《金太阳导学案》的推广，江西金太阳教育还成功创新了"专家理念引领＋示范课现场指导"的推广模式，使金太阳教育实现服务升级，并构建起金太阳教育的核心竞争力。

《金太阳导学案》以其理念创新、策划科学、操作方便，得到了全国各地广大师生的普遍肯定和广泛赞誉。教育部基础教育课程改革专家组有关负责人专门为《金太阳导学案》作序，将其称之为"新课标理念实施的旗帜，导学案课程设计的典范性蓝本"。

2010 年，在全国民营出版业普遍低迷的市场环境下，教辅产品竞争空前激烈。然而，江西金太阳教育却实现了 60% 以上的增长，年销售教辅图书达 11 亿码洋，成为了全国民营教辅图书行业中最具活力的企业之一，跻身于全国一流民营书业的行列。

2012 年，江西金太阳教育再次取得了跨越式发展，教辅产品实现了全国销量第一。

江西金太阳教育的快速壮大与稳健崛起，逐渐引起全国民营图书出版界的极大关注，尤其是其在全国民营图书界异军突起的卓越品牌影响力，更是被业界誉为"金太阳现象"。

在一步步走向中国民营图书业大舞台，立于聚光灯中心位置的过程中，陈东旭也成为备受业界瞩目的领军式人物。

二

春耕夏耘，秋收冬享。

江西金太阳教育已在教育文化产业领域硕果累累，领跑行业前列。然而，陈东旭却没有满足于已取得的事业成果，在有了一定的积累和沉淀后，他又开始思考企业未来更为宏远发展的走向。

陈东旭的这一谋局视野和思维之变，萌发于 2008 年。

而这一年，也正是中国民营书业发展悄然发生深度嬗变——整个行业发展渐呈"天花板"之势的重大时间节点。

任何一个企业在行业发展壮大的过程中，都会面临同样的问题。当整个行业发展呈现出不可逆的式微大势时，企业该如何继续做强做大？

一般而言，企业做大做强有两条基本路径：要么走专业化发展路径，要么走多元化发展路径。

就在为人生事业寻求打开更加广阔的发展天地过程中，陈东旭的视线渐渐越过教辅图书出版营销领域，投向了多元化发展领域。在他看来，产业多元化发展路径也是江西金太阳教育摆脱民营书业发展"天花板"制约的必经之路，同时又是谋求更为广阔事业天地的现实路径。

"人生天地间，各自有禀赋，为一大事而来……"教育家陶行知先生的名言，曾无数次叩动着陈东旭的内心，并在他胸中激荡起无限的豪迈之情。

依然是梦想的力量，再次激发出陈东旭立于更为高远层面上对于人生追求的界定，赋予了陈东旭实现更为宏大的人生与事业目标的信心和勇气！

"立足教辅类图书出版行业，进而稳健向其他产业发展。"至此，陈东旭开始将未来的事业发展产业版图，由教育产业向地产、市政工程、金融及投资产业领域逐步拓展。

2009年，陈东旭同时选定进军发展潜力巨大的房地产和市政领域，着力将企业从单一业务公司推向多元化经营、集团化管理的综合型集团公司。

2010年，东旭投资集团（简称东投集团）应运而生。

集团公司的成立，是为了担负单个公司无法担负的责任，是为了解决单个公司无法解决的问题。更重要的是，集团是一个平台，是人才发展的平台，是资金运营的平台，是战略谋划的平台。

陈东旭期待实现人生事业更大的抱负——以东投集团公司为平台，以教育文化产业为基石，以资源型新产业为突破，实业与投资并重，在一定的时期内，将东投集团打造成一个在国内有重大影响力的综合型集团公司。

从在抚州市成功开发的第一个楼盘和市政工程项目为发端，东投集团快速走向江西和全国各地，先后在江西省内和湖北、河南等外省投资开发多个楼盘和市政工程项目，这些项目无一例外都获得了极大成功。

房地产业和市政工程领域取得的快速发展，让东投集团企业实力不断增强，企业体量迅速扩大。

在这一轮被界定为产业重新定位的发展过程中，陈东旭所展现出的非凡胆略和宏大视野，无不令人惊叹！

而在教辅书籍和教辅报刊领域，又经数年的努力，《当代中学生报》的单期发行量已突破 1400 万份，创造了中国教辅类报刊和学习读物单期订阅发行量的全国之冠，被业界誉为"全国中学学习类报刊百花园中的一朵奇葩"！

在"助力课改，为基础教育提供核心价值与整体服务"新理念大方向下，江西金太阳教育创新研发的《金太阳导学案》，构建了覆盖全国中学的"全国教育局长论坛"、"全国中学发展论坛"、"全国名师大讲堂"、"全国名校俱乐部"、"全国中学课改联盟"，架起了联通全国各地中小学校的桥梁。

2012 年，江西金太阳教育年度发行码洋达到 13.5 亿元，列《中国新闻出版报》民营书业年度销量排行榜的第一位。

2014 年，江西金太阳教育年度发行码洋达到 16.8 亿元，已占江西省民营发行总量的三分之一强，跃升为中国民营书业领域中当之无愧的领军企业。

"我们的产业多元化方向，从一开始就定位于依靠创新引领发展的方向。"为了进一步推动江西金太阳教育的产业创新、产业升级和持续发展，2013 年和 2014 年，陈东旭先后提出了"名校金太阳"和"金太阳教育社区"战略。

"名校金太阳"战略的基本模式，即通过 PPP 模式或公办民助、民办公助、公办民营等模式，合作办学，推动教育发展和名校建设。"名校金太阳"战略的基本理念是，是"让学生成才，让教师成长，让学校成名，让教育成功"。

"金太阳教育社区"战略，开创了中国养成教育的新模式。其宗旨，是打造一个孩子们放学之后快乐学习的场所、健康成长的场所、交友互助的场所和社区型家庭教育中心。"金太阳教育社区"战略，得到了共青团中央"全国青少年活动中心"和江西省、南昌市政府的重视与支持，这不仅将成为金太阳教育的重大产业板块，而且将成为具有重大意义的社区事业。

此外，在互联网浪潮迅猛发展的大趋势下，陈东旭以前瞻性目光推动江西金太阳教育实施"互联网+"转型，立足于为老师"教"和"学"服务，打造"好教育平台"等新兴教辅产品，广受全国各地师生欢迎。

··········

在短短几年的多元化发展过程中，东投集团已逐步形成了教育文化、地产市政、市政工程三大支柱产业。

身处这个时代，创新是任何一个企业都无可回避的主题。

创业以来，陈东旭稳健经营发展却从不失创新精神。他深知，创新是企业发展的不竭动力。

但这一次创新，陈东旭最终确定了在集团三大支柱产业优势融合的基础上，开启东投集团全面深度的融合创新。

2014年，东投地产开始尝试向教育地产转型，以"名校学区房+教育社区"模式在"东投阳光城"项目试水。2014年，东投教育地产模式获得湖北省阳新县政府青睐，从而在众多竞争者中脱颖而出，获得了阳新总面积1600多亩的"教育城"+"太阳城"的建设开发项目。

事实证明，陈东旭借助于企业多年教育文化产业深厚积淀基础上实施的融合创新，又一次成功找准了市场的需求点。

旨在打造中国最大"教育社区"的"太阳城"项目，首个地块自2015年7月启动，在整个地产业处于市场低迷，三四线地产一片"红海"的背景之下，一期项目开盘当天，创造1061套房子在24小时内被抢购一空的奇迹。

与此同时，到 2016 年，融合创新之下的金太阳教育、教育地产和市政工程三大支柱产业发展，开始全面发力，产业爆发式增长点与发展新亮点一次次刷新以往发展业绩，令业界为之震撼，让东投人为之振奋！

2016 年，陈东旭迎来了他创业二十周年的重要年份。

在以此为起点，迈向更为深远的未来发展征程中，陈东旭再一次制定了东投集团宏伟的发展目标——做百年企业！

追梦者的脚步永远不会停止，时光将见证他们成就人生事业的荣光梦想。

"当你爬上一个山头，往前一看，前面还有更高的一个山头。再爬过一座山，到前面一望，还有一座高山，所以说山是没有止境的，我们一直都在爬山，不爬完你看到的山，你就不会罢休。"一直以来，陈东旭内心对充满激情的企业家精神推崇备至。

在陈东旭的宏大视野中，东投集团已迈出了向新的发展目标前行的步伐，东投集团未来的发展前景令人充满憧憬，同时也将面临无数挑战。

为此，陈东旭壮志满怀，他说，在新一轮创业的奋进前行中，自己和东投集团的全体同仁当奋勇拼搏！

三

社会公众视野里的陈东旭，无论是待人接物还是运筹帷幄中抓商机，都尽显儒雅沉稳的气质。然而，凡与陈东旭在交往过程中渐成相知的人都深知，在陈东旭内心深处，奔涌着豪迈激情。

"在畅谈人生理想时的动情之处，他会率真质朴地袒露自己对人生精彩有为的渴望。在对人生价值的深邃思考中，他会将自己对卓越人生的崇尚之情表达得酣畅淋漓。"陈东旭内心深处磅礴大气的性格，正是深刻体现于他对"人生当有大作为"这一价值目标的追求之中。

初为人师不久，陈东旭情感深处的这种崇尚，随着他事业的不断发展壮大而逐渐变得越来越热切。

卓越人生最为重要的要义之一，在于一个人对于社会价值的体现。

这是陈东旭内心崇尚的人生价值目标。

他更是把实现这一人生价值目标内化为自己的实际行动。

从创业初成时起，陈东旭就开始用真情善举默默践行自己这样的人生信条——向贫困地区学生捐赠"金太阳"系列图书，资助贫困学子完成学业，向希望工程捐款捐物，积极参与社会救灾……

从1998年到2010年前后，陈东旭以个人或江西金太阳教育名义投向各项社会公益慈善方面的款物价值已近千万元。

2012年前后，随着企业实力的稳步强实，关于自己个人与企业之于社会责任更多担当的深切思索，开始一次次涌动于陈东旭的内心之中。

在深思熟虑的过程中，一项酝酿缜密、立意深远的社会公益事业大项目计划，逐渐在陈东旭脑海中浮现——在未来若干年里，自己要在全国捐建一定数量的中学，以此作为自己人生价值追求的体现！

鲜为人知的是，陈东旭的这一社会公益事业目标，源于他当年大学求学时就悄然在心里立下的愿望。那时，陈东旭得知了邵逸夫先生在全国捐建逸夫楼的事迹，内心深受感染和震撼，期盼有朝一日自己也能像邵逸夫先生那样为社会作出贡献。

"东投集团已取得的良好发展，企业已具备的经济实力，为自己去实现更大社会公益目标的愿望提供了可能。"2012年，陈东旭认为，实现大学时代就已深藏于内心的期盼的条件与时机逐渐成熟了。

这是一项宏大的社会公益事业工程——项目在计划总捐助资金上，金额高达50亿元；项目在捐建的学校数量上，总计为100所；项目惠及地区由江西而及整个中部地区再向全国各地尤其是贫困落后地区分期逐步推进！

这一项目，陈东旭将其命名为东投集团未来发展中的"50100工程"，捐建的这100所学校，被统一命名为"金太阳实验学校"。

2014年1月7日，邵逸夫先生逝世的消息传来，陈东旭感到十分悲痛。为表达自己对邵逸夫先生的敬意，也为了表达自己教育报国的情怀，陈东旭决定，在2014年正式启动实施东投集团"50100工程"。

这一年，第一所"金太阳实验学校"落户南昌市桑海经济技术开发区，东投集团将在6年时间捐资2300万元，支持桑海中学创办名校。

在异常繁忙的事务状态下，陈东旭为"50100工程"的计划部署、实施推进和其中各种具体内容的严谨完善，投入了前所未有的热情与精力。

在陈东旭的情感深处，东投集团"50100工程"的正式启动实施，对于自己个人的创业和集团的发展历程而言，无疑都是一个里程碑式的重大事件。

因为，他整个的事业价值与人生追求，从此与博大的社会责任情怀紧紧相连在了一起。

2016年，第二所"金太阳实验学校"在湖北展开实施，2017年，河南省的"金太阳实验学校"也在规划当中。

…………

"时代赋予了我们更为广阔的事业天地，我当坚守人生的追求与信念，以百倍的努力去一步步实现理想目标。"在陈东旭心里，倾力于教育公益事业的投入除了源自于内心深处对人生价值的实现，还有深切真挚的感恩情愫。

这深切真挚的感恩情愫即是，改革开放赋予的机遇造就了自己的人生与事业，自己理所应当倾情倾力去回报国家社会！

# 第一章

## 青春逐梦年华

靠读书去改变命运，摆脱一辈子"面朝黄土背朝天"的生活，曾赋予无数农家子弟内心强大的奋争力量。

对于年少时的陈东旭而言，也同样是如此。

出生于江西省安福县农村贫寒农家的陈东旭，在年少时，就真切感受到了生活的艰辛，深深懂得父母的不易。

更为深切的是，年少的陈东旭体验到了农村劳作的重负。农村劳动强度大，他很小的时候就要帮家里做很多农活，特别是在"双抢"时节，他和父母一起早出晚归，抢种抢收，同进同出，当一个整劳力用。

"将来一定要走出农村去！"在艰苦生活和沉重劳作的磨砺中，年少时的陈东旭心底萌生了长大后要走出农村的强烈向往。他曾无数次地站在村头，或是在冬寒酷暑的劳作中，向着山村外面的世界充满了无限向往，他渴望自己将来长大后能走向山外的世界。

为此，少年陈东旭把"走出农村"的梦想深藏心底，发奋读书。他知道，只有靠勤奋读书方能走出农村，改变一辈子在农村种田的命运。

正是靠着心底这"读书才能改变命运、才能走出农村"的强烈信念，陈东旭的学习成绩从小学到高中都十分优秀。高中毕业时，他以优异的成绩考取了江西师范大学物理系。

大学毕业后，陈东旭分配到了江西省重点中学——新余市第一中学担任物理教师，实现了通过读书改变命运的愿望。

"要做一位优秀的老师，而不是一个合格的'教书匠'。"在三尺讲台的那方青春理想舞台，陈东旭以满腔热情和充满荣光的责任感，勤奋教学并深入钻研教学改革创新和实践。

几载春秋，陈东旭就成了新余市一中的一位优秀骨干青年教师。

从一位农家子弟到一位重点中学的优秀教师，陈东旭青春逐梦的脚步，始终充满着奋进与自信。

## 第一节　寒门学子早立志

"只有读书才能改变命运，也只有读书考出去，将来才能摆脱一辈子在家乡这偏远闭塞山沟种田的命运。"在陈东旭很小的时候，父母的这句话就深深刻印在了他的心底。

这也成了少年陈东旭心中唯一的奋争目标——靠读书考出去，走出偏远贫穷的山乡，改变一辈子种田的命运！

是的，对于20世纪七八十年代的贫寒农家子弟而言，靠读书改变命运，几乎就是他们心底共同的强烈信念和深切渴盼。

1968年，陈东旭出生于江西省安福县山庄乡的一个贫寒农家。

安福县山庄乡，是赣中南地区一个典型的丘陵山区。绵延百余里的山丘群岭，将这里的村落和外界一层层地隔断开来，直至1990年代末，这里也只有一条简易的砂石路通往外界，地理位置十分偏远而闭塞。

在20世纪六七十年代的中国农村，大多数的普通农家，都在为一家人能吃饱饭而终年辛苦劳作。而往往就是这样简单的愿望，不少农家也难以实现。

陈东旭家里的境况也大抵如此。

在陈东旭儿时的记忆里，父母终年在田间地头辛苦而沉重地劳作，而一家人的生活，也只能勉强维持能吃饱饭而已。

对于陈东旭而言，年少时心底萌生的靠读书将来走出农村去的强烈向往，还来自于对沉重劳作重负的深切体验。

农村劳动强度大，一年到头仿佛有干不完的活。

陈东旭很小的时候，就要帮家里干很多农活。后来，1980 年代初分田到户了，就更是如此，特别是在每年的"双抢"时节，十来岁的陈东旭和父母一起早出晚归，抢种抢收，同进同出，当一个整劳力用。

对清贫生活和艰苦劳作的切身体验，让年少的陈东旭在心底悄然萌生了长大后要走出农村去的强烈向往。他曾无数次地站在村头，或是在冬寒酷暑的劳作中，向着山村外面未知的世界充满了无限向往，他渴望自己将来长大后能走向山外的世界。

他听父母说到的外面的世界，有繁华热闹的县城，有气派的楼房、汽车还有百货商场等等，而最让他羡慕的是，是城里的人在太阳晒不到雨淋不到的办公室里体面地上着班，拿着稳定的工资，旱涝保收。

这些，无不让年少的陈东旭在心中对山外世界充满着无限遐想。

…………

而童年时父亲对自己讲述的，记忆最深刻的，还是关于家乡安福县那些古代靠勤奋苦读最终功成名就的贤士名人们的故事。

民风淳朴的安福县，自古以来就学风浓厚，崇文尚教，敬贤尊儒。早在唐代，县内就已设置官学。至宋代，安福已建立了多处书院，著名的有竹园、秀溪、石冈等书院。明清两代兴建书院之风更盛。到同治末年，安福全县书院已达 40 余所，著名的有复古、复真、识仁、道东、崇文五大书院。

正是学风浓厚，使得安福古往今来产生了许多历史名人。这也是每一个安福人心中最为骄傲的家乡历史。

据《安福县志》等资料显示，江西最早的地方志之一的《安成记》，即为南朝时县人王孚所撰。唐代高僧行思为禅宗七祖，开创青源法系，四方禅客云集，至今影响及于日本和朝鲜。唐僖宗谥行恩为弘济禅师。宋代医学家刘元宾，通晓医药、阴阳术数，著有《集正历横天挂图》《神巧万金方》。宋文学家刘弇、诗人王庭珪，诗文功力颇深，著述甚丰，享誉文坛。元初名儒王炎午，饱含激情撰写的《生祭文丞相文》，成为宋末爱国诗文中的光辉篇章。明代礼部侍郎刘球，不畏宦官王振的炙人权势，刚正不阿，以文章节义之美德名载史册。北京国子监祭酒李时勉一生忠耿，匡正学风，被誉为"贤祭酒"。状元彭时，官至文渊阁大学士，内阁宰辅，晋少保，《明史》盛赞其"古大臣之风"。欧阳必进历任工、刑、吏三部尚书。理学家、教育家邹守益，正德六年（1511）中会元，点探花，官至南京国子监祭酒，为阳明理学在江右的杰出代表，人称"南邹北吕（柟）"。清代名医谢玉琼，擅长内、儿科，所著《麻科活人全书》于1748年刊行于世。清乾隆年间编纂的《四库全书》，收入安福县人著作454卷。宋、元、明、清四代刊行的县人诗赋文集、医学、科技等类著作，除已收集在《四库全书》者外，较重要的达300余种。宋、元、明、清四代，安福县共产生举人1860名、进士460名。

唐宋以来，安福县境内的大族大村遍及城乡，至清代末期，有史可考，名人相对集中、规模较大，结构完整的文化古村落达100多个。这些古村落在整体形态、建筑样式、人文环境等方面都具有鲜明的历史文化内涵。时至今日，仍颇有影响的古村落主要有"理学名流之家"的甘洛三舍村、"一门八进士"的山庄荷溪村、"宰相之府"的枫田松田村、传统文化功能齐备的金田柘溪村、"风水宝地"的枫田车田村、经商发迹的洲湖塘边村、"民间府第"的洲湖葱塘村、风水地形的洋溪桥头村、道院文化发达的洋门上街村等等。

民国时期，安福县的人才之盛继续闻名全国。中国民主同盟创始人之一的罗隆基，救国会领导人、"七君子"之一的王造时，爱国诗人王礼锡，曾任中国国民党中央委员、中宣部长，以及中央日报社社长的彭学沛，都是活跃在20世纪三四十年代中国政坛、文坛的著名知识分子。

一个地方的人文传承往往是深厚久远的。

因而，尽管处于那样贫穷艰难的年月，但在不少安福县农民的心底却依然潜藏着希望子女好好读书、将来"靠笔杆子吃饭"的愿望，他们再苦再穷，也要节衣缩食送子女读书，期盼子女通过读书这条路改变命运。

小时候，陈东旭对于家乡崇文尚学、名士辈出这些方面的悠厚历史的了解，大部分就是来自于父亲在农闲时的讲述。后来，少年陈东旭渐渐懂得了，父亲曾经之所以要向自己讲述，其实是出自于他的一片良苦用心——以此激励自己的孩子勤奋求学，有朝一日能通过读书来改变命运。

而更让陈东旭至今仍无限感怀的，是在那些家中尚只勉强够温饱生活水平的岁月里，父亲母亲对于他和兄弟姐妹们读书求学的极为重视。

"父亲和母亲都是老实巴交的农民，在那样艰难的日子里，他们却始终坚持要让我读书。"陈东旭说，那时尽管自己年少，却已深深懂得父母在自己身上寄予的深切希望。

家乡浓厚的崇学传统，父母殷切的希望，这些都潜移默化于年幼的陈东旭心灵深处，又让他不但自年少时就萌发了要靠读书来改变命运，走出山乡的志向，而且还在朦胧中不知不觉生发了对将来自己人生能有一番作为的向往。

寒门学子早立志。年少的陈东旭将梦想深藏心底，向着前方求学的路一步步踏实前行。

定格在遥远时光里的记忆，至今依然历历在目：

懂事的陈东旭不但爱读书，而且读书特别勤奋。从小学到初中，陈东旭都是一名成绩优秀的学生，一直是村里同龄孩子们的榜样。在村里大人们的眼里，这个聪明懂事的孩子，将来长大了肯定是个"吃文化饭"的人。

1980年代，一个农村孩子要成为"吃文化饭"有出息的人，考上大学几乎是唯一的路。

因而，高考就成为一代农村青年的人生转折点，千军万马前的独木桥将当年的落榜者和他们的梦想挡住，或因之勃发，或就此折戟。"过了桥"的与"没过桥"的农村青年人，命运从此迥然有别。对于那些考上大学的农村学生而言，其命运的改变被形象地称为"鲤鱼跳龙门"。哪个村子里考取了一位大学生，一个村甚至一个乡的亲朋好友都会奔走相告，经济实力稍微好一点的，还要大放鞭炮，摆上酒席庆贺一番。

在升读高中后，考上大学，也就成了陈东旭心里的强烈愿望和奋斗目标。

高中三年时间里，陈东旭读书异常刻苦勤奋。每天早上，学校的起床铃还没有响，他就悄悄起床，在朦胧的晨曦中捧书而读，晚上宿舍里熄灯了，他就借着宿舍楼走廊上的灯光看书，一直到深夜时分。

寒窗苦读，换来的是全校名列前茅的好成绩。

1986年，陈东旭以优异的高考成绩被江西师范大学录取，就读该校的物理系，一时在他那偏远闭塞的家乡引起强烈反响。

通过勤奋读书，陈东旭终于走出了穷乡僻壤，实现了他年少时就立志要靠读书来改变命运的愿望，他也成了村里人眼中的骄傲，更是村里同龄人心目中的学习榜样。

进入大学后，陈东旭对学习并没有任何的松懈。相反，那是至今都深深怀想的"自己读书史上最认真的时光"。

这是因为，考上大学之后，陈东旭心中有了更大的梦想——其实，这样的梦想曾在他年少时就已朦胧而生了，他向往自己将来能做一个有大出息的人！

此时的陈东旭已知道，大学本科读完后，再向更高层次还可以考读研究生。他心中自信满怀——大学毕业后继续攻读物理学研究生，那才是自己将来有望成大家、有建树的奋斗目标！

"还记得，刚入大学的第二个晚上，我和三个同学在校园里散步，我向他们谈了未来的设想，将来要考研究生，而且当时背了蒲松龄的一副对联明志：'有志者，事竟成，破釜沉舟，百二秦关终属楚；苦心人，天不负，卧薪尝胆，三千越甲可吞吴'。"陈东旭说，对于当年壮志豪情的那个夜晚的情景，到现在他和那三个同学都还清清楚楚地记得。

进入师范类高等院校，那毕业后的去向一般也就明确了，就是当老师。然而，陈东旭却没有这样去设定自己的人生走向。

"实事求是地说，初入大学时的心态，并不是想当一名老师。因为我不想一辈子就这样伴随学生和粉笔一生，一眼看到我的未来。"陈东旭说，那时，他想大学毕业后继续攻读硕士研究生，将来走向更为高远、广阔的发展天地。

因为一开始就立下了要考研究生的目标，所以，大学里的陈东旭读书依然刻苦勤奋。

那时候，江西师范大学每到晚上9点半以后，教室就要统一熄灯，但学校留了一个长明灯教室，供一些学生在自己班级教室熄灯后继续学习。陈东旭在自己班级晚自习熄灯后，就去长明灯教室继续学习，他几乎每晚都要到12点半以后才离开教室回去睡觉。

几载寒暑，陈东旭的大学生活过得"单调而乏味"，几乎每天除了读书还是读书。但让他感到骄傲的是，他的学习成绩始终在班上名列前茅。

大学三年级的时候，陈东旭信心满满，他对自己能考上研究生很有把握。

然而，让陈东旭没有想到的是，在报考前夕，他突然接到学校的通知，因为种种原因，他那一届应届学生无法报考硕士研究生。

"我和另外几位刚入学不久就确定了要考研、3年多来一直在勤奋苦读的同学获知这一消息后，可以说心情很是沮丧，我们做过几次长夜里的探讨，今后的路在何方？"

但陈东旭很快就从沮丧的情绪中走了出来，并认真对待自己已十分清晰的前路——毕业分配后去当物理老师。

"既然要当一个老师，就争取做一个好老师。要做好老师，就要有当好老师的本领。"陈东旭转而开始调整学习方向。

于是，他从图书馆借来有关如何成为一位好老师这方面的书籍，潜心阅读。

在这一过程中，陈东旭偶然读到了苏联著名教育家苏霍姆林斯基一本论教育教学的著作，随即被深深吸引了。

之后，他把江西师范大学图书馆里有关苏霍姆林斯基的著作全部借阅深读了：《和青年校长的谈话》《帕夫雷什中学》《我把心给了孩子们》《公民的诞生》《给儿子的信》《培养集体的方法》《学生的精神世界》《怎样培养真正的人》和《全面发展的人的培养问题》等等。

苏霍姆林斯基（1918—1970），是苏联著名的教育理论家和教育实践家。他从17岁就参加了教育工作，直至逝世，在他长达35年的教育生涯中，坚持只执教一门课，长期坚持深入其他老师的课堂随堂听课，始终坚持教育理论的学习与钻研，始终坚持密切联系学校教育教学的具体实际，开展教育研究和教育创新，提出了全面和谐发展的教育理论，并形成了自己系统的教育思想，在国内外享有广泛的盛誉，影响极大。

"至今，我仍记得苏霍姆林斯基有一本书名叫《给教师的一百条建议》，书中每条谈一个问题，既有生动的实际事例，又有精辟的理论分析。文字也深入浅出，通顺流畅。"陈东旭说，那本书对自己触动很大。"正是那本书，让我深深认识到，要当一位好老师绝非易事，除了要有对教师职业真挚的热爱，还要有面对学生学习和教学中出现的各种问题的探索、创新、执着精神。"

"看了几个月苏霍姆林斯基的教育教学著作后，我应该说是心中豪情万丈。我告诉自己，毕业走向讲台后，我一定要当一个好老师，然后争取创建一所世人瞩目的学校。"

陈东旭记得，他曾在给一个大学同学的毕业留言中这样写道：希望有朝一日能有一个属于自己的小天地，并把那片小天地建成世上桃源。

显然，对于自己未来的教师生涯，陈东旭心中是有着更多期许的，而绝不仅仅是做一名合格的普通教师而已。

## 第二节　倾情倾力的讲台春秋

1990 年的夏天，以优异成绩从江西师范大学毕业的陈东旭，迈出了自己人生事业的崭新脚步。

是的，从一开始，陈东旭就认为，即将走上三尺讲台，这是自己人生事业的开端，而不是简单的教书职业的开始。在他的理解里，两者在目标上是有着巨大差别的，前者是要在教学中实现人生于教育领域的建树，而后者却仅是定位为谋生的一个工作而已。

在陈东旭的内心深处，那个夏季里的记忆对于自己而言永远是鲜活与充满激情的。因此，在他回忆到这个时间节点时，他细致的讲述中饱含着深情。

让时光记忆回到 20 多年前的那个八月盛夏。

一天上午，一位衣着十分朴实洁净、外表俊朗的年轻人，手里拎着一个简单的行李箱，信步走进了位于"钢城"之东、渝水之滨的江西省新余市第一中学的校园。

从这位年轻人的脸上，一眼便能让人看出来，他心底里跃动着欣喜与激动。

这是一位具有典型知识分子形象的年轻人，在他儒雅的外表与举手投足间，总让人不经意地感受到一种青年才俊之气。

这位年轻人，就是陈东旭。

彼时，陈东旭以优异的学业成绩从江西师范大学物理系毕业。作为江西师大那一届物理毕业生中的优秀毕业生，陈东旭被分配到了江西省新余市第一中学任教高中物理。

新余市第一中学，是一所在江西全省以底蕴深厚、学风严谨和教学成绩斐然而闻名的重点高级中学。能分配到这样的中学任教，是其时很多师范类大学毕业生的热切向往。

"从今天起，我就是一名高中老师了。而且，是这样一所在江西全省富有盛誉的高级中学的物理教师。"步入新余一中校园大门的那一刻，一种喜悦激动之情禁不住从陈东旭的心底油然而生。

其实，那欣喜、激动的情感里还有一种自豪！

从儿时朦胧情感里对自己老师们的敬重，尤其是从苏联著名教育家苏霍姆林斯基的著作中读到的教育思想，延伸到对教师这一职业崇高意义的深刻认识，让陈东旭此刻更深知，从此走向三尺讲台、为人之师的自己，肩负的将是一种沉甸甸的责任。在陈东旭心底，那是一种充满荣光与神圣的责任。

中学时代，是决定一个人一生走向的一个重要时期。

"今天，我为自己能成为这所中学教师队伍中新的一员而深感自豪。等到将来的有一天，我更要成为这里最优秀教师行列中的一员，要让新余一中为又新增了一位优秀的物理教师而骄傲……"走在绿荫如盖的校园林荫大道上，校园里浓厚的人文气息沁入陈东旭的心间，关于自己即将从这里开始的教育事业生涯，关于对自己人生理想追求的目标，还有那如校园里夏花般炽烈的憧憬等等，一起涌动在他的胸臆之中。

"我叫陈东旭，刚从江西师范大学物理系毕业，分配来到新余一中任教，今天来学校报到，这是我的分配派遣报到证。"自我介绍过后，他将毕业分配派遣证礼貌地递给校长。

"欢迎，欢迎你加入到新余一中的教师队伍中来！"校长此前已看过陈东旭的有关工作分配材料，知道他是江西师大物理系的优秀毕业生，对他亲切地鼓励道："希望你能很快成为一位优秀的物理教师！"

创建于 1943 年的新余一中，是一所有着深厚文化底蕴的高级中学，以教风严谨、学风浓厚、质量一流而著称。

自 1980 年代初期开始，新余一中大力提倡教师进行教学科研，开展教学方法改革。在此过程中，注重教学手法创新和教学经验研究，在全校的教师队伍中逐渐蔚然成风。

在这种氛围下，新余一中的特色教学方法与经验的成果也不断涌现。

洒下园丁千滴汗，浇得满园春色浓。到 1990 年代初期，新余一中在教学创新实践的成果方面，不但在赣西地区具有了较高知名度，甚至在江西全省也引起了一定的关注。由此，新余一中也赢得了"钢城繁花似锦，一中俊杰如云"这样的社会赞誉。

1994 年，在江西开展的全省重点中学全面考核和评估验收中，新余市一中被江西省教委授予"全省优秀重点中学"称号，成为江西首批省级优秀重点中学之一。

深入了解新余一中在发展中取得的斐然成绩，对陈东旭产生了更深的触动。而在学校物理年级组教师的办公室里，一面面耀眼的锦旗，一尊尊镏金的奖杯，一篇篇教学论文还有年级组编写的物理教学论著，特别是那一串串令人骄傲的历年学生高考成绩记录，则更是让陈东旭对自己能成为新余一中教师队伍中的一员而倍感自豪。

"一定要成为一名优秀的人民教师！"陈东旭在心里暗下决心。

仍然记得，第一堂课走上讲台，看着学生们一双双渴求知识的眼睛，那一刻，陈东旭的内心深处也第一次那样真切地升腾起一种无比的神圣与庄严，那一方三尺讲台，让他感受到了一份沉甸甸的责任。

"教师，唯有把职业当作一种事业来倾情倾力而为，才能让自己的人生精彩纷呈，从而实现自己的人生价值，在成就学生成才的同时，也让自己的人生事业追求之境得到升华。"陈东旭告诉自己，这一方三尺讲台从此就是自己人生事业的舞台。

在某种程度上来说，教学也是一门艺术。一位优秀的教师，除了要具备扎实的学科基础知识，教学中需秉持严谨的教学态度之外，还必须要有高人一筹的教学方法。

新余一中之所以教学成绩显著，在很大程度上得益于学校拥有一大批"教书育人能手"、"骨干教师"、"学科带头人"和"教坛新秀"。

特别值得一提的是，由于新余一中强调教师以教研促教学，以教研提质量，尤其注重发挥骨干教师的引领作用，建立健全教学科研制度，促进教师由经验型向研究型、专家型转变。因而，新余一中的教学创新探索，也在江西全省各地中学中享有一定知名度。

"你在大学里是优秀生，将来在实际教学中未必就一定能成为一位优秀的老师。"陈东旭想起了一位大学老师曾对自己讲过的一句印象十分深刻的话："一些知识点，如果你不能用中学生们能很好理解的语言或方法讲清楚，就有可能让他们似懂非懂，结果是你教得苦，而学生学得也苦。"

"在教学方法上，自己首先得当学生，虚心向学校里教学经验丰富的物理老师们学习求教。"初登讲坛的陈东旭，在心里牢记下自己的"学生"身份。

在传统的教学当中，教师的角色是教学大纲、教材的解说者，知识的传授者，应对各种考试的组织者，教师凭借已有的知识和经验教学就能够高枕无忧。但 1990 年代初开始施用的新课程教材，更多地要求教师成为学生学习的组织者、引导者和合作者。

这样的教学要求的新变化，则要求老师要成为一名课程的研究者，成为一名研究型的教师。

就高中物理课程的教学而言，1990 年代之前全国各中学的教学模式，基本上都是以教师为中心，忽视学生的学习主体作用，不利于具有创新思维和创新能力的创造型人才的培养。在这种课堂结构下，物理学科难学这几乎是大多数高中学生共同的心声。

"什么样的教学理论才最具生命力？是那些真正来自教学实践，并经受住了实践检验的理论。"陈东旭牢记大学里老师讲的话，教育实践是教育理论的沃土，离开教学实践，所谓的教学理论就成了无源之水、无本之木。

听课作为一种教学经验交流的方式，是一个涉及课堂全方位的、内涵较丰富的活动。特别是同事互相听课、不含有考核或权威指导成分，自由度较大，通过相互观察、切磋和批判性对话，有助于提高教学水平。

学习优秀老师们丰富的教学经验，最直接的就是随堂听课，陈东旭决定从听学校物理老师们的讲课开始。

陈东旭把学校几位知名度很高的物理老师的课程表拿来，与自己的教学课程表对照，然后，在自己教学课程表的空白处一一标注，为自己填写出了一张"学期听课表"。

此后，如果没有特殊情况，陈东旭总是要按时去听这些物理老师的授课。

每堂观摩课听完后，陈东旭不仅会认真总结授课老师的教学特点，而且还会在深入研究的基础上撰写自己的心得体会，并把这些体会逐渐贯穿于自己的课堂教学当中，改进自己的教学。

与此同时，陈东旭还喜欢与学校年级组的物理老师们及时进行交流、分析，探讨教学方法的改进。

"物理不是看懂的，也不是听懂的，是想懂的。"

"一个概念，如果在建立的过程中，教师讲得准确、生动、形象，则学生易于接受，并且能留下深刻的印象，不容易遗忘。其中特别重要的是准确性，如果学生第一次接受某概念时，模糊不清，将会影响他对概念的理解、记忆和应用。"

"通过归纳组成逻辑性的概念体系，有利于记忆，巩固概念。概念的学习，是分散在每一节中，这样，难免出现彼此脱离、割裂的现象。为了解决这一矛盾，教师必须抓好概念的归纳，使之条理化、系统化。"

"找到解题的突破口，通过一道题一道题的积累，最终达到举一反三，触类旁通的效果，真正使学生体验到解题成功的喜悦。"

…………

在充分吸取学校物理老师们丰富教学经验的基础上，陈东旭在自己的物理课教学过程中，也逐渐形成了较为系统的思考。继而，在这些系统思考和反复总结中，又努力形成创新的教学方法并运用到教学实践中。

为此，他的物理课注重引导学生去深入理解，弄清概念、规律的来龙去脉，培养学生较好的理解能力、观察能力、逻辑思维能力，空间想象能力、分析问题的能力、处理物理问题的能力。

在教学工作中，陈东旭通读教材，查资料，听课，请教，精心编写教案，落实教学目标，创新教学方法，要求自己上好每一节课。在工作之余，他也没有其他什么爱好，几乎每天晚上，都是在自己的宿舍里钻研教学方面的问题，或与学校物理年级组的老师交流探讨教学上的问题，很多时候直到深夜。

逐渐的，对于新余一中的师生们而言，陈东旭那间总是深夜仍透出灯光的教师宿舍，大家是再也熟悉不过了。

"在新余一中，近6年的教师生涯，可以说我是工作特别认真，也特别有成就感的6年，当然，教育家是当不了的了。但是那近6年的教学实践，让我理解了学生，理解了老师，理解了教学，理解了高考。让我感悟了怎样才能帮助学生提高成绩，怎样去把书教好。"

在陈东旭的记忆里，自己在新余一中任教的近6年时间，那是一段全身心扑在教学上的难忘时光，更是一段倾情倾力的燃情岁月。

而陈东旭怎么也没有料到，正是因为有了这近6年悉心教学、潜心研究教学的时光，才为自己打下了日后创业最为重要的专业基础，赋予自己敏锐识得机遇的能力！

## 第三节　师者之惑

"师者，所以传道授业解惑也。"这一精句，对古往今来教师神圣而崇高的职责作了高度概括。

在陈东旭的理解里，从老师的课程教学层面而言，当每一个学生在学习过程中遇到知识点的困惑问题时，老师都有责任和义务帮助他们解答。而且，老师的解答还必须要让学生真正感到豁然开朗。

可是，在日常教学过程中，陈东旭逐渐发现，自己时常被一些问题所困扰。这些令人困扰的问题，有的来自于学生们在学习中遇到的困惑，而有些则是来自于自己在教学中产生的困惑。

课堂是教学的主阵地，课堂教学是老师和学生共同学习和交流的重要环节。上课是实现教师的教和学生的学的主要途径。

在课堂上，陈东旭时常会遇到这样的困扰情况：自己精心备好的一堂课，在上课讲解物理概念、公式和解题思路时，也讲得清晰透彻，课堂上学生们似乎也听得聚精会神、饶有兴趣。然而，课后他却发现，回到解题或做实验当中，学生仍然是一知半解。这即是高中物理学习中学生普遍存在的一个现象——一听就懂，一看就会，一做就错。

"面对同一道题目，之前讲解中学生也听懂了，但只不过是变换了一个出题角度，学生动手解题时，他们往往就不知道从何处着手了，这还是知其然而不知其所以然导致的。"对此，陈东旭知道问题出在这里。

还有一些时候，陈东旭发现，一个复杂抽象的物理公式，任凭自己从不同的角度、用不同的方式去进行耐心细致的讲解，可不少学生在听课过程中却还是像听"天书"一样，理解不了或是理解不透，结果一节课下来，老师也只能算是"唱独角戏"了。

…………

这些是出现在学生学习过程中遇到的困惑问题，而在老师教学过程中，也同样周而复始地不时出现困扰。比如：高中物理中，有相当一部分物理概念很抽象，表述不具体，使学生难以理解。一些知识点，讲少了、讲浅了，学生懂得不透；而讲多了、讲深了，学生又感到复杂了甚至反而犯迷糊了。再比如解题思路的问题，老师们都强调学生要能做到"举一反三"，而究竟怎样才能让学生达到这一学习目标却是极为不易的事情。

高中物理课程，是高中课程中一门应用性较强的课程。同时，高中物理课程虽然承接初中物理课程，但是知识难易跨度却很大。此外，高中学生对于物理学科的认识参差不齐，成绩两极分化的情况较为突出。大部分学生对于物理学习兴趣不大。高中物理课难教、难学的现状，已经成为公认的事实。

陈东旭在和学校物理老师同事们探讨中也发现，很多物理老师都认同这样一个观点，即物理主要是培养逻辑思维能力的，但随之带来的负面效应是，如果有学生物理学得不好，一般会就认为这些学生逻辑思维和动手能力差。

…………

物理教学实践过程中，让陈东旭慢慢真切地体会到，当一名物理老师并不难，然而，要成为一名出色的物理老师却十分不易。

而这样的深刻体会，更是促使着陈东旭不断去探索，努力解决一个个物理教学中的困惑问题。

从初中到高中时，陈东旭一直是全校数理化学科的尖子生。他十分清楚，高一物理是高中物理学习的基础，但高一物理难学，这是人们的共识，高一物理难，难在梯度大，难在学生能力与高中物理教学要求的差距大。

客观地分析,教学的起点过高,"一步到位"的教学思路是导致学生"物理难学"印象形成的重要原因之一。而就这一点,陈东旭在与新余一中和其他学校物理老师们探讨的过程中发现,这是一个普遍让高中物理老师在教学中感到困惑的问题。

"经常会遇到这样的学生,对错过的问题一错再错,甚至问过老师后还是错。"陈东旭总是这样认为,不论其中有怎样的原因,最主要的原因,就是老师的"解惑"还不到位,还没有完全解除他心头的疑惑。

苏霍姆林斯基说:只有当知识成为精神生活的因素,占据人的思想,激发人的兴趣时,才称之为知识。也就是说,知识不是死记硬背,不是呆板的、凝固的,而是应该变通的、灵活的。只有让学生对所学的知识感兴趣,调动了他们活的思维,知识也就运转了起来。越是有兴趣越是想学,日积月累,不断地充实。孩子们掌握的知识越多,学习起来就会越来越容易,思考的动力就会越来越强,因此他就会不断地思考,激发他掌握更多的知识。这样就形成一个知识长进的链条,兴趣—知识—思考—兴趣—用知识去学习知识、用知识去思考知识、用知识去收获知识,只有这样,知识才有了力量,学生的学习也就步步前进。

"如果我们作为引路者有意识地降低高中物理学习的门槛,先将学生引进门,哪怕先是让学生感觉到'物理好学'的假象,我们都是成功的。"在渐渐的思考过程中,陈东旭提出了为解学生之惑而设置的"解惑"教学环节,学生有什么困惑或者不明白的问题,可以在这一环节,向老师提出疑问。

高一年级的物理教学中,陈东旭着重引导学生顺利跨上由初中物理到高中物理这个大的台阶,其次是努力让学生建立一个良好的物理知识基础,然后根据学生的具体情况选择提高。

一名深受学生欢迎的老师,也正是能为学生们答疑解惑的老师,一方面,老师教给他们学习的好方法,让学习变得轻松起来,另一方面,不但很快掌握所学知识点，而且还能举一反三，融会贯通。

事实证明，陈东旭的这一教学探索，不但很受学生欢迎，而且收到了很好的教学效果。

物理学是一门自然科学，自然界的现象、生产技术中的问题、生活经验中的事实等各个方面，与物理知识都有着千丝万缕的联系。

教师应运用物理学科本身的魅力，能激发学生求知的欲望和情感，同时，教师本身以饱满的热情、强烈的求知欲、热爱物理学科的情趣，带领学生去探索物理世界的奥秘，还会对学生的兴趣产生巨大的影响。

"在给学生'鱼'的同时，也授之以'渔'。"陈东旭更是进一步提出，"解惑"的最终目的不只是让学生获得一个答案，解决一个问题或会解某一道题，而是让学生能触类旁通、心领神会，切实提高分析问题、解决问题的能力。

化解知识难点，物理课有些问题往往比较抽象、枯燥，如果用空洞的语言平铺直叙地讲解，学生听起来乏味，而且晦涩难懂，效果当然差。对此，陈东旭就巧妙地设置一些生动、形象的比喻，将抽象的知识具体化、形象化，将深奥的道理通俗化，真正使学生心领神会、豁然开朗。

例如，在讲授电容器这一知识点时，有不少学生无法理解电容这个抽象的概念，特别是"电容是体现容纳电荷本领的物理量，它的大小由自身决定"这一句话。在答疑时，为了帮助学生更好地理解，陈东旭形象地将电容器比喻成学生们日常生活中再熟悉不过的脸盆，将电容比喻成脸盆的水容量，即使脸盆没有盛水，但它盛水的容量依然存在，只有改变它自身的大小，盛水的容量才会变，学生非常容易接受。又如，在讲到失重现象这一知识点时，不少学生对物体既然有重力，为何不产生自身挤压这一现象无法理解。对此，陈东旭又采用了"一心不能二用"的比喻，重力既然全部用来产生加速度，那就不能产生挤压，就表现为完全失重。

教学过程中，陈东旭还强调引导学生要善于从观察自然现象和研究社会生活实际中引出物理问题。

藉此，陈东旭巧妙地把物理教学与现实生活问题、间接经验与直接经验结合起来，不断引导学生观察生活，了解生产，认识世界，源源不断地提出生活中的问题，又通过所学的知识解释分析物理现象，使学生觉得生活中充满着物理，物理就在他们的生活中，感到学有所得，学有所用，从而激发学生学习物理这门课程的兴趣。

此外，陈东旭还在所教班级成立了课外物理实验小组，经常性地指导学生开展课外活动，进行物理小实验、小制作。这个课外物理实验小组，不仅搭建起了学生之间交流、学习、讨论问题的平台，也成为提高和保持学生们物理兴趣的好形式。

每上完一节课，陈东旭总感觉改进的地方很多，大到讲授思路、解题方法，小到板书、新课的引入、例题的选择、课后小结等等。对此，陈东旭总是及时地反思和总结，并批注！

"一个教师写一辈子教案不一定成为名师，一个教师如果写三年的教学反思有可能成为名师。"这是陈东旭在自己的物理教学过程中的深切体会。

…………

显然，陈东旭希望自己能通过以上这些教学探索，逐步破解物理教学中让老师感到困惑，让学生感到艰难的问题。在几年物理教学探索过程中，他的这种探索精神让新余一中的同事们十分敬佩。

陈东旭在教学探索过程中总结出的一些经验，也让新余一中的物理教师颇为称道。其中，陈东旭的一些物理教学方法探索，还在新余一中物理年级组展开讨论和实践，对促进学校物理教学创新起到了一定的积极作用。

而新余一中的物理老师们更是惊讶地发现，陈东旭在对物理教学的探索创新中，全部的主题几乎都集中在一点，那就是：怎样让老师教得更轻松，让学生学得更轻松！

在此，我们摘录了一些当年陈东旭关于物理教学探索的观点、方法以及教学实践案例：

"泰山虽高，但一般人都可以翻越；悬崖峭壁虽不是很高，但一般人如没有特殊的工具和一定的训练是翻不过去的。也就是说只有不可逾越的台阶，没有不可翻越的高山。所以搭好台阶，降低梯度，在教学中显得很重要。"

"降低梯度关键在于教师应当切实了解学生已经掌握了哪些知识，帮助学生完成知识的同化。只有这样，才能选择恰当的教学方法，达到使学生把旧知识同化新知识的目的。"

"为此，要求备课时细致捉摸高中教材所研究的问题，跟初中教材曾研究的问题在言语、方法、思维特点等方面的类比，找出存在的差别和内在的联系，明确新旧知识之间的联系与差异，确定课堂教学中如何启发与指导，使学生顺利地利用新知识来同化旧知识。如讲弹力，在初中阶段只提弹簧伸长与外力的关系，也讲了压力的大小，但都没有涉及产生弹力的原因。而高中教材讲弹力，不仅要分析产生的原因，而且要讨论弹力的大小以及它的方向。这就比初中学习的知识抽象，难度也大。那么如何促使知识的同化呢？教师在教学中必须考虑学生原有的知识，在课堂上再现弹簧伸长与压缩的形式，分析弹力产生的原因和方向，然后演示其他物体产生形变而产生弹力的现象。目的是利用旧知识巩固新知识。最后做微小的形变试验，最终得出物体之间产生弹力的条件。这样的教学方法及过程既跟初中教学衔接起来，又满足了高中教学的要求。"

"教师在课堂上应有意识地将教材转变成'学材'，使学生主体作用的发挥有丰满坚实的基础。那么，该如何将教材转化成'学材'呢？我认为通过'教材＋学法＝学材'的模式，便可较好地实现这种转化。教师应体现出以教材为依据和依托，教会学生如何会'学'，使学生掌握开启知识宝库的钥匙，以期尽早地独立获取知识。"

以巨大热情沉浸于物理教学创新突破探究中的陈东旭，全然不知，在短短几载寒来暑往的过程里，他心底深处那基于对师者崇高使命的巨大责任感，和那些在潜心教学中不断产生出的困惑，以及自己对学生们解惑所付出的所有心血努力，正促使着他一步步提升对于自己教学中越来越高要求的追求。

陈东旭这一越来越高的要求，就是努力要让学生在物理课程学习中学得轻松，让老师在物理教学中教得轻松。

而为实现这一目标不断努力探索的过程，正是从一名普通教师到一名"经验型教师"，再到一名"专家型教师"悄然嬗变的心路历程。

# 第二章
# 一本教辅书开启创业路

　　人生与事业向前行进的轨迹，看似是由无数偶然连缀而成的完整过程，比如不少创业者在最初走上创业之路时，就来自于某个偶然的机缘。

　　但事实上，在那"偶然"机缘促成的创业过程中，却往往又有着某种必然。

　　而这种必然，又更多地深刻体现在那些心中始终深藏着梦想的人身上。他们起于平常普通或是艰难困苦的人生境遇，然而，他们却总是想要在平凡的人生中努力去展现出更多的事业精彩。

　　为此，他们默默地努力并期待着机遇。而一旦机会倏然出现，他们往往总是能凭借长久努力蓄积的智慧与力量，果敢地抓住机遇，迸发出巨大的人生爆发力并在后来成就惊人的事业。

　　人生成功的机缘或许正在于此，在机遇出现之时，果敢地做出了正确的选择和决定。

经过几载春秋的辛勤执教，陈东旭已开始在重点中学的物理教坛初展才华。尤其是陈东旭潜心于对物理教学中"传道授业解惑"的创新探索，让他渐渐跻身于物理名师的行列。

其时，在充满荣光与责任的教师职业追求目标上，陈东旭已在情感深处把自己人生价值的实现和三尺讲台紧紧相连——辛勤耕耘，在讲台春秋的奉献中去绽放出自己人生的光彩，点亮教师职业的荣光。

然而，让陈东旭完全没有意料到的是，正是在这时，他前行的人生脚步方向却悄然发生了变化。一个偶然的机缘，让他决定要以无比的执着走向自己全新的事业开端。

这悄然转变，发端于 1995 年那个春寒料峭的时节。

一切的肇始，只因源于一本不期而遇、让陈东旭怦然心动的教辅书。

## 第一节 对优质教辅书的期待

陈东旭是属于那种性格专注、沉稳而安静的人。

在繁忙的教学工作之余，陈东旭除了以极大的热情投入到日常教学的方法思考和创新实践探索中去之外，就是爱看那些物理教学参考类图书。

他深知，自己的教学水平要想得到不断提升，那就必须建立在广泛学习借鉴的基础上。

为此，在工作之余，走出新余市一中校园时，陈东旭去得最多的地方，就是新余市新华书店。有时，如果碰上有机会到省城南昌或是其他城市，陈东旭事先一定会安排好时间去一个地方，那就是新华书店了。

在业余之外，已十分节俭的工资花销，陈东旭有不少是用在购买教学参考和文学书籍上。

在新余市一中任教的几年中，每隔一段时间，去新华书店走走看看，也就渐渐成为陈东旭业余生活中的一个习惯。

正是在这一不知不觉的过程中，陈东旭逐渐发现，在新余市新华书店最醒目位置的书架上摆放的，是越来越多的各种教辅类书籍，其次，才是各种文学类书籍。而在自己读大学和刚分配到新余一中任教的头两年，新华书店里的这种情况正好相反，书架上，文学类书籍才是最为丰富的书籍种类。

后来，在南昌市和其他一些地方的新华书店里，陈东旭同样发现了这种变化。

特别是，在新学期开始后的一段时间里，新华书店除了增加摆放教辅类书籍的书架之外，还在书店进门的两旁大厅里辟出地方，一字排开各个出版社新出版的教辅类书籍。

这些教辅类书籍受学生们欢迎的程度，可想而知。

事实上，在学校里，几乎每个学生手头都会有各科的教辅书，诸如冠以"习题集"、"解析"或是"导读"之类书名的各科辅导书。

因阅读对象的大量需求，专门针对老师教学参考和学生课余学习的这类书籍，就这样悄然成为出版行业中的一种强劲发展趋势。

教辅类的书籍开始不断涌现，发端于1980年代初。

在整个1980年代之初，改革开放在给全国经济社会发展带来巨大变化的同时，也给文化出版事业带来了一次全新的转型和调整。在经过十年"文革"浩劫之后，全国亿万读者迫切需要从"以阶级斗争为纲"时期的"阅读饥渴"中走出来，而整个社会尊重知识的风潮渐起，又极大地推动着社会公众走进了一个充满激情阅读的时代。

由此，我国图书出版行业的发展，开始进入复苏和快速兴起的时期。

资料显示，在1980年代的十年之中，中国图书市场总量经历了一个井喷式的超常规增长阶段。图书总印数和总印张数的年环比增长率，均持续保持在10%左右，最高年份超过了15%~20%。如此之长的持续增长周期，如此之快的增长速度，在世界图书出版史上也是极为罕见的。

从"书荒"到"书海"，改革开放后的整个中国图书出版领域，开始呈现出欣欣向荣的景象。而在这其中，各种教辅类书籍的大量涌现，可谓是全国图书出版业欣欣向荣百花园中令人眼前一亮的一道风景线。

众所周知，在恢复高考之前的很长时间里，图书类别中几乎是没有所谓"教辅类书籍"这一称呼的。全国各地新华书店的书架上，几乎都是清一色的"文、史、哲"和理工科工具类的书籍。

恢复高考和各类中等学校的考试招生，恢复的不仅是我国选拔和培养人才的正常制度，也激起了无数人对人生美好未来的渴望与憧憬。"书山有路勤为径，学海无涯苦作舟。"读书，承载了多少学子的人生梦想，饱含着多少父母对孩子的殷切期待！

当读书改变命运这条途径那样真切地呈现于面前，莘莘学子为了提高学习成绩，舍不得吃几分钱一根的冰棍，却要把省下来的钱来购买一些课后辅导书，很多家长给孩子买的礼物也是课后辅导书。

1990 年代初，每个学期，新华书店里的教辅书籍，不但种类在增多，销量也在快速增大。

这正是陈东旭在新华书店所看到的那种变化。

情况往往是这样，当一本在封面上印有"名师编撰"、"权威推荐"的课程辅导书出现于书架上后，几天时间里很快就会销售一空。

在初中和高中年级阶段，全国各地的不少学校，甚至还会为学生制定配发一套课外辅导书，作为与老师教学同步的辅导资料。

而这些教辅资料，不少是一些专跑教辅书籍生意的人来学校推销的。另外，学校也常常会收到一些"某某教育研究所"、"某某教研室"这类机构寄来的附了征订单的教辅样书或各种资料，向学校推销。

正是在这样的背景之下，各种针对学生课后复习的辅导类书籍，开始不断涌现。与此同时，还有专门针对教师学科教学方法和经验的教学参考类书籍。

这些给陈东旭留下了深刻的印象。

而每一次走进新华书店，陈东旭几乎都是径直走向文学书架之后，就会在教辅类书籍的书架前驻足停留，看看书店是否又来了新出版的、针对学生辅导用的物理学科辅导类书，以及是否进了供物理教师教学用的教学参考类书籍。

在收到"某某教育研究所"、"某某教研室"这类机构寄来的物理教辅样书或是资料时，陈东旭也会认真研读。

不得不承认，一些不错的教辅类书籍的确能让学生的学习和老师的教学，颇为受益。

陈东旭在希望为自己的学生找到"学得轻松"的课后辅导书的同时，也希望为自己教学找到"教得轻松"的教学参考书。

然而，自从对各类教辅书籍和资料开始投以关注的目光后，陈东旭却越来越发现，对于教辅类书籍和资料，自己心底渐渐产生出很是失望和焦虑不安的情绪。

他注意到，在不断出现的各种教辅书籍和资料中，封面上印着"名师编撰"、"权威推荐"、"创新形式"、"精讲精练"……这类的提示，初一看很是吸引眼球。可是，只要粗略翻阅一遍其中的内容，基本都是大同小异，并没有什么独特之处。

甚至，一些教辅书和资料看封面设计是新出版的书，但仔细一看里面的内容之后，却发现是在往年"旧书"的内容上稍作翻新的，书里面的内容毫无新意。有一次，陈东旭在新华书店看了几套高考物理模拟题，却偶然发现，这几套由不同出版社出版、不同学校编写的试卷中，有不少题目自己看着十分眼熟，认真一看，竟然发现多年前自己读高中时的考试题型。

至于一些"习题集"之类的学生课余辅导书，就更是让陈东旭失望。很多"习题集"一类的教辅书，可谓是试题的罗列集，这是典型的"题海战术"书籍，学生越做得多，反倒越是知其然而不知其所以然。

作为一位教学经验丰富的老师，对这样的教辅类书籍，陈东旭心里有种说不出的滋味。

因为，陈东旭深知，作为鉴别力不强的学生，面对"试题大全"、"高分宝典"、"复习指南"、"练习手册"、"全真题库"这些令人眼花缭乱的教科书，在选择的时候往往是迷茫的。

最重要的是，如果选到不合适的教辅书和资料，非但对学生的学习无益反而会增加学习负担。而如果是买到了那些粗制滥造的教辅书和资料，那也就等于是"害了学生"。

"陈老师，您说买哪一种物理辅导书比较好？"平时，常有学生或家长这样询问陈东旭。

而每当遇到这样的询问时，陈东旭总是感到十分为难。

因为，就越来越多的物理教辅书来说，陈东旭感觉到，没有哪一本物理教辅书是真正让自己怦然心动的。

"讲解题目的思路和方法，似乎没有讲透，分析概念和公式，也没有做到让学生醍醐灌顶。"这是陈东旭对很多物理教辅书和资料的大体印象。

所以，陈东旭经常面对这样的尴尬——他不好对自己的学生在购买物理教辅书时给予参考意见。

而学生或家长在买教辅书上，总担心万一某本书没买，会不会由此漏掉某类题型，多买教辅书，就可以不在教辅书上吃亏。宁缺毋滥，就成为家长购买教辅书的心态。

这样的现实，就是教辅书给陈东旭带来的困惑。

此外，从情感的角度而言，作为一位老师，本能的师者之心让陈东旭不忍那些粗制滥造的教辅书籍和资料在帮助学生学习中适得其反，同时还加重了学生的经济负担。尤其是对农村的学生。

在陈东旭看来，一本优质的学生学习用辅导书或资料，就应该像学生手中的字典一样，围绕着学生课本，从答疑解惑的角度出发，让学生对一系列知识点触类旁通。通俗一点说，就是如果一个学生对书本中的任何一个知识点有疑惑，通过这本辅导书和资料，可以解除疑惑，让学生深受启发，继而收到举一反三的效果。这样的教辅书，才算是一本真正让学生"学得轻松"的好辅导书和资料。

对老师教学的参考书，也应同样如此。

可陈东旭研读了一本又一本的物理教学参考书后，却发现了一个很奇怪的现象：很多参考书卖得很好，都挂着某某名校名师的牌子，标榜有多么多么好，可结果却并不能达到让教师"教得更轻松"的目的。

现实中，"让老师更轻松地教，让学生更有效地学"的这类教辅书籍和教辅类参考书，对陈东旭来说，已成为他心中的一种深切期待。


## 第二节  改变人生方向的一本教辅书

让陈东旭没有想到的是，他一直期待的"让老师更轻松地教，让学生更有效地学"的这样一本教辅书，竟然在 1995 年与自己不期而遇了。

那时，因为出现了很多针对教师教学的参考书，所以很多学校都会为各科老师配发一本教学参考书。

1995 年上学期开学时，新余市第一中学选用了由广西博白县中学编写的一本名为《高中物理导学与针对训练》的教辅书，作为高三年级物理老师的教学参考用书。

在此以前，学校为各年级物理老师们选用的教学参考用书已换了好几种。

不过，刚拿到这本《高中物理导学与针对训练》教学参考用书时，陈东旭内心却有几分不以为然。

这是因为，几年来，新余市第一中学选用的好几种物理教学参考书，在使用过程中，都让陈东旭颇感失望。那些自我标榜"与众不同"、"名师独特教学经验"而实际却落入俗套的物理教辅书籍，他已屡见不鲜。

因此，陈东旭在拿到一本物理教辅类参考书籍的时候，无论封面上的"广告"如何让人心动，他都表现出十分的平静，一定要待认真研读完全书后，才决定自己在教学中是否使用。

在决定自己教学中是否使用某一本教学参考书时，陈东旭总是反复权衡掂量。自然而然，对于向自己的学生推荐一本物理课后辅导书，陈东旭则就更是慎之又慎了！

但据新余市第一中学的教务处负责人说，这次学校为高三年级的物理老师们配发的这本广西博白县中学编写的《高中物理导学与针对训练》，很多地方的学校物理老师都在使用，而且在教学使用过程中都对这本参考书大加赞赏，给予了高度肯定，认为这确实是一本效果十分好的物理教学参考用书。为此，新余市第一中学才特意为学校的高三物理老师们征订配发了这本《高中物理导学与针对训练》。

这一天深夜，在认真批改完学生作业、充分准备好明天的教学事项后，校园里已是寂静无声。

夜阑灯下，陈东旭翻开了前一天刚刚领到的那本《高中物理导学与针对训练》。

这是一本封面装帧十分简单的书，印刷的纸张质量也很是一般，甚至给人有些粗糙的感觉。

而且，与原先使用过的其他物理教辅书不同，这本《高中物理导学与针对训练》的朴素封面上，也没有那些教辅书封面上所印有的"名师"、"独特"、"技巧"等这类醒目字样。

"当时给我的第一感觉，这本书就是没有什么特别之处，以至于自己差一点就随手往书桌边一放，与一大摞物理教学参考和教辅书搁置到一起去了……"时隔近30年，陈东旭对发现这本后来促使自己走上创业之路的书的点滴细节，仍记得清清楚楚。

"就在随手准备把这本《高中物理导学与针对训练》搁在一边时，不经意之间我看到，在封面的下方，写着的编写单位是'广西博白中学。"

"广西博白中学编"——映入眼帘的这一行字，突然让陈东旭心中对自己手中的这本书生出一种莫名的亲切感来。

广西博白县中学——著名语言学家王力先生的母校，以英才辈出而在全国中学里享有较高的声誉。上大学时，陈东旭就知道两者的关联，这种记忆此时瞬间被唤起。此外，还有一个更为重要的原因，那就是，这些年来，广西博白县中学大力实行教学改革，陈东旭也早有耳闻。

创建于1924年的广西博白县中学，前身是环玉书院和县立高小。中华人民共和国成立后，在此基础上改为广西博白县中学。

到1980年代，广西博白县中学因为教学特色显著和教学成绩优异，逐渐发展成为广西壮族自治区的一所示范性普通高中。1980年代中期后开始，广西博白县中学大力提倡教学改革探索，通过鼓励教师积极参与对外教学经验交流、自我探索创新等多种途径，激发起教师们的教学改革创新激情，学校充满着浓厚的教学创新探索氛围。到1980年代末、1990年代初，广西博白县中学各学科逐渐涌现出了众多的全国名师，各学科教学改革创新探索成果也慢慢引起全国的关注。

只是，陈东旭还从来没有使用过广西博白县中学编写的任何教辅参考书。

"这本书，是广西博白县中学物理教研组编写的！"那一瞬间，陈东旭潜意识里产生了去认真读一读这本教辅参考书的兴趣。

当然，此时的陈东旭怎么也不会料到，在他翻开这本《高中物理导学与针对训练》第一页的同时，竟会是自己人生事业也将随之翻开全新一页的开端。

"物理教学方法的选择上应从教学实际出发，具体情况具体对待，关键是要博采众长，综合运用，合理组织，并在教学全过程中贯彻启发式，让物理教学过程始终处于一定的问题情境之中，使之成为一个不断提出问题、分析问题和解决问题的过程，从而利于学生理性思维的培养。"

"高中物理最重要的是物理逻辑，每个概念之间都有内在紧密的逻辑关联，具有严密逻辑性……只有让学生理解了这些物理概念和知识点之间的内在逻辑，才能让他们达到举一反三、触类旁通的目的。"

…………

这本《高中物理导学与针对训练》的前言里说明，本书供高三年级学生物理学科课后辅导使用，同时亦可作为物理教师的教学参考用书。而书的"前言"中关于编写宗旨的内容，尤其是关于学生对物理学科学习的方式，以及教师在教授这门学科中的方法，很快让陈东旭感到怦然心动。

"针对学生存在的差异性，有针对性解决各自在学习中遇到的困难；另一方面，提高教师的授课水平，采取分类教学等方式，改变单一的教学思路……"

显然，这是一本方法解析类的物理教辅材料，编者的编写思路，是要着重针对学生学习和老师授课中的一个个薄弱环节，有的放矢，尤其注重总结和阐述知识点的规律，让学生对物理课程学习中的重点和难点融会贯通。

从"前言"的编写思路来看，这正是陈东旭所期待的那种教辅书！

那这本书中具体的编写内容，是否很好地体现出了这一编写思路呢？是否是自己期待已久的那种教辅书籍呢？

陈东旭有些迫不及待地想看下去了。

"正因为我是一名教师，我知道一本好的教辅材料的珍贵。但是教学确实需要好的辅导工具，而当时市场上并没什么太好的选择。"在接下来对这本书的内容认真阅读和研究中，陈东旭欣然发现，这的确是一本让人耳目一新的教辅书。

这本教辅书紧扣教材，步步推进，点击单元知识要点，把握知识精髓，阐明解题方法，归纳解题规律。特别是书中的重点剖析，释疑解难，举一反三，逐步深入剖析教材重点知识中的疑点、难点和重点问题，可谓是真正突破了知识点的学习瓶颈。而且，例题剖析，每一道题都提供了详细的解题步骤和思路点拨，一题多解，一题多问，避免随意性，注重迁移性，避免孤立性。

"从引导学生对知识点的理解掌握，形成解题思路技巧，从而做到融会贯通的角度，这本《高中物理导学与针对训练》真正做到了！"陈东旭认为，这本书对学生的学习而言，深入浅出；对老师的教学而言，事半功倍。

在看完这本《高中物理导学与针对训练》第一遍之后，陈东旭心中涌动着一阵阵的惊喜：不曾想到，自己手里这本看上去普普通通的教辅书，却是一本自己一直以来希望得到的好的教师教学参考书和学生课后复习教辅书。

"编得蛮好，用起来很是得心应手。"在后来以这本《高中物理导学与针对训练》配合自己教学的过程中，陈东旭感受很深，他的确明显感到，相比以前，自己教得更轻松了！

那这样的教学体现在学生的学习中，又如何呢？

结果，仅仅半个学期之后，陈东旭所教班级的学生物理考试成绩，相比上学期提高不少。

这就是《高中物理导学与针对训练》这本书效果的一个有力说明！

在新余市一中的物理年级教研组，不只是陈东旭一个人有这样的深刻感触。在和同年级物理老师的交流过程中，陈东旭得知，其他物理老师对《高中物理导学与针对训练》这本书的很好效果也都深有同感。

作为教学经验丰富的一线教师，陈东旭和他的同事们，知道什么样的教辅书对学生有益。

"教辅精品其实不是没有，只是太少了。得到一本好的教辅精品书，犹如沙里淘金，既费时间又费精力。"陈东旭心生这样的感慨。

从此，陈东旭对广西博白县中学物理教研组编写的这本《高中物理导学与针对训练》进行了更深入的研究。他研究这本教辅书为何会达到"让老师更轻松地教，让学生更有效地学"的效果，研究这本的编写思路，研究这本书中的内容是怎样突出解题思路、优化解题训练、点拨解题关键、剖析解题误区的等等。

这么多年来，从来没有哪本教辅参考书，让陈东旭为之如此动心！

…………

直到有一天，一个大胆的想法在陈东旭脑海中浮现而出，他才意识到，这本书何止是深深地触动了他的内心，更是让他在不知不觉中向着人生的一个全新方向遥望：

"自己能不能也编出这样好的教辅书来？如果能组织起全国优秀老师，共同编写出一套这样的优秀教辅书，那必然会使教师更轻松地教学，学生更有效地学习！"

…………

是的，陈东旭产生了想编写类似于《高中物理导学与针对训练》这样的精品教辅书的想法。

"如果是这样，那无疑是对全国的高中学生和高中老师在物理学习和教学，做了一件大好事啊。"陈东旭继而又联想到高中其他学科的学生和老师，如果各门学科的学生和老师都有这样一套教辅书，那将让多少师生受益！另外，还有那么多初中的师生。

于是，一边是从小就笃定，且正在进行的梦想，一边是让人振奋，但又充满了未知和荆棘的抱负，他陷入了思考……

陈东旭思考的另一个思路还有，从表面看来，中国的高考制度持续了很多年，几乎每年都没有什么变化，但对身居第一线的广大教师而言，其实每年的教学都在变化着，只是这种变化对外界来说无法察觉而已。比如每年的高中物理教学大纲和高考考试说明都在变化，这就需要一线教师之间建立起一种交流机制，以针对变化调整教学方式。

"如果将许多优秀学校的一线教师的经验汇集起来，体现在一整套教辅中，让更多的师生分享，那对于教学而言，显然就是事半功倍的。"陈东旭想。

…………

将全国一些名校有丰富教学经验的老师组织起来，共同来编写一套集优秀教研成果和教学经验的教辅图书，让全国的老师更轻松地教，让全国的学生更有效地学！在很长一段时间里，这个想法，始终在陈东旭的脑海里萦绕着。

在日渐而进的深思中，陈东旭越来越觉得，自己的这个想法十分可行，这件事也十分有意义。

继而，一个大胆的设想在陈东旭脑海中闪现——自己按照广西博白县中学编写的这本《高中物理导学与针对训练》的思路，编写出包括高中各个学科在内的一整套教辅书来，让新余市一中全校、江西全省和全国所有中学的众多教师和学生从中受益！

这样的念头一经萌发，竟开始在陈东旭脑海里整日萦绕，继而逐渐酝酿、丰富和成熟起来。

陈东旭越来越清晰意识到，这个念头已让自己欲罢不能。

人们不曾想到，这个在人们眼里充满着书卷气、对三尺讲台眷恋情深的优秀青年教师，在产生要编写出优秀教辅资料的这个设想之后，他的未来人生事业方向就此将发生重大转折。

人们更没有料到的是，正是这一次人生事业方向的转折，日后成就了一位在江西与全国民营图书出版领域具有深远影响力的优秀民营企业家。

## 第三节　惜别三尺讲台

"按照《高中物理导学与针对训练》的编写思路，分别编写出一套包括物理、化学、语文、数学、英语各学科在内的优秀教辅材料，供高中师生使用，以达到让教师更轻松地教学，让学生更有效地学习的目的。"

当这个想法在脑海反复酝酿中变得那样强烈而清晰，陈东旭意识到，自己心里的这个想法如此"顽固"，那实际也就意味着，自己一定会设法去做成这件事。否则，他心里就会一直为这件事所纠缠而无法宁静下来。

这其实也有陈东旭性格使然的一部分原因，他认定了要去做的正确的事，就会义无反顾地去努力去做。

于是，陈东旭接下来想到的，不是"要不要去做"，而是"自己怎样才能去做成这件事"。

编写一整套高中年级各科的系列辅导书，这是一个庞大的构思计划。

而要实现这项计划，陈东旭首先必须要认真考虑的，那就是完成这件宏大事情的时间保证问题。这是一项需要花费大量时间、投入巨大精力，才能去顺利完成的工作。

"仅仅是联系到全国各地优秀学校的名师，就是一件让人不可思议的事情。"陈东旭心里十分明白，如果仅仅依靠自己从繁忙的教学工作里抽出时间去业余完成这项工作，那显然是不切实际的。因为，从自己几年来的教学工作来看，一位尽职尽责的教师，业余时间和精力其实是十分有限的。这样的实际情况下，在自己这有限的业余时间里，再插入一项这样耗时耗力的庞复工作，那样不但会让自己的教学工作受到极大的影响，同时也难以保证专心致志地投入到自己所设想的编写工作中去，更会影响到这套书的编写质量。

"那这些教辅书，别人又是怎么编写出来的呢？"陈东旭开始有意识地去了解教辅类书籍编辑出版的过程。

陈东旭最初的了解渠道，就是通过那些与新余市第一中学有教辅资料业务往来的人。

在很长的时间里，全国各个学校的教学是相对封闭的，几乎没有什么交流往来。而到1980年代，在全国提倡教学创新改革的浓厚氛围下，学校教学经验的交流开始逐渐兴起，许多学校之间开始在教学经验和资源上相互交流借鉴。

也正是在这一过程中，逐渐产生了名校名师的示范效应。

而教辅类资料的相互借鉴，就是名校名师的示范效应下最直接的产物——一些知名度高的学校的内部教学资料、试卷等，开始为很多学校借鉴。

与此同时，一些人从这里敏锐地发现了商机。于是他们就主动找到那些知名度高的学校，提出合作，由学校老师编辑内部教学资料或者试卷，然后向其他学校出售，利润分成。

就这样，市场经济的水流也开始向教辅资料这一领域渗透，一个新的市场悄然萌发。

1980年代末和1990年代初，当时，在新余市第一中学，已经开始有上门推销学生单元练习资料及学期考试试卷的人。这种资料或试卷，一般都是当时教学成绩显著的一些名校的试卷。

经过深入了解，陈东旭逐渐搞清楚了这样的情况：这些经销教辅书籍或考试试卷资料的人，一般是从某家名为"教育研究所"之类的机构批发购买教辅书籍或考试试卷资料，再卖给各学校。那些名为"教育研究所"之类的机构，就是专门编写、出版和经销教辅书籍或考试试卷资料的机构。这些机构付给一定的费用，聘请一些声誉很高的学校的有名老师，请他们来编写教辅书或是试卷等资料。这些教辅书籍或是试卷等资料，会打上这些名校名师的牌子。当然，少数学校后来看到了自己学校老师们编写的教辅书籍或是试卷等资料如此受欢迎，就自行组织本校有经验的各科老师们来编写出版，再批发卖给那些做教辅书或是试卷资料业务的人。比如，广西博白县中学编写的那本《高中物理导学与针对训练》就属于这种情况。

"做教辅书籍或考试资料，已经成为一个行业！"这让身处校园里的陈东旭感到既新鲜又有些诧异。

因为，在陈东旭一直以来的理解里，图书出版就是出版社和编辑们的事情，但想不到，现在在出版社和出版社的编辑之外，还有专门做教辅书籍和考试试卷资料的与图书有关的行业。

更让陈东旭想不到的是，其实这一行业从1980年代就开始萌发，那些先知先觉者中的不少人，到1990年代已迅速成为数十万元户、百万元户。这一行业的发展事实，向人们证明了这一行业的巨大空间。

例如，改革开放初期，山东省梁山赵固堆、小路口一带黄河滩区的青年农民，不知怎样发现的商机，他们从北京海淀、山东滨州等地少量批发一些教辅资料，向附近县市推广，取得了些许效益。稍后，他们为了节约成本，就尝试着模仿印制，到了1990年代中期，有些人就注册起以"教育研究机构"为名称的公司，开始形成完整地从事教辅书籍资料的策划、编辑、印制和经销，派生出众多书业印刷企业。当时，在梁山西北几个乡镇，印书卖书形成气候。"要想富，去跑书；要想发，搞印刷"，开始成为这里村民们的口头禅。

此外，全国各地图书经销市场的一种变化也越来越明显。

这一明显变化就是，在1980年代中期以前，全国各地的图书销售市场几乎都一样，即只有新华书店经销图书。而从1980年代中期到1990年代中期，各地很多私人开设的书店如雨后春笋一般诞生。

全国的图书市场经营的这种变化，也随之带来图书经销结构的变化。例如，1995年，在南京市新街口的大众书局，有人粗略统计，中学数、理、化课程的辅导书就达上百种，作文综合辅导书达92种，英文辅导书一项就有65种不同的版本，高中的教材分析类教辅也有39种之多，真可谓"乱花渐欲迷人眼。"

教辅书业的快速发展，结束了中小学生没有教辅可用的历史，教辅类书籍和资料的销售量连年大幅度攀升。在各地书店中，只有少数以专门经销大众图书为主，在大多数书店，纷纷都以教辅类书籍作为主要利润的来源。

…………

在悄然之中，中国图书从出版到经销的整个市场正发生着巨大变化。

尽管"民营书业"这一行业的称呼并没有出现，但事实上，当陈东旭因想编写一套"让教师更轻松地教，让学生更有效地学"的教辅书，而无意间目光投向这一领域时，他随之发现的却是一方广阔的市场天地。

当时，教辅书籍市场，对很多人来说还是一个相对隐蔽的市场。

鲜为人知的是，如今已是著名企业家的尹明善，他早年创业的"第一桶金"，就是做教辅书籍赚来的。

早在1985年底，尹明善就在敏锐发现这一商机后，毅然放弃"铁饭碗"创办了重庆长江书刊公司，成为重庆最早也是最大的书商。这期间，他编辑发行的《中学生一角钱丛书》发行量突破千万册，掘得第一桶金。该丛书的创意后来还被上海出版界演变为1980年代风靡中国的"五角丛书"。

后来，越来越多的图书经销商敏锐地看到了出版教辅材料的利润所在，开始和国有出版社合作。只不过当年他们多以承包国有出版社的编辑部为主要合作形式，"也就是传说中的'二编室'"。

1995年至1997年是民营出版的全盛时期，市场高潮迭起，神话接连不断。《黑镜头》（中国文史出版社）系列的成功出人意料，夸张地说，上千万元盈利一夜之间流进了书商的口袋。《老照片》（山东画报出版社）、《老南京》、《老上海》（江苏美术出版社）等一批图文书的出版，让人在感慨书不再是书的同时，又惊叹书原来也可以是这样的！一个选题的创意，不经意地宣告了中国阅读史上读图时代的开始。

此后的世纪之交，当在国家出版社、新华书店之外的图书出版和经营市场已成蔚为大观的一个行业——民营书业，人们回过头再看，中国民营书业也正是从1980年代到1990年代中后期快速起步发展壮大起来的。

而在全国民营书业这一行业的起步发展过程中，教辅类书籍和各种教辅资料，则占据着绝大部分的市场份额。

与此同时，全国出版市场的改革，也逐渐把编辑们从宁静的书屋里拖到了纷繁复杂、竞争激烈的一线市场。走向市场的第一批编辑们大开眼界，切身体会到了多年闭门编书的盲目性，从此，诞生了一大批集策划、编辑、营销于一体的现代出版人。

不得不客观地说，作为教师的陈东旭，他身处的校园环境，使得他对市场经济中的商机感知一开始不免显得有些滞后。否则，他应该更早就了解到了教辅类图书市场的种种商机。

然而，1995 年，在广西博白中学编写的那本《高中物理导学与针对训练》触发之下，陈东旭下定决心要编写出一套这样的好教辅书籍而在偶然中了解到了图书市场正历经的变革时，他却是那样敏锐地意识到——自己有了可以去实现自己愿望的机遇了！

为何说陈东旭一开始敏锐意识到的，不是属于自己的商机而是实现自己愿望的机遇？

因为，陈东旭一开始遇到的难题，是自己怎样才能全身心地投入，去编写出自己想要编写出的那套书，而非编写怎样的书才能赚到钱。

显然，陈东旭的教师思维方向，一开始就不是与商业思维同行的。

但最终，一种折中的思维方式，让陈东旭将自己的两种思维方式综合了起来——现在教辅类书籍可以以市场方式来做，那自己若编写出了类似于广西博白中学那本《高中物理导学与针对训练》，肯定能得到学生和老师们认可，也就会成为一套市场热销的教辅书，就能获得一定的收入；有收入的保障，自己就可以全身心地投入专门做教辅类书籍的编写工作。

改革开放呈现的教辅图书市场，让陈东旭终于发现了这一点！

"自己的想法完全可行，那就是辞去教师工作，全身心地做这套教辅图书的编写工作了！"兴奋中的陈东旭，在这一天深夜新生出了这样的想法。

然而，在那个寂静的深夜里，当这一想法在脑海里倏然浮现时，陈东旭心里着实一惊。

因为，他从未曾想过有一天自己竟会离开教师队伍这一问题。

"如果做出这样的选择，那不就意味着自己从此将告别讲台，别离学生，从此将离开了教师队伍么？！"那一刻，一种对于人生价值的诘问，也随之涌现于陈东旭的心底。

对于情感深处已无法割舍讲台和学生的陈东旭而言，这样的现实无疑是极其痛苦的，他无法说服自己做出这样的选择。

"这不可行，不能做出这样的选择……"陈东旭仿佛觉得，自己脑海里倏然而现的辞职想法，让自己一下子背离了由来已久的人生追求方向。

陈东旭很快将辞职的念头强压回了心底。

但是，另外一种复合着激情期待的苦痛，又一天天在内心激烈地回旋与冲撞着。陈东旭又怎样也无法说服自己，他怎么也不愿意放弃那个让他如此充满激情和期待的设想。

最为关键的是，那个设想不仅是极其切合实际的，而且，陈东旭认为，自己决意要去做的这件事是极其有意义的——"作为一名老师，我自己能够实现轻松地教固然很开心，但是能够让千万名老师都能轻松地教则更加重要；我自己教的学生能够有效地学固然很欣慰，但是能让千万个班级的学生都能够有效地学则更有意义！"

陷入这样处境中的陈东旭，必须做出一个选择。

"让更多的教师更轻松地教学，让更多的学生更有效地学习，自己将要从事的这项工作，不仅依然立足于教育领域，而且涉及的人群范围迅速扩大，这不是更具意义和价值吗！"在进退两难的取舍思考过程中，陈东旭不知不觉发生了思考角度的变化。

陈东旭的内心，在慢慢完成一次艰难的转变。

终于在那个安静的长夜里，陈东旭经过慎重深思后，做了他人生中的坚定取舍——从新余一中辞去教师工作，去全身心投入到自己所选择的崭新工作中去。

陈东旭为自己的人生事业期许了一个全新的舞台，他期待在这个全新的舞台，实现自己曾经从未去想象过的人生价值和收获！

"先天下之忧而忧，后天下之乐而乐！"数年后，正如在一次采访时陈东旭面对记者所坦言的："我心底的念头越来越强烈，我想要去编一本好的教辅书，让更多的老师，拥有好的教学工具，不至于再陷入我之前那样的矛盾。让更多的学生，在更轻松的学习中拥有好的成绩。"

就这样，陈东旭毅然决定辞去教师公职，开始去追逐更大的抱负！

…………

陈东旭平时待人谦和，说话轻声细语，从不打断别人话头，一副憨厚模样，往人群中一站，很难引起别人的关注，但就是这个再普通不过的中学物理教师，却突然作出了辞职之举。

这着实令人感到吃惊！

接下来的一切都在预料之中，那就是学校领导、同事特别是好友们纷纷劝留陈东旭。

是啊，一位重点中学的高中老师辞职"下海"去编教辅书，暂且不说抛弃稳定体面的工作让人想不通，就说将来编教辅书能不能卖得出去、能否赚到钱还是一个未知数。

面对大家的劝留和为他的担心，陈东旭充满了感激。

只是，他已下定了决心！

1996年，内心里对三尺讲台充满着无尽眷恋的陈东旭，在领导与同事们的鼓励但更多还是难以理解的目光中，辞去教师公职，离开了自己曾挥洒青春激情与汗水的新余市第一中学。

至此，陈东旭定准了自己今后的事业发展方向！

陈东旭没有想到，他辞职的消息传回到老家，随即在老家"炸了窝"——各种议论和猜测纷起。

曾经靠着勤奋读书走出了农村，大学毕业后分配到新余一中任教，工作体面而稳定，陈东旭赢得了家人的信任。在老家，陈东旭是乡亲们用来教育他们的孩子立志读书，将来走出农村去的榜样。

然而，历经千辛万苦好不容易从农村挣扎出来，捧上了稳稳当当、令人羡慕不已的"铁饭碗"，当上了国家老师，可现在自己却突然辞掉不干了。这的确是让家乡人想不通的一件事！

"家乡人一听说我辞掉老师不干了，就没什么人信任我了。"回忆起当年辞职"下海"时的情景，陈东旭笑着说，"只有我爸爸还算开明。他回答别人的不解时这样说：'让他试试看吧。反正就算事情没做成，家里还有二十多亩田，回来种田起码会有碗饭吃。'"

"可这位农民的儿子很有信心。"此后多年，一篇媒体报道在讲述陈东旭当年毅然辞职"下海"时的心路历程中这样写道：他认真分析过，一方面，市场的需求是客观存在的。"当时我自己也是老师，知道这样的书很有用。"

另一方面，陈东旭尝试着和一些中学的校长、老师联系过，他们大多认为陈东旭的想法可行。

陈东旭对于自己所要开启的人生之路，也逐渐充满了更为绚丽的向往与期待——由编写一套优秀的教辅材料，渐次延伸为在优秀教辅书籍的编写过程中，今后去闯出一条属于自己的创业之路来。

从此，这个梦想和使命就融入了陈东旭的整个人生，也由此改变了他事业的轨迹和方向。

惜别三尺讲台，走向人生事业崭新开端的那一刻，陈东旭悄然感受到一个前所未有的使命感落在自己的肩上。

一个人一旦拥有了更为高远的目标追求，往往也就在不经意中打开了通往自己崭新事业天地的一扇门。尽管他自己在当时并不曾意识到这一点。

陈东旭又何曾意识到，他在不经意间走向的，正是改革开放后蓬勃兴起的中国民营出版业的广阔发展天地。在教辅类书籍渐向繁荣的发展过程中，他从一本好教辅书对于自己推崇的"让老师更轻松地教，让学生更有效地学"这一教学理念的启示中，偶然之间所触摸到的，竟是改革开放进程中催生并强劲崛起的一个崭新行业领域——民营教辅类资料图书快速萌发兴起的大好春天！

多年以后，当陈东旭忆起自己创业成功的源起，那般深情地说道："江西金太阳教育的快速崛起直至后来朝向多元化产业方向强劲发展，是自己与公司全体同仁们一步步靠着坚实努力走出来的。然而，这一切成功的机遇，却是改革开放进程中全国民营书业崛起所赋予的。"

陈东旭庆幸，自己抓住了这一机遇！

# 第三章
# "全国大联考"一举成名

创业开端的一切，历经艰辛曲折，倾注了太多的辛酸和汗水。

1996 年，辞去教师公职后的陈东旭，在新余一中附近租了一套简陋的民房，成立了一家基础教育研究中心，随即投入到对教辅书籍的编写工作。

他为自己要编写的这套丛书定名为《名校·名师·名作》丛书，即汇聚全国各地名校中名师们的经验，编写成一套教辅精品，以达到让"让老师更轻松地教，让学生更有效地学"的目标效果。

那时候，从联系全国各地名校的名师约稿，到整套丛书的策划编写，再到每一本书的修改校对，几乎所有环节的工作都是陈东旭一个人承担，他忙得废寝忘食、神形憔悴。每次，他把书稿交给打印店录入时，就感到体力难以支撑，躺在打印店的地板上沉沉睡去。打字员每打好一份，就把他叫醒进行校对。

全身心地一年艰辛投入之后，由全国 287 所重点中学的优秀教师参与编写修订的《名校·名师·名作》丛书，终于在 1997 年底前出版印刷。

然而，让陈东旭始料不及的是，由于自己的基础教育研究中心没有名气，加之毫无教辅类图书的营销经验，《名校·名师·名作》丛书的销售情况很不理想。

但陈东旭最终找到了破解的好方法——组织学校一起参与考试，通过统一考试去组织学校资源进行销售。

当时，全国各地的中学都会组织高三年级学生举行高考模拟考试，但考试的试卷往往是学校自己编写。陈东旭想到了邀请各地名校参与编写，最后组织全国各中学一起参与高考模拟考试。

于是"全国大联考"这一开创性的试卷产品诞生了。

全国高三大联考甫一面世，就以其品质的专业性、高考导向的准确性与命题走向分析的清晰深入而使得全国各地中学应者如云，其后的规模仅次于教育部组织的普通高等学校招生全国统一考试。

果不其然，在"全国大联考"的带动下，《名校·名师·名作》丛书的销售也随即越来越火热。

## 第一节 汇聚名校名师编名作

从学校辞职之后的陈东旭，开始全身心地投入到了自己憧憬的美好未来之中去。

按照陈东旭的想法，自己要去做的，并非是一个简单的编写教辅材料的方向，而是最终要形成自己在教辅材料产品方面独一无二的特色，今后开拓出自己在这一领域的事业天地。

因此，他认为，这项工作最终是依靠系统研究形成自己的特色，从而稳健崛起于全国教辅书籍市场。

于是，陈东旭成立起了一个基础教育研究中心。

创业离不开资金。然而几年任教下来，那份不高的工资收入在应付生活开支之外，几乎没有什么积蓄，陈东旭手头的创业资金捉襟见肘。

一切只能因陋就简。

陈东旭在新余市第一中学附近租了一套简陋的民房，办公室兼着生活区，房间里也只有几样简单的桌椅，这就是他创业的全部家当。

然而，心中梦想所激起的巨大热情，让陈东旭仿佛真切看到自己正向着那个美好的目标一步步走近。

事实上，广西博白中学所编的那本《高中物理导学与针对训练》，给予陈东旭的深刻启发，是在编写总思路和总方案上的。但是，要按照这一总思路和总方案编写出高中各门学科的教辅书，具体内容该怎样来安排呢?

这一点，从一开始陈东旭就构思好了：那就是各科教辅书的内容，要全部来自于全国各地有名中学里的教学骨干教师。这些教师有着丰富的一线教学经验和独特教学方法。这样，这套丛书在质量上就做到了全国独一无二。

他将自己要着手编写的这套丛书，定名为《名校·名师·名作》丛书，即汇聚全国各地名校中名师们的经验，编写成供高三年级老师教学和学生学习用的一整套教辅精品，以达到"让老师更轻松地教，让学生更有效地学"的效果。

编写《名校·名师·名作》丛书，那首先第一步，就是要能组织起全国各地名校里的各科名师，汇聚他们来自教学实践中的心血智慧，这样方能真正体现出了这套丛书的价值和特色。

陈东旭决定，自己拟定《名校·名师·名作》系列丛书详细的编写方案，先从江西省内的一些名校开始，带着真诚上门去拜访名师，向他们阐述清楚自己的想法，以得到各科名师们的大力支持。

江西省内牌子最响的两所高中名校，在南昌市。

于是，这一天，陈东旭带着关于编写《名校·名师·名作》系列丛书的编写方案，来到了南昌市，满怀真诚地走进了他目标中的第一所名校。

"我叫陈东旭，我在辞职之前是新余一中的物理老师。"在这所名校的办公楼，陈东旭找到并敲开了学校教导主任办公室的门，然后很礼貌地向教导主任作自我介绍。

"新余一中的物理老师，欢迎欢迎！"教导主任起身热情相迎。

"请问陈老师找我有什么事吗？"教导主任随即向陈东旭问道。

"我想编写一套高中年级的各科优秀教辅书籍丛书，以达到让教师更加轻松地教学，让学生更加有效地学习。为此，我们想邀请贵校各学科的名师参与编写……"陈东旭一口气把自己此行的来意说出。

"请我们学校各科的骨干老师，参与你编写《名校·名师·名作》教辅丛书……"那位教导主任向陈东旭再次确认。

"是的，我正是这样的想法。"陈东旭回复道。

"这恐怕不行……"那位教导主任很直白地对陈东旭说："我们学校的高三把关老师教学任务都很重，参与出试卷恐怕没有这个时间，再说呢，高三把关老师们的时间与精力也不宜过多分散啊……"

那位教导主任的婉拒，实际上也就意味着这所名校的门向陈东旭关闭了。

陈东旭本就是个性腼腆的人，听出了别人话里的拒绝之意，他也不好意思再张口去争取了。

于是，陈东旭只好离开，又前往另一家名校。

这一次，陈东旭决定改间接沟通为直接沟通，即直接去这所名校的高三年级组教师教研室，找到想拜访的老师，单独与他们进行接触，详尽阐述清楚自己的方法和请求。

然而，当陈东旭刚找到想找的第一位老师，迎接他的就是干脆利落的拒绝。

"这个不行，绝对不行！"这位高三年级的把关老师一口回绝了陈东旭的请求。

"我想把编写这套丛书的想法，详细和您沟通一下……"陈东旭希望对方给自己阐述的机会后，再作出决定也不迟。

"没什么好沟通的，你们这些搞教辅资料的机构里的人，不就是想要我们学校老师的试卷，然后你拿去印刷卖给其他学校做考试资料嘛！"这时，刚走进教研室的负责人，也毫不留情地拒绝了陈东旭的请求。

…………

在平日教学的课堂上，几乎每一堂都讲得那般精彩的陈东旭，此时此刻，面对这样的断然拒绝，他一时却不知如何去应答和解释。

而且，因为强烈自尊心的缘故，陈东旭甚至脸上也涨得通红。

这样的情况之下，陈东旭只得尴尬地走出教师办公室。

第一次满怀热情的开始，就这样遇到了冷冰冰的拒绝，这让陈东旭心里感到很不是滋味。

一种挫败感也随之在陈东旭的内心里生发出来，在从南昌返回新余市的班车上，他那样真切地感受到了内心的无助与孤独。

他开始意识到，梦想很美而现实却这样"骨感"。

"要想做成一件事，哪能这样经受不起挫折。也许是自己的方法不对……"陈东旭这样不断地安慰并鼓励自己。

之后，陈东旭又硬着头皮去找过其他两所教学质量颇有影响力的名校，但结果却与之前如出一辙。

"到底怎样才能走进名校，继而组织起名师呢？"在一段时间里，陈东旭对此一筹莫展。

渐渐的，陈东旭才意识到问题真正所在的地方：自己心怀真诚的登门拜访，被学校领导和老师们误解了，以为就是抱着要学校老师出题的目的而去的，编书也就是为了出教辅书谋利。

可其实，学校领导和老师们产生这样的误解一点也不足为怪。

因为，自从市场上的教辅书籍和考试试卷等资料越来越畅销，几乎每个声誉卓著的名校和名校里的骨干教师都时常会遇到书商主动上门来联系，想和学校以及老师合作编写教辅资料出版的事情。名校以及他们的老师们，对此颇为反感。更有这样的情况，一些不诚信的教辅书籍出版者，为让自己编写的书好销售，就擅自打着和"某某名校"、"某某名师"联合出版的名义，可教辅书或资料的内容却粗制滥造，让这些名校、名师的声誉受损，让购买这类教辅书籍或资料的师生受了蒙骗，引起这些名校、名师的愤怒。

究竟该怎样去解决这个难题呢？

一段时间里，陈东旭为此而深感困扰。

…………

有一天，陷入困境中的陈东旭，突然想起了自己曾看到过的一个故事：

有一个智者认识一个德才兼备的穷小子，很欣赏他。有一天就对这个才子说："我想介绍你做洛克菲勒的女婿，你愿意吗？"穷小子说："怎么可能呢？"这个人就去找了洛克菲勒，说想把某某介绍给他做女婿，德才如何好。洛克菲勒说："这个人从没有听说过，怎么可能做我女婿呢？""我告诉你他是花旗银行最年轻的副总裁。"老洛就说："那行啊。"然后这个人又去找花旗银行，说我给你们介绍某某来当副总裁。花旗银行说："那怎么行呢？这个人没听说过。""我告诉你他是洛克菲勒的女婿。"花旗银行说："那行啊，石油大王的女婿一定是能力很强的。"结果，这个小伙子就成了洛克菲勒的女婿，又成了花旗银行的副总裁。

这个故事，给陈东旭带来了启示。

"对啊，看起来一些孤立不相干、不可能的事情，如果能把它们有机地联系起来，也许就会发现新的机会。"

想到这个故事，陈东旭的脑海里随即闪现出哲学里学过的"普遍联系"思维的观点来：可不可以从其他方面来找到解决问题的方法？！

在这则故事的启发下，循着这样的思路，陈东旭随后很快想出了一个打开困局的思路——先预设一些名校和这个名校里的名师，然后再借力这名校名师效应的奇妙功能去和自己要找的名校名师建立沟通联系，由此打开突破口。

陈东旭感到眼前豁然开朗。

"为什么自己会遭到拒绝？就是因为自己本人没有名气，编写这套丛书的真正目的也不为别人理解，那这些名校、名师怎么会参与到自己组织编写丛书的队伍中来呢？"陈东旭认为，这就是问题的关键所在。

于是，他迫不及待地要去尝试这新的破局思路。

陈东旭想好了一所在全国颇有名气的名校，并通过途径对这所名校的整体情况尤其是名师的情况，做了十分详细的了解——他要借力于这所名校的名气，去敲开全国各地一所所名校的大门！

这一步完成后，陈东旭又通过各种渠道，把能找到的与教育有关的各类杂志、报纸找出来，从中挑选出经常发表文章的作者。

因为凭着曾在教学中的经验，陈东旭知道，名校的名师们都有一个好习惯，那就是把自己的教学经验写成文章，寄给各类教育报刊发表交流。比如，广西有两种教育杂志——《中学文科》和《中学理科》，办得影响很大，在上面发表教学经验交流文章和论文的作者，基本上都是全国各地颇有知名度中学的各科特级教师、骨干教师。

所以，按照这样的方法寻找名校名师，可谓事半功倍。

结果证明，这一方法确实好！

一段时间过后，陈东旭从各类教育杂志上搜集整理到的那些名师，都是全国各省市数一数二高中里的名师，绝大多数都长期担任高三年级各科的把关老师，总共有好几百位。

那接下去，就是如何联系到这些名校的名师了。

这么多名师，遍布全国各地，自己要一一去拜访沟通，时间和经费的耗费都十分巨大，这显然是不切实际的事情。

"那怎么才能和这些名师沟通联系呢？"陈东旭又为这件事颇费了一番脑筋。

终于，他又想到了一个好方法——写信，通过书信的方式来与这几百位名师取得联系，并将自己的想法与他们坦诚交流。

陈东旭随后拟写了一封言辞真诚、文字朴实的书信。

在这份信中，陈东旭将自己作为一位教学一线的老师在曾经教学过程中所遇到的困惑、坦诚和理念一一道出，表达自己辞去教师职业决心来编写这套丛书的真切心愿。最主要的是，自己希望能得到这些名师们热情参与支持的恳切之情……

当然，也出于"名校名师"的示范效应考虑，在那则故事的思维启发下，陈东旭在这封信中预设了一些名校和这个名校里的名师已参与集体编写的信息——"某某学校已经加入了这套《名校·名师·名作》丛书的编写，某某老师也同意了参与编写……在此，我们特征求您的意见，是否愿意参与到《名校·名师·名作》丛书编委会中共同编写……"

这一切工作完毕后，陈东旭将承载着自己希望的几百封书信寄发了出去。

　　…………

这一次，陈东旭等来了令他欣喜万分的结果！

没有过多久，陈东旭就陆续接到了从全国各地纷至沓来的回信——几乎所有回信的老师们，都欣然表示同意参与《名校·名师·名作》丛书的编写工作。

陈东旭至今仍记得，当他拆开接到的第一封回信时，他的内心是十分忐忑不安的。因为，他担心信中的内容是拒绝。

然而，当目光跃动在信中的字里行间，陈东旭为之兴奋和感动不已：

"编写《名校·名师·名作》丛书这个想法很好，一来是全国高中各年级老师们的教学经验可以相互交流，二来有了这样一套高质量的教辅书，对于全国的高中老师和学生都是十分受益的一件事……我十分愿意参与这套丛书的编写工作。"

来信的这位高三年级老师，是北京市一所知名中学的特级教师。他不仅欣然表示接受了编写工作的邀请，而且还从自己多年教学的经验出发，对陈东旭编写《名校·名师·名作》丛书的这一想法给予了充分肯定。

"自己的想法是正确的，也终于得到了名师们的支持与理解！"读完这封信，陈东旭深受鼓舞。

此后，阅读全国各地名校的名师们的一封封来信，给了陈东旭越来越坚定的信心——受邀的老师们对参与编写《名校·名师·名作》丛书几乎一致认可！

最后一统计，陈东旭发现，回信愿意参与《名校·名师·名作》丛书编写的全国各地名校的各科名师，总共达到了300多位，他们分别来自全国各地的287所重点中学。

与此同时，这些名校的名师们，在来信中还对《名校·名师·名作》丛书的编写工作提出了很多很好的意见。根据这些意见，陈东旭又对《名校·名师·名作》丛书的编写方案做了进一步调整和完善，使得这套丛书的编写更有针对性和实用价值。

在这样的基础上，《名校·名师·名作》丛书编写工作的条件已具备，陈东旭随后成立了丛书编委会，他本人既担任丛书的主编，又是各册丛书的责任编辑。

陈东旭决定，先编写《名校·名师·名作》丛书的高三年级的数学、物理和化学三册，这也是高三年级教辅书籍中销售量最大的三个科目教辅书。

一个人启动一项如此庞大的丛书编写工作，工作量之大不言而喻。

在各科内容的稿子陆续从全国各地寄来之后，陈东旭的编写工作正式开始。

"开始的时候，就是我自己一个人，一切都要亲力亲为，不但要对所有名校名师们寄来的稿子进行细致的整理，还要展开编写，同时做书的校对工作，十分艰苦。"陈东旭至今回忆起那段充满激情的艰苦时光，依然充满着感慨。

基本没看过电视，平常也没休息日。在那套办公室兼寝室的简陋出租房里，陈东旭的工作从早到晚，日复一日。

因为没有钱买电脑，陈东旭的所有编写工作，只能全部是用笔和稿纸来编写，一大摞一大摞的手写书稿，见证了那惊人的工作量。

此外，让陈东旭心生感动的还有，在《名校·名师·名作》丛书编写过程中，新余市第一中学的几位老师也利用课余时间来帮助参与丛书的编辑工作。后来，陈东旭的几位好友还辞去公职和他一起干。

"在当时前程未知的日子里，他们的加入，对我来说无疑是一种莫大的工作支持和巨大的精神鼓励。"陈东旭这样深切感怀。

1996年6月底，经过近半年夜以继日的编写后，《名校·名师·名作》系列丛书终于编写完成。

在交付出版印刷之前，需要将丛书的手写稿转为电子版。

为此，陈东旭就在新余市找了一家电脑公司，请那里的工作人员对书稿进行录排。

当年那家电脑公司，为陈东旭录排书稿的工作人员，是罗启碧。当时，她原本是江西省地质矿产局物化探大队的一名工程师，但后来单位下属的电脑公司实行承包经营，她便大胆承包下来自己经营。

而让罗启碧没有想到的是，在为陈东旭录排《名校·名师·名作》后一年多，因为这套书的结缘，她于1998年1月1日正式加入了陈东旭的创业队伍，成为了当年"金太阳教育"艰苦创业团队中最早的一批创业者之一。

如今，罗启碧担任金太阳教育行政中心总监。

对于创业之初岁月的回忆，陈东旭只是浅浅道来。但那艰辛起步的第一程，历经艰辛曲折，融入了太多的辛酸和汗水。

由于有罗启碧的回忆讲述，我们也得以知晓当年陈东旭创业艰辛的一些基本情况：

"1996年6月的一天，当时陈总拿了他第一本书的手稿，到我所在的电脑公司来问我可不可以录排。当时他还讨价还价，我开玩笑地跟他说，你到街上去问，如果有哪家比我这便宜就可以不用来了。陈总还真到街上去了解行情，最终，还是由我接下了这个单。"

"期间，陈总负责排版、校稿、出片、印刷和发货等所有流程。我记得那时每次送稿过来我打字排版，他都疲倦得倒在电脑房的地板上就睡着了，我每打好一份，就把他叫醒校对。"

"后来有一次，我把录排好的书稿送给陈总，看到他房子里全部都是一摞一摞的书稿，他正伏案在这些书稿中间聚精会神地工作，全然不知有人来了，那是一种废寝忘食的工作状态。"

…………

这就是罗启碧与陈东旭相识的过程，那时候陈东旭给她的印象，就是一个充满书卷气的老师，平时话语不多，却充满着对工作的执着和对事业的追求。尤其是陈东旭做起事来的韧劲和吃苦精神，更是让罗启碧敬佩。

是的，在那些异常艰苦的日子里，是心底的巨大精神力量支撑着陈东旭，让他不知疲倦地朝着自己心中的目标坚定行进着。

对于陈东旭而言，源自于内心深处的师者情感，让他对摆在面前的《名校·名师·名作》系列丛书，首先是视为终于实现了自己愿望的一部作品。

而且，这是陈东旭认定将会产生不同凡响影响的一套优秀教辅类书籍作品！

一遍又一遍仔细地翻阅这套《名校·名师·名作》丛书，陈东旭无限欣慰与自信。

同时，一种无比自豪的情绪也在他心底涌起：自己编写的这套教辅书，在内容上，超过所看过的任何一本教辅书。这本书以求触类旁通，举一反三，并检验学习的效果。每章附有解题指导，解析精准到位，起到画龙点睛、点石成金的作用，真正让学生理解其中的要义和精妙，体验解题过程的愉悦。

对于《名校·名师·名作》丛书的特点和优点，陈东旭一条条地归纳了出来。

解题错点诊断:指出同学们在解题过程中可能出现的知识与思维障碍;

排除方法:对于常见题型的解题错点,总结原因,指出技巧与方法;

解题指导:对于每道题涉及的知识点,深入浅出地分析,及时总结解题方法:

诠释核心知识,理解解题规律,熟知推论引申,以不变应万变。

…………

由此,陈东旭心中暗自确信,这套《名校·名师·名作》丛书将会让看到它的读者们眼前一亮!

而对书的评价到底如何?来自教学一线的老师们,他们才最有发言权!

为此,陈东旭决定首先请这些行家们来评定。

于是,陈东旭分别向新余一中及江西省内几所知名度很高的中学各科高三把关教师们,赠送了《名校·名师·名作》丛书,请他们提出宝贵意见。

果然不出陈东旭所料,拿到书的老师们在认真看完《名校·名师·名作》丛书之后,给出了负责任的意见:

"这本书真是编写得太好了!"《名校·名师·名作》丛书的第一位教师读者——新余一中一位教学经验十分丰富的老师,在花了整整一周时间研读这套丛书后,惊喜地对书给出了极高的评价。

"无论是从内容上,还是从编写形式上,都是不可多得的一本好辅导资料。"第二位教师读者的意见来了,对书稿表示赞许不已。

"以题型解析的方式,贯穿名校名师们独特的教学方法,总结他们的教学经验,这样的辅导书是我们老师和学生都想要的。"随之而来的第三位教师读者评价意见,同样如此。

"知识系统,培养能力,内容丰富,有一定难度,而且紧扣教学大纲的重点和难点……"

…………

这些来自各方面对《名校·名师·名作》系列丛书的评价意见,让陈东旭内心感到无比兴奋。他心里清楚，自己数月以来呕心沥血的付出，终于没有白费！

更为重要的是，综合来自对《名校·名师·名作》丛书的各方面意见，加之自己对这套丛书的效果充满信心，陈东旭十分自信地认为："《名校·名师·名作》丛书的每一卷，销售个几万册应该没有问题"。

他心底坚信，自己正朝着成功的目标一步步迈进！

最后，陈东旭决定，将《名校·名师·名作》丛书的数学、物理和化学分册的印量，定为每册第一次印刷各为 2 万册，总共 6 万册。


## 第二节　开创"全国大联考"

书印刷出来之后，那就是要开始着手销售了。

然而，接下来《名校·名师·名作》丛书的销售情况，却完全出乎陈东旭的意料。

一开始，陈东旭从《名校·名师·名作》丛书编写过程中得到的经验，决定采取向全国各地学校寄送样书的方式来征订。

"学校和老师们看过《名校·名师·名作》的样书之后，一定很快就会有征订单寄来！"陈东旭对销售情况抱以这样的自信。

于是，一连多日里，陈东旭不知疲倦地写信封，分装样书，他希望这些样书能早一天分寄到各地中学校长们的手里，从而向自己寄来他们的《名校·名师·名作》购书单。

可是，在第一批样书寄出之后，陈东旭满怀信心等来的却是杳无音信——没有征订单如期而至。

陈东旭心里有一种无法言说的失落，但他依然相信，再过一段时间情况就会发生改变的。

尔后，陈东旭接着再寄出了第二批、第三批《名校·名师·名作》样书。

然而，一段时间过后，情况依然如此！

陈东旭心里开始隐隐意识到，自己的估计过于自信了，自己的判断也过于乐观了。

这样的情况让陈东旭难以理解，他不知为何会出现这样的情况。

但几批《名校·名师·名作》样书寄出去后，最终的现实就是这样，征订者寥寥无几。

"难道是寄样书这样的方式导致沟通不畅？"陈东旭于是就决定改变销售方式，通过打电话来征订。

陈东旭电话打到一些学校，耐心地讲解后，校长或老师对《名校·名师·名作》丛书的编写理念总体十分认可。但最后，绝大多数校长或老师总会询问一个问题——"这套丛书是谁主编的？是哪里主编的？"

陈东旭对此都如实回答。

而当对方一听，是"陈东旭主编"时，电话那头几乎都会无一例外地传来这样回复："怎么没有听说过！"

显然，校长和老师们回复的意思是：这套《名校·名师·名作》丛书的主编没有名气，编写的单位也没有名气，让人怎么会有兴趣去了解这套丛书，更不用谈在教学中去尝试着使用这套丛书了！

渐渐的，陈东旭终于明白了《名校·名师·名作》丛书销售受阻的原因：作为一位曾经普普通通的物理老师，谁又知道自己呢？如此一来，问题与当初邀请名校的名师们编写《名校·名师·名作》丛书的情况相似，由于主编没有名气，编写团队没有名气，导致了这套丛书难以销售。

与学校在选择征订教辅资料过程中认主编个人名气、认主编单位名气的情况一样，教辅书籍销售商看到《名校·名师·名作》丛书的主编毫无名气，也不愿销售此书。因为，教辅书籍销售商销售的主渠道在学校，他们更深谙学校在征订教辅资料过程中认主编个人名气、认主编单位名气的情况。

这样的情况，的确是陈东旭之前没有想到的。

…………

一场初冬的冷雨，悄然而来，天气也越来越冷了。

望着堆积在仓库里的 6 万册图书，陈东旭心里感到无比怅然。

这么多书销售不出去，印刷费都是欠着印刷厂的，怎么办？书销不出去，也就意味着没有收入来源，房租要付，基本生活开支也要花钱……这些让陈东旭心里焦虑不安。

一连数日里，在夜深人静时分，陈东旭总是辗转难眠。他感受到了袭人的寒意，其实，这更多的是心里的凉意：他没有想到，现实的结果却与自己的努力背道而驰！

一种无言的苦涩，也随之在陈东旭心底泛起。

打开《名校·名师·名作》系列丛书销售的突破口，究竟在哪里呢？陈东旭陷入了苦思冥想之中。

…………

教师出身的陈东旭，在苦思冥想的过程中，他的思路又不知不觉落到学校的教学上来了。他的想法是，既然教辅书籍是为了老师教学和学生学习用的，那就必须要围绕着学校的教学这一重点，来展开思考新的销售方法和途径。

而在这一天夜深人静的思考中，陈东旭由对学校组织模拟考试方面的思考，渐渐开启了打开《名校·名师·名作》丛书销售局面的新思路：

"几乎每所学校的各个年级，每一年都会组织一些模拟考试，而且高三年级还会组织多次模拟考试。这些模拟考试，有的是地域性的，即以一些乡镇或以几个县或者是一个地区为片区，各个学校的同一年级在相同的时间组织相同学科的统一考试，试卷由片区各学校组织老师共同出题。还有的，就是各个学校自己组织的，试卷也自然就是本校老师出题。"

"不管是地域性的模拟考试还是各个学校自己组织的，这种模拟考试的水平都有相对的局限性。这种局限性，就是年年都是片区那些学校老师来共同命题，无法充分借鉴外地学校尤其是名校的独特教学经验和优秀教学资源。而本校组织的模拟考试就更加有局限性了。"

"能不能把全国的学校联系起来，由最好的老师来命题，然后全国各地的学校大家一起来参加这样的一次考试，而且可以把全国各省的分数、各校的分数拿出来做对比和做讨论分析。考试的名称就叫'全国大联考'。"

陈东旭随即进一步思考认为：如果这个想法能实现的话，那大家一下子就会认识到这个产品好！

而且，陈东旭也太了解学校老师尤其是高三年级老师们的需求了——因为高三年级每门学科的教师，都希望在各轮复习过程中有很好水平的试卷，这样对学生在每一轮复习中提高成绩有明显的效果。为了达到这样的效果，不少高三老师从各种渠道弄来资料自己亲自出各轮复习中的模拟考试和摸底考试的试卷。但这样，繁重的教学之外还要花费精力时间在出试卷题目和油印试卷上，又加重了老师们的负担。

对于学校来说，高考是检验学校教学质量和教育成果的重要途径。千军万马过独木桥，这是对高考的一种描述。

"为了让学校准确地把握好高考这一战役，做好学生的考前摸底及冲刺辅导工作安排，为了让学生有一次高质量的实战模拟考试机会，我相信组织'全国大联考'一定能得到学校高三老师们的积极响应！"

这样的思路顿然打开之后，一阵激动从陈东旭心底涌起，令他好不兴奋！

"而只要大家认可了'全国大联考'，那这样的方法不但破解了原来高三年级模拟考试存在局限性的问题，而且就会认识我们，了解我们，那到时《名校·名师·名作》系列丛书的销售也就有可能会出现转机。"

…………

至此，对于打开《名校·名师·名作》丛书的销售局面，陈东旭形成了这样的新思路——先不急于书的销售，而是先通过组织高三年级的"全国大联考"让全国各地学校、老师和学生知晓和了解：有这样一个人，曾经是一位物理老师，他编了一套《名校·名师·名作》丛书，为的是让老师教得更轻松，让学生学得更轻松……

陈东旭决定，立即着手开展高三年级"全国大联考"的组织实施工作。

经过认真选择，最终，陈东旭选定了七所全国著名重点中学来共同参与试卷的命题。这七所学校分别是：南昌二中、长沙一中、杭州高级中学、福州高级中学、昆明一中、合肥一中、南京师大附中。

要让这些学校来参与统一命题，那最关键的，就是要获得各个学校校长的大力支持。

怎么和这些学校的校长取得联系呢？

陈东旭发现，凡是安装了电话的人家，号码都在电信局备案了的。那只要找这七所中学校长的名字，然后打"114"查号台，就可以查到电话机主家里的电话——校长家基本都有电话。

随后，陈东旭按照这样的方法，果然一一都查到了这些学校校长家里的电话号码。

于是，陈东旭随后就开始分别给这些学校的校长打电话。

在通话过程中，陈东旭用两条理由说服了大多数校长：第一，各个学校单枪匹马资源是有限的。例如，北京四中的英语教学很厉害，而北师大附中的物理教师曾经带出多名奥赛冠军。这些学校也就一方面强而已，但是"全国大联考"可以请各所名校分别拿出自己最擅长的科目拟卷，最终形成高三年级各科的优质模拟考试试卷，凡是参加高三"全国大联考"的学校共同使用由全国名校命题的试卷，实现了优质教育资源的共享。第二，组织"全国大联考"过程中，会把参加考试的全国各校的成绩汇总出来，供大家横向比较，这样各个学校就可以做到"知己知彼"，提高高三年级的复习质量。

由于当年的高考还是全国统一命题，陈东旭所说的这两点颇有吸引力。

此外，组织"全国大联考"这一高考模拟考试形式，这在当时是独一无二的，让这些学校的校长感到很有创新。

在电话交流过程中，如果校长还有些犹豫，陈东旭又会告诉他，"某重点中学已经参加进来了，所以我们希望贵校也能参与进来……"

一听是这样，电话那头的校长立即就打消了顾虑，欣然同意了陈东旭的建议。

结果，南昌二中、长沙一中、杭州高级中学等这七所重点中学，每个学校都派出了一位很强的老师来参与"全国大联考"的命题。

此时，时间已到了1996年12月。

因为陈东旭知道，按照学校的教学安排，一般是第二年开学后的3月份，高三年级就会组织高考的第一轮模拟考试。在此之前，各个学校要订好模拟考试的试卷。

所以，陈东旭想赶上高三年级的第一轮模拟考试。

得益于良好的沟通，尤其是得到了各校校长的大力支持，七所中学参与命题的老师们很快就将"全国大联考"各科试卷的命题寄到陈东旭手里。

"这的确是一套高质量的高三模拟考试卷！"名校名师们共同出的模拟考试卷，质量的确不一样。仅从物理这一科的试卷，陈东旭就能看出来。

随后，掐准时间节点后，陈东旭夜以继日地工作，晚上校对、修改，白天又送往印刷厂印刷。

为确保能在1997年上半年学期尽快组织"全国大联考"，陈东旭不敢有丝毫的松懈。要知道，组织全国性中学开展统一的高考模拟考试，这绝不是一件容易的事情。

这是一项十分考验人的脑力、体力和毅力的工作。

最关键的是试卷准备阶段。整晚上地校对和修改，眼睛聚精会神地盯着试卷，丝毫不敢马虎，否则就会产生错误。往往这样精神高度集中的工作，一干就是一个通宵。其间，如果疲累得实在坚持不住了，陈东旭稍停下来，就着冷水洗把脸，然后继续接着工作。

…………

陈东旭就是以这般惊人的毅力，在自己预定的时间里，完成了高三年级"全国大联考"的各科试卷准备工作。

因为出各科试卷组织"全国大联考"，出发点是为了将来打开《名校·名师·名作》系列丛书的销售局面。因而，陈东旭把"全国大联考"各科试卷的价格定在了一元钱一份。

陈东旭知道，从试卷的价格上，很多学校都会认为十分优惠。

那接下来，关键就是要看各学校对"全国大联考"这种模拟考试组织形式是否认可了。

为了抢时间，也为了更好地与各地中学校长直接沟通，陈东旭依然决定通过电话沟通的方式来联系参考学校。

经过电话沟通，情况令人十分振奋：不少学校很认可"全国大联考"这种模拟考试新方式，纷纷同意先试一试。

春节之前，同意在 1997 年 3 月参加"全国大联考"的全国各地中学确定了，竟然达到 800 多所，共有 20 多万高三年级学生将参加这场统一时间、统一试卷的模拟考试。


## 第三节  不可思议的奇迹


1997 年 3 月，"全国大联考"如期顺利进行。

为组织这次"全国大联考"已紧张忙碌了数月之久，陈东旭第一次感到了难得的轻松。

然而，陈东旭却深知，仅以此而认定"全国大联考"一炮打响，那还为时过早。

因为，作为一名教学经验丰富的高三物理学科把关老师，陈东旭十分清楚，对于对"全国大联考"这一模拟考试的结论评价，还要等到全国高考结束之后，汇聚师生们的反响才能得到最后的定论。

转眼间，七月高考过去，高考成绩和录取情况随之出来。

而参加了"全国大联考"的一些学校，对"全国大联考"模拟考试的反馈信息也纷至沓来：

"今年高考，我们学校取得了明显优于去年的成绩，老师和学生们都反映，这与参加了'全国大联考'模拟考试很有关联，你们的'大联考'模拟试卷出得很好！"

"'全国大联考'各科模拟试卷中的考题类型，有一部分抓得很准。"

"特别是后面拉分的大题目，把考点抓准了！"

"'全国大联考'过后，我们针对模拟考试后发现的学生知识薄弱点，重点进行了复习加强，没有想到，这些知识点有不少是近几年高考试卷中的重点。"

…………

几乎无一例外，各学校校长或老师们对"全国大联考"的效果十分肯定。而且，这些学校希望陈东旭能继续组织"全国大联考"。

毫无疑问，"全国大联考"在一定范围内已一炮打响了！

对此，陈东旭欣喜无比，在历经一年多的艰难困顿后，他终于迎来了振奋人心的结果！

同时，这样的情况也让陈东旭认识到两件事。第一件，在相对仓促的情况下，尚能有如此大的号召力，那"全国大联考"大有潜力可挖。这就为自己的教辅书籍资料避开"同步训练"的竞争热点，而从"高中试卷"

的角度闯出一片天地打下了基础。第二件，电话营销节约成本，沟通顺畅，效率也十分高。

陈东旭决定，趁热打铁，在1997年下半年接着组织第二次高三年级"全国大联考"，把覆盖面打开，把影响进一步扩大。

由于第一次"全国大联考"产生的良好反响，在第二次"全国大联考"的组织过程中，与学校的联系沟通也就相对顺利了很多。

很多学校听说"全国大联考"的效果这样好，在接到陈东旭的邀请后，都毫不迟疑地同意加入进来。

而且，这一次，参与试卷命题的学校，除了原来的南昌二中、长沙一中、杭州高级中学、福州高级中学、昆明一中、合肥一中、南京师大附中这些全国中学里的名校之外，又逐渐有北京四中、北师大附中、东北附中、浙江树人中学等这些早已享誉全国中学教育界的学校，也又陆续参与到了"全国大联考"的命题中来了。

更多名校加入组织命题，这无疑让"全国大联考"的试卷再次得以提升，影响力同时又更大了。

1997年下半年，陈东旭精心组织的第二次"全国大联考"如期举行，这一次，全国各地的中学共有约70万考生参加。

"参考的学生人数一下子就翻了3倍多，这简直有些令人难以置信！"陈东旭也以为，"全国大联考"应该做到顶了。

但让他完全没有想到，"全国大联考"的影响力正快速在全国各地的中学之间传播，主动联系要求参加"全国大联考"的学校越来越多，接下来参考的学生人数还远远不止这些。

其间，有这样一所学校的情况让陈东旭至今仍记忆犹新。

1997年年初，组织第一次"全国大联考"时，陈东旭就给这所学校的校长打过电话，介绍"全国大联考"的情况，真诚地想邀请这所学校加入。

然而，当这所学校的校长在听完陈东旭的介绍后，随即毫不客气、语带讽刺地这样回复道："你们搞'全国大联考'，那我们还想搞'世界大联考'呢！"

随即，那位校长就把电话给挂断了。

可没有想到，1997年下半年，陈东旭却意外接到了这位校长打来的电话："你们组织的'全国大联考'确实不错，我已向参加了的学校了解了，当初不是很了解情况，希望不要介意。现在我们学校也想参加……"

是啊，对于位于一个地级小城市里的一家毫无知名度可言的民办教育机构，居然要来组织一个全国范围的大联考，这件事，一开始在很多人看来都是不可思议的。

因此，当时在遭到那位校长毫不客气的拒绝时，陈东旭虽然心里颇不是滋味，但是他也能够理解对方的质疑。

可当时，陈东旭心里却依然坚信：只要大家认识到"全国大联考"实现了"全国优秀教育资源共享"这一独特特点，那将来一定就会对"全国大联考"充分认可的。而得到认可了，那组织考试就是相对简单的事情了。

而现在的情况，正如当初陈东旭所预料的那样，"全国大联考"的特点和成效，已被越来越多的校长和老师们认识到了。

显然，"全国大联考"正得到越来越多学校的认可，在学校与学校之间开始产生了口碑传播效应。在一个地方，往往是只要有一所中学参加了"全国大联考"，那随后就会带动其他学校参加。

1998年4月和5月，陈东旭又分别组织了第三次、第四次"全国大联考"，参考学生的人数竟然超过了一百万人。

对此，很多学校校长惊叹道：全国各地中学的上百万高三年级学生，参加同一个模拟考试，这是多么不可思议的事情！

这一次，陈东旭不敢再想象"全国大联考"还有更大潜在空间，毕竟参考的学生总人数太出乎他的意料了。

可接下来组织的第五次"全国大联考"，又再次令陈东旭震撼不已——参考的学生人数又增加了30多万。

"就在'全国大联考'开始考试之前的几天，还有学校校长联系我们，要求参加。因为试卷是要提前印刷好的，所以我们只得赶紧临时加印各科考试试卷。"陈东旭至今仍记得当年"全国大联考"那火爆的情景。

这一年，全国参加高考的高三学生总数为600多万，而参加过"全国大联考"的学生人数达到了150多万。这也就是说，全国有将近四分之一的高三学生参加了"全国大联考"。

此外，当时还有很多使用"全国大联考"试卷盗版后复印的。

由此，对"全国大联考"的一个形象比喻——"全国第二高考"也开始不胫而走。

一年多的时间，几乎全国的高中学校都知道江西有个"全国大联考"，江西有个陈东旭，组织编写的模拟考试试卷，质量特别好，价格特便宜。不少学校开始主动与陈东旭建立联系，纷纷要求加入"全国大联考"。

随着"全国大联考"的影响力渐起，陈东旭与全国各地中学建立的联系也开始逐渐广泛起来。同时，全国各省市学校组织的一些教学交流活动也开始邀请他参加。

这样的教学交流活动，又使得全国各地中学的校长和老师们对陈东旭的了解进一步加深。

更为重要的是，在这样的过程中，陈东旭"让老师更轻松地教，让学生更有效地学"的理念也日益为人所知。

值得一提的是，甚至有教育专家对陈东旭"让老师更轻松地教，让学生更有效地学"的理念进行专门研究，并撰文给予高度赞赏。还有的学校将这一理念运用到教学实践中，在教学实践中展开探索。

"全国大联考"的成功根本原因在于很大程度上迎合了每个学校的需求，找到了实现优质教育资源利用的最大化的形式。事实上，每个学校都需要这种集中优质教育资源的高质量的试卷。而这些命题老师也在大联考的过程中，提高了自己的知名度，可谓是实现了命题学校、命题老师、参考的学生、考试组织方的多赢效果。

通过"全国大联考"这一方式，陈东旭悄然走进了他一直在渴望走进的那方天地。

"全国各地的中学一下子就知道了我们，后来我们参加各省的教学交流活动，发现大家都在聊：你们学校有没有参加'全国大联考'，成绩怎么样。"陈东旭意识到，这几次考试已产生了不小的影响。

在这样的情况之下，陈东旭认为，《名校·名师·名作》系列丛书的适时推出，那自然就成了水到渠成之事了。

果然不出所料，借助于"全国大联考"所形成的广泛影响力和良好口碑，《名校·名师·名作》丛书销售的局面随之很快打开。首先是江西省内的中学，继而是湖南、浙江、湖北，后来远至吉林、黑龙江等省的一些中学也征订了《名校·名师·名作》丛书。

而且令人兴奋和欣喜的是，《名校·名师·名作》系列丛书在各地中学的师生们使用过程中，又同样盛誉渐广，享誉大江南北。

从"全国大联考"试卷到《名校·名师·名作》丛书，陈东旭坚守近两年的时间，终于赚得了他辞职创业后的"第一桶金"。

看着仓库里曾堆得满满当当的书一天天寄往四面八方，陈东旭内心有说不出的喜悦。所欠印刷厂的印刷费和房租等一一还清之后，陈东旭手头还略有结余。

在历经了近两年困顿中的坚守后，陈东旭终于走出了成功的第一步！

"你想到什么事情，你觉得可成功的时候，你就去运作。很多事情现在回头来想，实际上很多创意也许不一定就会成功。但是有的东西，当你整个资源到位之后，往往也会成功，成功是在意料之中，又是意料之外的，我当时也没想到这个创意会这么成功。当时确确实实是实现了全国优秀教育资源的共享，特别是组织形式，这种方式得到了大家的认可。"

　　回忆当年创业的艰难开端，陈东旭无比庆幸的是，尽管一开始现实与努力总是背道而驰，但自己却始终未产生过任何放弃的念头。

# 第四章
# "金太阳"从江西走向全国

　　"全国大联考"一举成功后产生的影响力和口碑，又带动了《名校·名师·名作》丛书的销售，这不仅让陈东旭获得了创业后的第一桶金，而且更重要的是让他拥有了信心、产生了更大的梦想。

　　经过两年的摸索，陈东旭对下一步发展的思路已十分清晰：一是把"全国大联考"继续做出更大影响和市场，走试卷这一方向；二是沿着《名校·名师·名作》丛书方向，开发出具有自我品牌特色的教辅书籍市场。

　　在1998年沿着这两大方向的成功探索中，陈东旭更加确信，自己确定的这两大方向是正确的。

　　陈东旭的眼前，开始呈现出阔大的市场天地。

　　与此同时，他也越来越迫切地感到，自己的事业梦想需要广聚志同道合者，共同去努力开拓。同时还需要立足一方大舞台，才能更挥洒自如地去规划和书写美好的未来。

在这样的前瞻思考之下，2000 年陈东旭移师江西南昌，并成立了南昌东旭教育研究所。

立足江西南昌，乘势而进，南昌东旭教育研究所以惊人的速度实现了最初的发展，"全国大联考"影响力享誉大江南北的全国各地中学，潜心开发的多种教辅类书籍的特色日益显现，得到了越来越多师生们的欢迎和喜爱。

仿佛看到南昌东旭教育研究所的未来如东方冉冉升起的太阳，前景是那样灿烂辉煌，在成就自己事业的同时又助力全国各地的莘莘学子实现着他们的人生梦想。

于是，2001 年，陈东旭在南昌东旭教育研究所的基础上又成立江西金太阳教育研究有限公司。

他立志于要让金太阳教育事业从江西走向全国，将来成为全国一流的品牌教辅图书机构。

那是陈东旭创业历程中一段永生难忘的风雨岁月，也是一段充满感动、值得珍藏和记忆的历史。他和金太阳最初的一批创业者一起，不畏艰难，不避风险，心连着心，手牵着手，患难与共，使金太阳教育如一轮旭日在江西红土地上冉冉升起。

经历了艰巨的品牌形成期，陈东旭终于打开了创业的良好格局。

## 第一节　广聚志同道合者

　　一般而言，一位取得事业成功的创业者，从其创业初期一开始也是组建创业队伍的成功者。

　　特别值得指出的是，对于那些白手起家的创业者来说，他们在创业之初、前路未知的阶段，往往又主要是凭借着其个人品格与干事业的精神，从而感召志同道合者义无反顾加入到自己创业行列中来的。

　　对于陈东旭来说，他十分庆幸，在自己事业艰辛起步的日子里，就逐渐聚拢了一批执着奋进的志同道合者。

　　这里，先讲一个小故事。

　　一位正准备参加一个演讲却为没有好的演讲题目而发愁的父亲，为了不让幼小的儿子打扰他的思考，于是就把一张世界地图给撕碎了，对儿子说："你把这张世界地图拼好了，我就陪你玩。"这位父亲以为孩子怎么折腾也是不可能拼好的，可没想到，孩子一会儿就拼好了。父问其故，孩子说："地图的背面是一张人头像，把人拼对了，世界地图就好了。"

　　于是，这位父亲脑海里的一个绝好演讲命题，在孩子的启示下立即就产生了——人对了，世界就对了。

　　之所以用这个故事来开启陈东旭从学校辞职到迈出成功关键第一步时期的讲述，是因为，回顾江西金太阳教育的成功发展之路，人们那样惊叹地发现，从创业一开始，广聚志同道合者而奋力前行，使得陈东旭的创业进程仿佛注定了在此后将是一路相伴着精彩高歌的成功之路。

这其实也从一个侧面证明，陈东旭执着要去创立的事业，从一开始就是有着巨大感召力的。

让时间回到 1996 年 7 月。

这一天，在蛰伏了不知多少个昼夜难分的日子之后，满脸疲惫的陈东旭拿着一册《名校·名师·名作》系列丛书已定稿的厚厚手写稿，兴奋地从出租房走向了新余市街头。

他要去寻找一家打印社，请人把《名校·名师·名作》系列丛书的手写稿，录入成电子稿以准备下一步的出版。

那个时候，一台台式电脑的价格高达数千元，笔记本电脑则更是要上万元，个人拥有电脑还是一件了不起的事情。对大部分工薪阶层而言，购买电脑来工作还是不敢奢望的。

于是，那时专门的电脑打字店也就出现了。

那一天，当陈东旭为录入《名校·名师·名作》系列丛书手稿，而找到正承包着单位下属电脑公司的罗启碧时，他怎么也想不到，一年多后，罗启碧会成为自己风雨同舟的最初一批创业者之一。

"他对我说，他想出一套书，让老师教得轻松、学生学得有效。那时候，这套书的价值到底多大，是否能如他所愿广受全国各地师生们的欢迎，我并不清楚。但作为一名老师，他不只是想把本职工作做好、把学生教好，还想造福于全中国的老师和学生，他的这种情怀与梦想，就这样最初打动了我。"对当年刚刚和陈东旭相识的细节，罗启碧至今仍记忆得那么清晰。

甚至，连那天陈东旭为录入书稿的价格和自己讨价还价的点滴，罗启碧也依然历历在目。

"我开玩笑地跟他说：你到街上去问，如果有哪家比我这里便宜，就你可以不用来了。陈董事长还真到街上其他电脑打印店去了解了一番行情，最终，还是由我接下了这个单。"其实，那时罗启碧就知道，这位内心有情怀、有想法的老师创业艰辛，他几乎是白手起家走上创业之路的。

"一开始的印象里，他就是一位充满书卷气的老师，话语不多，却充满着对工作的热爱和对事业的追求。"也正是一开始内心被陈东旭的情怀与梦想所打动，更被他为实现自己梦想而义无反顾辞职下海的精神深深感染，罗启碧在随后为陈东旭录入《名校·名师·名作》系列丛书书稿的工作过程中，也就特别用心。

罗启碧希望，自己能以认真细致的工作来帮助陈东旭。

电脑录入书稿的工作，十分辛苦，其间还要反复修改。如果说罗启碧仅从业务价格上来考虑这项工作，这样做是有些不合算的，也是不可能做得这样认真细致的。

对此，陈东旭心里自然很是感激。

后来，陈东旭出"全国大联考"试卷，也同样是请罗启碧做录入工作。

从 1996 年 7 月到 1997 年第一次"全国大联考"成功举行之前，在一年过程中因业务上的往来而相识了解，陈东旭认为自己创业过程中十分需要一个这样认真敬业的合作者。

然而，《名校·名师·名作》系列丛书销售不理想，自己都举步维艰，何谈邀请罗启碧加入自己的创业行列。

但随后"全国大联考"一炮打响，让陈东旭信心倍增，他相信无比广阔的空间也渐渐向他敞开，他也迫切需要有志同道合的创业伙伴一起加入到自己的事业中来。

于是，陈东旭心有底气地向罗启碧征求意见，真诚邀请她与自己一起创业。

1998 年 1 月 1 日，罗启碧正式加入了陈东旭的创业行列。

"刚进公司，我的工资是 600 元，这在 1998 年已经算多了，但对于当时做着电脑公司业务的我来说，并不是待遇吸引了我。"罗启碧说，在为陈东旭做书稿录入业务的一年多过程中，自己逐渐意识到，这个为梦想而努力坚持的普通老师其实很不简单，他所做的事情是一件很有意义的事。

事实的确如此，当时罗启碧也是从自己的单位——江西省地质矿产局物化探大队辞职"下海"，承包着单位的电脑公司，在此之前她是单位的一名工程师。承包单位电脑公司的个人收入，怎么也比到陈东旭那里去拿每月600元的工资要强得多。

"当时，陈董事长还对我说，总有一天，我可以给你发2000块钱工资，我听到只是笑笑，因为当时觉得要达到这个水平还有些遥远。"罗启碧感言，当时她内心坚信，陈东旭所想要去做成的事情一定会有前景，只是没有想到，金太阳教育会发展成如今的规模。

刚加入陈东旭创业队伍之时，还是在新余，罗启碧每天早出晚归，早上将打印好的试卷和书稿送到租的办公楼，晚上又将校对后的带回公司，接电话、抄信封、发样品等什么事都做。

起步创业之初的艰辛，永远刻印在罗启碧的脑海中。

但最让她难以忘怀的，还是在陈东旭的带领下，大家在那样艰苦环境下的为事业而忘我奋进的那种精神。

那时，罗启碧女儿正上小学，尽管自己每天忙碌，可至少每天还是能见到女儿。可不久，受吉安一中的邀请，陈东旭前往吉安一中合作创办吉安一中教育研究中心之后，罗启碧跟着大家到了吉安，一个月回一次家。

对于一个母亲来说，一个月才能见孩子一次，可以想象多么不容易。

"我是个比较严厉的母亲，刚去吉安的时候，我女儿开心得很，但过了两个月我再回家时，她跟我说，妈妈，我觉得还是你在家里比较好。她这么说，我除了高兴，还有一些心酸，有些时候人还是需要一些距离的。"罗启碧说，想起当年那些往事，自己就总是亏欠女儿很多。

把对女儿的想念深藏在内心，罗启碧全身心地投入到工作之中。

罗启碧记得，1998年8月江西遭遇特大洪灾，当时他们恰逢在准备下一次"全国大联考"的紧张时期，为了赶发样品，他们通宵在办公室抄信、装袋、打包、寄样……几天下来，她和大家竟然不知江西发生了那么大的洪灾。直到工作结束后，有些同事抽空回家，结果被困在了路上，大家这才知道了发生了特大洪灾的情况。

"可想而知，当时我们工作是多么投入。"罗启碧感慨地说。

"进入金太阳教育，从打字排版、接线员开始，然后做了研发、营销后台的电脑部主管，接着做了杂志销售部经理，最后又从商务部部长升为行政中心总监，应该说这些岗位和经历让我从只会做模板、梳流程、定规范埋头做事，逐步学会了了解人心、人性，从关注事到关心人。正如我们行政中心所提倡的——诚敬待人、效心做事、快速反应、结果导向。"

"金太阳教育对我来说意味着家，是一个充满着爱且无法割舍的家园，我们的大家族能发展到今天，除了关爱、尊敬、感动、诚信、专业，更多的是社会责任，一个没有社会责任的企业不可能长久，也不可能得到社会的认可和尊重。肩负中国基础教育改革和发展的使命，这个社会责任就是金太阳教育发展到今天的灵魂。"

…………

在谈及20多年来的收获和感受时，罗启碧说，能经历企业从孕育之初的艰辛、成长的阵痛、转型的瓶颈、发展和变革等一系列的过程，并不是每个人都有机会的，这是她人生中最宝贵的一笔财富。

1997年之前，现任金太阳教育研究院院长的刘春华，还是安福中学的一名地理老师，整日与学生们讨论着"上弦月""南北纬"等问题。

刘春华和陈东旭是高中校友，两人同校三年，但却没打过交道。

两人彼此认识是在1986年。

那一年，刘春华与陈东旭同时考入了江西师范大学，虽然学的是不同专业，但因为老乡这层关系相识后，他们很快发现，所学专业不同却丝毫没有影响到两人对人生理想话题的共同探讨。

四年时间里，刘春华和陈东旭从相识到相互欣赏，再到对人生理想相通的崇尚，让他们在难忘的大学时光里彼此留下了深刻的印象。

1995 年，还是在陈东旭萌发要编一套像广西博白中学编写的《高中物理导学与针对训练》那样的教辅资料的想法之后，他就几次找到当时在安福中学担任高中地理教师的刘春华，两人一起探讨这个问题。

其实，在大学四年时光里，刘春华就已深深了解到陈东旭是个有抱负、想做出一番事业的人。因而，在他认为想法切实可行后，他给予了陈东旭积极的精神鼓励和支持。

也就是在这一过程中，刘春华随后也决定辞去教师工作，和陈东旭一起干出一番事业。

刘春华的辞职过程也历经曲折。

这其中的原因，主要是来自家人的坚决反对和好友们的纷纷劝阻。因为，他们对刘春华从令人羡慕的高中教师岗位上提出辞职感到很难理解。

但最终，刘春华还是义无反顾辞职"下海"了。

事实上，虽然从外表看上去刘春华平静而从容，但在他的内心深处，却有着不甘于平庸的青春激情。他渴望自己能实现做一番事业的抱负，而不是过那种安稳舒服却"一眼可望得到头"的日子。

辞职加入到陈东旭的创业行列中来之后，面对创业初期对未来能否成功的一切未知，刘春华并没有过多的前思后想。

他深知，自己必须克服一切困难、全身心地投入工作。

"那个时候条件比现在艰苦多了，大家全挤在一套房子里，也不像现在拿月工资，一般半年分点钱，如果经济紧张，可能过一年才拿点钱。大家一起吃饭，轮流做饭。"在回忆往昔峥嵘岁月的时候，刘春华一直面带笑容，但笔者依旧能听出当年许多的艰辛与不易。

"虽然很艰苦，但是那时候我们的状态特别好。我记得我从 1997 年加入到 2003 年，这其中六七年中我基本没看过电视，平常也没休息日。就是有休息，自己也不会休息，周末也就是到办公室去。在办公室，从早上一直待到晚上，那时候没加班的概念，但是大家都很自觉，吃完晚饭休息一下就继续工作，到晚上10点多11点就休息睡觉，很多同事都这样，陈董事长就更不用说了。"

刘春华至今还依然记得，有一段时间，他住在江西宜春市一个老旧的廉价出租房间里。

不知为何，那间出租屋一进门就能闻到一股死老鼠的味道，可是翻遍了房间都找不到问题。结果，他在那住了整整一个月。每天晚上，为了晚点回那个房间睡觉，他都在办公室工作到很晚，直到实在困倦得不行、倒头就能睡着的时候，他才会回到租住的那房间去休息。

创业之初，人手少，工作量很大，辛苦的程度不言而喻。

"有一件事，我印象很深。以前出书，印前的硫酸纸出来，我们要从头到尾校对一遍，自己修改好。有一次，我们要出《名校·名师·名作》系列丛书，它是我们的第一套书，当天晚上出硫酸纸，第二天就要印了。晚上，我和陈董事长看硫酸纸，一直到大概半夜12点，陈董事长还是一股子的劲，但我吃不消了，看硫酸纸的时候，看着看着头就栽下去了，我就说我实在不行了，我睡两个小时，你等下把我叫起来，我就趴到床上去睡。过了两个小时，陈董事长来叫我起来，叫不醒，他就拖我起来，结果一拖起来，我就倒下去了，他又拖我，我又倒下去了。我记得我还开玩笑跟他说，你好狠啊！陈董事长就说，没办法，明天一定要出。来来回回拖了我N次之后，我挣扎着起身用冷水冲了一下，又接着看。到早上七八点天亮了才处理完，陈董事长就拿去印了。那时候我好歹睡了两个小时，陈董事长真的是整整一晚都没睡。"

"我们对产品要求一直都很严格，想法也很朴素，就是我们做出来的东西一定要好，一定不能有问题。有一次做一套模拟卷，出了一个还是两个错别字，我们把产品全部都废掉。我们原来没有专职营销人员，先把产品发出去，客户认可就打电话来定，所以产品质量特别重要，一直到现在，我们江西金太阳教育都把产品质量视为生命线。"

"我们最早搞'全国大联考'的时候，并不是把大联考当作产品来做，只是为了促进《名校·名师·名作》系列丛书的销售。我们联系全国每个省市最好的学校，每个学校选一两个最好的学科，最好的学科里挑最好的一个老师来命卷，然后组织全国的学校参加联考，目的是让他们知道我们，觉得我们联考做得好，书肯定也做得好，然后我们好把《名校·名师·名作》系列丛书卖出去。结果没想到，第一次搞联考就有 20 万学生参加，我们价格定得很低，我们把卷子寄到学校，一个学生才一块钱，学校就觉得这个东西这么好，还这么便宜，结果就越订越多。'全国大联考'本来是作为品牌宣传的一个手段的，结果却成为公司最主要的产品。1998 年还是 1999 年的时候，最多的一次订了 340 万。340 万是什么概念？那时候的学生好像就六七百万，差不多占 50% 了，这在那时是谁都没想到的。后来，我们就发现试卷是我们的强项，所以做完大联考就扩展到模拟卷，开发了一系列试卷，作为我们的主打产品。"

…………

创业的时候，忙碌之余，刘春华和陈东旭及其他同仁也爱憧憬未来。或许，正是那样的信念支撑着他们不知疲倦地前行。

"1999 年左右的时候，有一次跟陈董事长聊天，他对我说，我们要把这个企业做好，要做成一个全国很有实力的企业！"刘春华说，没有想到，如今这一目标不但实现了，而且还远超出自己当初的憧憬和想象。

追溯江西金太阳教育成功营销的源头，那与刘石平密不可分。

"那时候我们什么都做，但还是有小小的分工。刘春华院长当时以负责编辑为主，罗启碧总监以负责书籍和试卷的制作及与客户沟通为主，而我则以负责电话销售为主。"刘石平回忆起当年创业之初的时光，反复强调"那是一段激情燃烧的岁月"。

1997 年 3 月 1 日，在一家国企从事经营工作的刘石平正式加入金太阳。

如今，他是金太阳教育义教事业部经理。

刘石平与陈东旭是高中的校友。但当时，虽然同校，可他们两人却不认识。

说来也巧，刘石平大学毕业后也分到了新余市，在一家很不错的国企上班，并很快依靠勤奋和出色的工作成为单位的优秀骨干。

在那个讲究"乡情"的年代，刘石平与大学毕业分配到新余一中任教的陈东旭，自然而然也就逐渐熟络了起来，并且后来两人在深入交往中都发现，他们之间很是谈得来。

与陈东旭相识后，刘石平还逐渐了解到，陈东旭是一个很随和的人，人缘也特别好。而在陈东旭辞职创业后，陈东旭显现出"目标坚定、学习力强、富有商业头脑、充满激情"的那种个性和气质，更是让刘石平欣赏与认可。

正是基于对陈东旭的这种欣赏认可，同时又看好教育事业的前景，刘石平毅然决定辞职，和陈东旭一起去闯出一番事业。

从此，刘石平开始了和陈东旭一起起早贪黑的打拼。

刘石平主要负责电话销售这一块。

"那时候，我负责的三个代表性省份，分别是黑龙江、浙江和新疆，相对于从中国的最东到最西，最北到最南，地区从落后到发达，日出日落时间都不同。"刘石平仍记得，为了适应工作需求的这种时差，他那时每天晚上睡眠时间很少，早上五六点，天还没有亮，就有黑龙江的学校来电话报订数，而晚上十二点之后，他还在与新疆那边的学校沟通。

后来，让刘石平欣慰的是，黑龙江、浙江和新疆这三地的"全国大联考"试卷的学校覆盖率都超过了90%。

"做销售，难免会遭遇拒绝。有一件事，我至今仍记得特别清楚，我们刚开始推广全国大联考的时候，一次我打电话给一位校长，那位校长在电话里讥笑我说：'你们做'全国大联考'？那我还搞'全球大联考'呢！'

随即他就立马挂断了电话。"

"1997 年，《名校·名师·名作》系列丛书的数理化各卷第一轮各印了 2 万册共 6 万册书。由于没有任何经验，卖得特别差，看着这么多库存，我心里就特别发急，打了很多通电话，发现吉林省乾安七中纪校长人很好，愿意帮忙，我磨了很久，他总算答应为高一高二高三年级学生各配发一千多套书，一下子少了 12000 多册库存，当时别提有多高兴！"

"虽然遇到很多困难，但我从来没有想过放弃，因为一个人选择一项事业，最重要的就是三点——人、事和发展。陈董事长这个人没有问题，做的教育出版这件事也没有问题，中国人望子成龙、望女成凤，发展的前景也没有问题，所以哪怕在最艰难的时期，我也只选择坚持。"

"我还记得，1999 年高考之后，陈董事长让我探索出差拜访的可行性，为下学年招兵买马做准备。我沿路去了杭州、诸暨、金华、义乌、江山等地，开始因为放假不好找人，收效不大，但我很执着，功夫不负有心人，在最后一站发现规模很大的'江训高考复读学校'，当场签下大单，让我很兴奋，也证明了在当时的状况下派人下市场是值得的。"

壮大队伍是刘石平冥思苦想的事情。他的一位高中同学，重点大学毕业，非常优秀。为了联系上他，刘石平专程跑了一趟安福老家找他父母，动员他加入到陈东旭的创业队伍中来，这位同学后来在金太阳和东投集团都发展得很好，刘石平一直很欣慰。

刘石平说，他很喜欢他如今在公司的"10002"这一工号，因为这不仅仅是一个符号，更是一份激情岁月的怀念和对美好未来的憧憬。

…………

此后，随着江西金太阳教育事业逐渐发展壮大以及东投集团的成立，越来越多的人才从四面八方汇聚而来！

"有一批赤胆忠心的人伴随着'金太阳'和东投集团走来，他们中的很多人加入的时候，集团还没有成立，甚至连金太阳教育研究有限公司都还没有成立，在风风雨雨中，他们坚定地追随东投集团，为公司的发展立下汗马功劳，表现出对东投集团的无限忠诚，他们是东投集团发展历程中积淀的精华，是东投集团继续前行的中流砥柱。"每当回忆起一路风雨兼程的创业发展历程，陈东旭总是满怀感激。

陈东旭深知，正是因为有了同仁们的信赖支持，与自己风雨同舟共奋进，才成就了今天这样的事业！

## 第二节　联手名校更创教辅美誉

"全国大联考"在全国范围内产生的巨大而广泛的影响力，时间之短和地域之广，远远超出陈东旭所料。

而接下来，则有更多的惊喜让他没有想到。

随着"全国大联考"在全国各地中学师生们中间产生的广泛影响，作为"全国大联考"总策划人的陈东旭，也逐渐开始广为全国各地的师生们所知晓。

在声誉渐起的过程中，陈东旭的教育理念，也开始得到了越来越多教育界人士的广泛认同和一致赞许。

由此，陈东旭的名字也与名师紧紧联系在了一起。

而在这样的情况下，陈东旭作为主编的那套《名校·名师·名作》丛书，也迅速得到了全国各地高三师生们的热捧。

于是，全国各地不少学校的校长、老师们的来信，每天不断而来，他们在信中表达对陈东旭教育理念的认可，更多的是就教育理念和教学方法等问题，热情地和陈东旭进行交流、探讨。

当然，陈东旭个人的名气在教辅书籍行业里也日渐而起！

一些从事教辅类书籍或试卷营销的人员找到陈东旭，他们希望和陈东旭合作，共同进行教辅类书籍或试卷的策划和营销。他们十分明白，一个在全国各地很多中学师生们中间享有名气的教辅书籍和资料主编的巨大价值。

因此，这些人向陈东旭开出的条件也十分诱人。

然而，他们何曾知晓，陈东旭怎可能把自己仅仅定位于借助名气为书商编书来赚钱的角色。他内心是有着自己梦想的，他一开始就是心怀着一种人生抱负而惜别三尺讲台，投身于为实现"让老师更轻松地教，让学生更有效地学"这一事业目标的。

但在 1998 年，当江西省重点中学——吉安一中向陈东旭发出邀请，希望合作成立吉安一中基础教育研究中心时，陈东旭却欣然应允。

吉安一中是江西省优秀重点中学，建校以来，学校获得了多种荣誉称号，曾被评为"全国文教先进单位"。

在陈东旭看来，吉安一中在长期办学过程中树立的"为了一切学生，为了学生一切，一切为了学生"的办学思想，确立的"在教改中求发展，在发展中求质量"的办学方针，正是与自己"让老师更轻松地教，让学生更有效地学"这一理念有着共同内涵和一致目标方向。

而吉安一中也同样是基于这样的思考。

该校希望通过与陈东旭的合作，既把"让老师更轻松地教，让学生更有效地学"这一理念得以在教学中充分实践，又在教改领域的探索中取得扎实成效，进一步提升学校的教学质量。

对于陈东旭与吉安一中双方而言，这是双赢的合作，更是教育理念的契合！

这一年，陈东旭离开新余来到吉安，与吉安一中合作成立了吉安一中基础教育研究中心。

吉安一中基础教育研究中心成立后，鉴于"全国大联考"已选准的方向，依然把教育产品的重点放在高三年级的高考成绩提升上。

陈东旭提出，一方面吉安一中基础教育研究中心要继续充分发挥"全国大联考"的优势，把中心的影响力做得更大更强。而另一方面，就是要在此基础上继续研究开发出针对性强、有成效的教辅产品。

在认真总结"全国大联考"经验，并结合过去自己教学中得失的思考，陈东旭发现，"全国大联考"因容量有限，对高考知识点仍存在许多遗漏，还有进一步提升的空间。而且，许多考点的考题设计还有很多值得进一步改进的地方，特别是在高考热点、重点和难点方面。

"这些问题，可以通过高三年级第一轮复习的方式来逐一解决。"于是，陈东旭提出，研究开发高三年级第一轮复习专题资料。

按照这样的思路方向，吉安一中基础教育研究中心以务实与创新的精神，立足吉安一中并充分借鉴全国一些中学的资源，很快在全国第一家推出了高三第一轮复习专题用书——《高考热点重点难点专题透析》。

这套《高考热点重点难点专题透析》，与"全国大联考"结合，几乎涵盖了高考各科的知识点。

同时，《高考热点重点难点专题透析》又具有"考点全、题型全、方法全、训练全"的特点，体例科学，内容丰富，让一轮复习无盲点，无疑点。

因此，在《高考热点重点难点专题透析》推出后不久，很快得到了全国很多中学高三年级师生们的高度认同，被称为是一本能够解决一轮复习所有问题的"全能用书"。

《高考热点重点难点专题透析》的热销，让陈东旭又再度创新打开了高三第二轮复习资料的广阔空间。

从 1996 年到 1998 年，经过两年多的探索，陈东旭真切地感受到，全国每一所名校的各科名师都有自己独特的教学经验。而这些教学经验，往往又总是体现在他们编写的各科考试试卷之中。

"'全国高考大联考'的成功，在很大程度上就是整合了全国各地名校的优秀试卷资源。那么，能否将这一资源整合面进一步扩大呢？"陈东旭继而思考，如果在扩大整合资源的基础上，重新组合全国名校的优秀考试试卷，那么将进一步为各校提供经验借鉴。

在这一思路方向之下，又一个在日后得到高度认同的教辅资料产品被成功开发出来。

当时，在教辅类市场上，"天利38套"等各地汇编卷很盛行。

但陈东旭分析认为：这些试卷都是很好的教研单位编写出来的，质量很高。但是，它有几个缺点：第一，重复量比较大，因为知识点是有限的，肯定会有重复；第二，量太大，学生根本做不完。因此需要"重组"。

随后，吉安一中基础教育研究中心综合全国一批优秀中学的高三各科试卷，又第一家推出了《优秀高考模拟重新组合卷》。

《优秀高考模拟重新组合卷》又以"稳中有变"、"覆盖面广"和"重点突出"的特点赢得了广泛认可。

吉安一中基础教育研究中心不但又为全国各地中学创造了两个新产品，也为全国的高三学生及老师提供了一个更有效的复习工具。而在教学实践中，这两个新产品的成效很快就在当年的高考中得到了印证。

不可否认，高考成绩在现实中依然是检验教学质量的一个重要指标。而对高考成绩提升起到了很好成效的教辅资料，自然也就为师生们所热捧。

由此，吉安一中基础教育研究中心的品牌迅速在全国叫响！

从"全国大联考"到《名校·名师·名作》丛书，再到《高考热点重点难点专题透析》和《优秀高考模拟重新组合卷》，陈东旭已逐渐深刻体会到，一套好的教辅资料之所以能受到师生们的青睐，最关键的原因还是在于让老师们体会到了教得更轻松了，让学生们的学习变得更轻松了。

自己努力的价值，在一步步得以实现，陈东旭的内心由衷地感到欣喜和激动。

成立吉安一中基础教育研究中心，在陈东旭一开始的思考中还有一个重要的方面，那就是在深入研究和总结教学规律的基础上，为中学各科教师的教学提供更好的经验，对学生们各科的学习提供事半功倍的指导。尤其是对全国高考，为高三年级学生们提供有针对性的考前各科指导和考后志愿填报指导。

"我们已在高考复习阶段的资料方面取得了一定的成效，那么是否可以继续将这种成效延伸向高考更多的方面？"陈东旭想到了为学生提供高考信息服务这一方面，他想为全国参加高考的学生提供更多的帮助，让考生取得好的高考成绩，顺利录取到自己理想中的大学。

陈东旭的这一提议，随即得到了中心全体人员的一致认可。

继而，按照陈东旭的思考策划，吉安一中基础教育研究中心主要围绕"高考考纲解读"、"高考命题思考"、"高考备考策略"、"高考命题趋势"和"高考志愿填报"等五个方面的内容，对高考备考工作进行深入研究。

事实证明，提供高考信息服务使得吉安一中基础教育研究中心契准了高考学生们的又一个需求。

比如，指导考生对当年高考考纲的准确把握和重点复习，这就等于是帮助学生在紧张有限的时间里能尽可能多地抓住当年各科高考命题的知识点，更有针对性地开展高考考前复习，提高了复习效率，让参考的学生获益良多。

高考志愿的填报，也是关系到考生能够顺利录取大学的一个重要环节。每年全国有数百万考生，因此，考生要想把高考志愿填报好也并不是一件简单的事。如果一位考生在填报高考志愿的过程中能获得较好的指导，按照自己的分数预期又结合自己对院校专业的意愿，往往能最有把握地被录取到自己最理想的大学和意愿最强的专业。

1999 年高考前夕，吉安一中基础教育研究中心在精心准备之下，向全国各地中学高三考生提供的高考信息服务，深入浅出的讲解与独到的见解让广大学生深受启发，增强了考前复习的科学性、针对性和实效性。

特别是高考考前的各科预测卷内容，从命题思路到考题题型和把握考试重点的环节，更是让学生们茅塞顿开，受益匪浅。

更令人惊叹不已的是，吉安一中基础教育研究中心在收集、整理历年高考考题，研究1999年高考大纲和高考各科命题趋势基础上发布了一套高考预测卷。随后的高考中，使用过这套预测卷的考生们发现，这套预测卷的各科题型命中率极高。而在物理这一科高考试卷中，有两道分值较大的考题，几乎与预测卷物理卷中的那两道题型一模一样。

这样的结果，其实既在陈东旭意料之外又在他的意料之中。

之所以敢作出这样大胆的预测，那是陈东旭和吉安一中基础教育研究中心扎实深厚的教学功底所在。

在随后指导考生填报志愿的环节中，吉安一中基础教育研究中心又通过电话咨询解答、寄发系统指导资料和举办高考志愿填报集中讲解会等方式，为众多莘莘学子提供了悉心的指导服务。而且，这些服务都是免费的。

…………

自然而然的，1999年这一年全国高考结束后，吉安一中基础教育研究中心提供的高考信息服务，随即在全国各地高考考生和高三年级老师中引起了强烈反响！

然而，让陈东旭没有想到的，他们提供的高考信息服务，随后还给自己引来了不小的"麻烦"。

事情是这样的，由于吉安一中基础教育研究中心的那套考前预测卷对1999高考各科试卷考题预测的命中率极高，以至于随即引起全国很多地方学校高三老师和高考考生们的广泛热议。

或许是这热议的影响太大了，结果，连教育部国家考试中心都注意到了这一情况。

令人始料不及的是，社会上有个别人想当然地猜疑，认为吉安一中基础教育研究中心如果不是通过什么方法"窃取"了高考各科考题的相关信息，哪能对高考各科试卷做出这么精准的命题思路方向和题型预测？！

结果，社会上这样的猜疑之声又惊动了教育部国家考试中心。

高考考题被泄密或被窃取，这是十分重大的严肃事件。为此，教育部国家考试中心派出专门调查人员前往江西，对吉安一中基础教育研究中心发布的高考信息预测展开缜密严格调查。

最后的调查结果证明，吉安一中基础教育研究中心不存在任何"窃取"高考考题的问题，也不存在任何违规的情况。

至此，无端的谣言不攻自破。

但十分耐人寻味的是，在调查结束之后，教育部国家考试中心的工作人员却对吉安一中基础教育研究中心产生了浓厚的兴趣——他们想弄清楚，为什么吉安一中基础教育研究中心的那套高考预测卷命中率那么高？

接下来，在深入了解了吉安一中基础教育研究中心对高考命题预测分析的思路方法，教育部国家考试中心的工作人员给予了高度评价。

如此，本是无风起浪的一场"麻烦"风波，却不经意间提高了吉安一中基础教育研究中心和陈东旭本人的知名度。

虽然这只是个插曲，但因为这件事，陈东旭和吉安一中基础教育研究中心一下子在全国更是声名远播了！


## 第三节　移师南昌创立"金太阳"

围绕高考各科考试做精、做深文章，避开与当时种类繁多的"同步训练"的竞争热点，而从"高中试卷"这一差异的角度闯出一片天地打下基础，让陈东旭终于找到了一条成功路径。

到了1999年前后，向来低调谦虚的陈东旭，内心也不禁自信满满。

他当仁不让地认为："试卷这一块，我们现在已经做到了全国名副其实的第一品牌，在全国做考试试卷这一领域，很多地方的学校只认'金太阳'试卷，甚至没有第二品牌！"

然而，在充满自信的同时，陈东旭也开始越来越感到，一个现实问题对吉安一中基础教育研究中心进一步发展形成极大障碍：

虽然吉安一中基础教育研究中心的品牌已在全国打响，但因为位于江西省吉安市，使得吉安一中基础教育研究中心与外界的联系受到了一定的影响。比如，常有慕名而来的省外拜访者，在到达江西省会城市南昌后，再辗转200多公里奔波来到吉安市，十分不便。

此外，偏居在地级城市，也常常造成行业信息滞后及眼界受限等等情况。往往一些教育发展论坛、讨论会等方面的消息也难以掌握，还有很多资源的对接十分不畅。

…………

陈东旭逐渐意识到，吉安市的这方天地越来越小了。

实际上，1999年这一年，就在《优秀高考模拟重新组合卷》陆续出齐的同时，陈东旭就在南昌市注册成立了"南昌东旭教育研究所"。一段时间之后，南昌东旭教育研究所的员工也发展到了20名。

陈东旭相信，总有一天自己的事业天地是要从吉安转移到省会城市南昌的。为此，他未雨绸缪，早做了准备。

这绝不仅仅是一种直觉，更是陈东旭心底的目标！

于是，一个想法渐渐在陈东旭脑海中产生了——将吉安一中基础教育研究中心整体迁往省会城市南昌，今后以南昌为中心，立足江西而逐渐走向全国。

而南昌东旭教育研究所在短短大半年时间，取得了快速的发展，这也为吉安一中基础教育研究中心整体搬迁创造了基本条件。

清楚意识到各方面的条件在日趋成熟之后，陈东旭决定要乘势把自己的事业做大！

在随后的讨论中，陈东旭的这一意见几乎得到了大家一致的认可。

"我们搬到南昌去发展，现在是时候了！"陈东旭和他的同仁们把目光投向了更为广阔的天地。

于是，移师南昌的工作提上了议事日程。

2000年的元旦这一天，由此成为后来金太阳教育事业发展历程中具有重要意义的日子。

这一天，吉安一中基础教育研究中心整体迁往江西的省会城市南昌。

"那天大雪纷飞，满载物品的十辆大卡车从吉安出发，到南昌的路非常难走，好几次都差点出状况。到了南昌，男士们卸车，当他们在风雪中卸下最后一件东西时，连吃饭的力气都没有了，那场景现在想起来还历历在目。"

当年江西金太阳教育发展历程中难忘的这一天，至今仍深深地刻印在第一批创业员工们的记忆里。

新年伊始的一场瑞雪，迎接着陈东旭和他的20多位同仁们向着南昌进发。在陈东旭心里，这一定是象征着丰收的一个好兆头！

事实证明，陈东旭的这一决定极其正确。

在迁到省会城市南昌之后的一年多时间里，南昌东旭教育研究所就获得了快速的发展，业务量成倍增长，影响力不断扩大。

同时，更由于位居省会城市南昌，南昌东旭教育研究所得以充分整合各方面的资源优势，显示出强劲的发展势头。

到2001年，南昌东旭教育研究所的员工已超过了200人。

地理上的位置，也会决定事业发展的格局。

对此，陈东旭感慨良多，他后来对当年做出决定把公司搬迁到南昌市有这样的阐述："从新余到南昌、从上海路到太阳城，位置的变化塑造出了今天的金太阳教育，要想在现代传媒领域、数字出版领域、教育地产领域形成大布局、实现大突破，也必须配套新要素、整合大资源，走出南昌，走出江西，走向全国，走进北京、上海、深圳这些资源最集中的地方，在产业链最配套的位置上落子，收八面来风，聚八面力量，才能梦想实现。"

是的，在走向南昌市这方舞台之后，陈东旭胸中的事业格局才开始真正完整呈现在人们面前——把自己"让老师更轻松地教，让学生更有效地学"这一理念，全面渗透到系列教辅书籍资料的编写中去，传达给天下的莘莘学子，从而也形成自己公司专业化与市场化的发展之路。

显然，陈东旭是为着自己的事业有一天能走向全国而来的！

更为重要的是，现在他认为各方面的条件已初步成熟，走向全国教辅书籍市场的时机也到了水到渠成之时。

跃然于眼前的事业格局，让陈东旭再次做出了一个决定，在南昌东旭教育研究所的基础上，成立一家教育研究公司。

在为公司取名时，一个名称几乎不假思索地出现在了陈东旭的脑海中——江西金太阳教育研究有限公司。

教育，太阳底下最光辉的事业。这在陈东旭心底，是永远为之骄傲和奋斗的事业。

无论是在曾经在三尺讲台上奉献青春，还是现在立志要编写出最优质的教辅书籍，以实现"让老师更轻松地教，让学生更有效地学"的目标，陈东旭都始终为自己今生选择了教育事业而倍感荣耀。

而且，热爱文学的陈东旭曾为自己取的笔名为"红日"。他崇尚人生进取如旭日东升那般，现在将这一笔名的含义融入自己公司的名称之中，陈东旭正是寓意在此。

同时，陈东旭把自己人生事业追求的价值，悄然定格在了"金太阳教育"宏远的目标之中。

"以'金太阳'命名为自己公司的名字！"陈东旭也由此把人生奋进的目标，追求的价值，与"金太阳"这三个字紧密相连。

2001 年，江西金太阳教育研究有限公司正式注册成立。

公司刚一成立，陈东旭亲自做的第一件事，就是为江西金太阳教育研究有限公司制定员工手册。

在陈东旭看来，江西金太阳教育是他将带领全体员工为之矢志奋斗的共同事业，他和大家的事业目标与梦想，需要体现在企业的文化价值层面，以此激励和引领江西金太阳教育走向美好的未来。

在江西金太阳教育员工手册的序言中，陈东旭这样写道："企业文化，是一种在员工心中令人深受感召的力量，它创造出众人一体的感觉，并遍布到组织全面的活动，使各种不同的活动融合起来。而融合的前提就是需要一个共同的对未来的意象或景象，这就是公司愿景！"

## 第四节　组建销售服务网络

一个人眼界的远近，在某种程度上往往决定其事业发展的格局。

在以南昌为中心的这方舞台，陈东旭的发展眼界也随之迅速开阔起来。尤为重要的是，他开始立足眼前市场，站在全国教辅行业发展的高度，来谋划江西金太阳教育的未来发展。

"'江西金太阳教育'的品牌影响力在日渐扩大，市场当同步快速跟进。"

从经营的视角上，陈东旭十分清楚一点，"全国大联考"已形成的品牌效应，要显现在市场效益上，那就是必定要体现在将来的"金太阳教育"系列教辅材料的销量上。

对此，陈东旭开始思考金太阳教育系列教辅书籍的发展问题。

与此同时，陈东旭还深刻意识到，江西金太阳教育要实现这一目标，那就必须要尽快建立和发展起自己的市场营销网络，而且市场营销网络的覆盖面也要快速扩大。

"把时间由2000年延伸到两三年之后，人们会惊讶地发现，对市场营销网络的及时组建和布局，正逢'金太阳教育'越来越多的教辅系列产品开始稳健崛起于全国教辅市场的时期。"有对新千年之初全国教辅市场发展进行过深入研究的业界人士说，从江西金太阳教育的掌舵人陈东旭未雨绸缪的市场营销网络组建和布局这一点就可以看出，他的成功除了每一步，都踩准了中国民营教辅书业的发展节拍之外，这与陈东旭敏锐的市场眼光息息相关。

1990 年代中期以后，随着全国教辅图书规模日益扩大，教辅图书市场销售网络也逐渐形成。

这一市场销售网络，一个是以包括大小民营书店在内的图书销售渠道，另外就是专门的教辅图书资料代理商。

在这样的销售网络方式中，教辅图书的销售一般都是一级一级批发销售。起初，江西金太阳教育采取的也是这种销售模式。

在短短几年时间里，由于强大的品牌效应，"金太阳教育"的各科试卷不但已成为教辅市场上的"抢手货"，而且发货的折扣比一般教辅还高了不少。

尽管是这样，很多书店一进到货后仍是被抢购一空。这样的情况，让很多教辅图书代理商和大小书店为之惊讶！

逐级批发代理销售的模式，自然有很多优点。其中最大的一点，就是为教辅机构节约了大量的人力财力，以较少的市场成本赢得了庞大的市场。

然而，陈东旭却随后决定，逐步摆脱逐级批发代理销售的模式，建立起江西金太阳教育自己的市场销售网络。

之所以做出这样的决定，源于陈东旭在市场走访中发现的问题。

一次，陈东旭到山西大同市出差。

其间，他来到市里的一家书店了解教辅书籍资料的市场销售情况。在与书店经理的攀谈中惊讶地发现，"金太阳教育"的《优秀高考模拟重新组合卷》、"全国大联考"试卷在这里因为太畅销，竟出现了一卷难求的现象。

一开始，书店经理还以为陈东旭是做教辅图书资料的代理商，主动向他询问道："我们书店想进一批江西金太阳教育研究公司的'全国大联考'试卷，从你这里可以进到吗？"

"我就是江西金太阳教育的陈东旭。"陈东旭回答道。

"你就是江西金太阳教育的陈东旭！"书店经理欣喜不已。

"其实，让我们很是疑惑的是，你们编写的各科试卷真是太好了，好多学校到我这里指定要购买你们的金太阳教育编写的'全国大联考'和《优秀高考模拟重新组合卷》，说有多少他们就要多少，可就是进你们的试卷不太容易。"书店经理随即向陈东旭反映了这一问题。

"那为何会出现这种情况呢？"陈东旭很是不解地问。

"主要原因是要试卷的学校太多，我们是从一家做教辅书籍的店里拿货，进货的价格折扣一直比较小。但因为销量大，我们也就算了，可就是这样，还常常是拿不到货，因为，我们上面拿货的渠道是谁出的批发价高就给谁……"书店经理解释说。

对这一情况的了解，让陈东旭既喜又忧。

喜的是，金太阳教育的试卷不但已在全国各地市场快速延伸，而且市场销售情况这样好。而忧的是，在金太阳教育试卷的市场销售过程中，一级级的市场代理掌控着销售的一个个环节，抬高了市场销售的价格不说，还左右着试卷最终端市场的货源。

不久，江西金太阳教育工作人员在山东济南、江苏盐城等地的书店和学校走访中，也发现了同样的问题。

但这还不是最让人担忧的。

最让人头痛的问题，就是市场出现了金太阳教育试卷的盗版现象。

在全国很多地方，教辅书籍资料的盗版，此时也成为教辅书籍市场的一个令人深恶痛绝的问题。虽然有关部门展开了一轮又一轮打击，但受利益驱使，盗版现象依然屡禁不止。

在教辅书籍资料领域，情况往往是这样，一种好的教辅书籍或资料刚一出来，只要市场热销即会招来盗版。

另外，还有比较离奇的盗版方式，那就是有一些不法书商，不仅盗版别人的教辅书籍，还"盗"自己的教辅书籍——将自己的教辅图书假借其他名气大的教辅机构印刷销售。

还有的教辅书籍机构，将前一年的书稍微调整一下，换掉部分时效性强的字眼，印上今年的时间，就成了新书；更有甚者，把去年的积压书撕掉封皮，换一个"新装"就招摇上市。

此外，"名师"是教辅书的最好噱头，但"名师"又没有那么多的精力来编书。于是，精明的出版商就想出了妙招：盯准几所名校，将自己编好的教辅拿给老师"修改斧正"，然后署上他们的大名。这样老师们既可以在评职称中有资本，也能赚取一笔不菲的"劳务费"。

因为金太阳教育的"全国大联考"和《优秀高考模拟重新组合卷》销售情况太好，一些不法之徒开始打起了盗版的主意，他们大肆盗印金太阳教育的考试卷，冒充江西金太阳教育有限公司的名义进行销售。

市场上盗版的金太阳教育试卷甚至出现严重质量问题。

为此，浙江省的一些中学，还专门派人来到江西金太阳教育研究公司订试卷，因为他们发现市场上购买的"金太阳教育"试卷是盗版的，学校不敢用。

…………

对于市场的深入了解，让陈东旭感到，江西金太阳教育应建立起自己的销售渠道网络。

"一方面，如果任凭这种情况再发展下去，那我们的金太阳教育试卷最终会因市场紊乱而失去过去历尽千辛万苦建立起来的知名度、美誉度。另一方面，我们的目标绝不是仅仅卖试卷，我们是要为教育服务，让老师更轻松地教、让学生更有效地学，那我们就要和全国各地的学校逐步建立起广泛的联系。"陈东旭认为，无论是从消除当时金太阳教育试卷的市场盗版问题出发，还是从未来公司长远发展的角度考虑，组建金太阳教育销售服务队伍都势在必行。

显然，在考虑组建金太阳教育市场营销队伍伊始，陈东旭的思路与一般的以市场营销视角就不同。

他的着眼点在于，把服务理念融入金太阳教育的市场营销之中，希望首先从为广大师生的教与学服务出发，来逐步形成江西金太阳教育有限公司不同于一般教辅机构的独特之处。

"如果我们也是单纯地卖试卷和卖教辅产品，那我们与一般的教辅书商就没有任何区别！"陈东旭从来不曾忘记自己"下海"创业的初衷，他未来要建立起的金太阳教育王国，始终要承担起"让老师更轻松地教，让学生更有效地学"这一责任使命。

谋定而后动。在决定组建自己的营销队伍后，江西金太阳教育开始向社会广纳人才。

自建市场营销队伍，继而形成自己的市场销售网络，在江西金太阳教育有限公司的发展过程中具有十分重要的意义。

因为，依托自己组建的市场营销队伍，江西金太阳教育不但很快掌控了市场的布局与发展，而且最为关键的，是依靠良好的服务建立起了与全国各地很多学校的紧密联系。

而这些努力，将在日后直接为江西金太阳教育构建起强大的服务营销网络，从而成为传播金太阳教育服务理念的强大平台。

"我们始终不能忘记，江西金太阳教育的发展理念，最重要的是为老师的教学和学生的学习服务。"为此，陈东旭提出，江西金太阳教育的每一位市场营销人员首先就是公司理念的传播者、品牌的宣传者，而这一切都必须体现在良好的服务之中。

正是因为如此，江西金太阳教育的市场营销队伍不同于其他教辅行业机构的营销队伍，他们的工作重点首先是突出为学校教师的教学和学生们的学习服务，其次才是教辅图书资料的销售——不仅仅是卖一种教辅图书资料产品，同时还在"卖"一种服务。

这一点，给各地中学的校领导和师生们留下了深刻的良好印象。

一位中学校长曾对陈东旭颇有感慨地说："你们江西金太阳教育的销售人员找到我，从来没有一次是为了'卖东西'，都是'送东西'。销售人员经常会说'这是各地的模拟卷，送给您，供您参考'；或是'这是我们对今年高考趋势的分析，送给您供参考'，等等。"

事实上，江西金太阳教育营销人员这些服务，有些是公司统一安排的，有些是业务员自己搜集赠送的。

随着营销队伍的不断扩大，江西金太阳教育的市场营销人员，在全国以行政区域为单位，拜访当地教育主管部门，搜集教育政策信息，走进一所所学校，听取老师们对改进试卷水平的各方面意见……

而这些搜集整理的信息和意见，都会从四面八方汇聚到江西金太阳教育有限公司。

根据这些信息和意见，陈东旭和金太阳教育的产品研发人员更加了解掌握师生们的需求和心声，从而对试卷的题型与内容不断改进，使得江西金太阳教育的各类试卷和教辅产品更加贴近师生们的需求。

陈东旭十分清楚，江西金太阳教育要取得快速发展，就必须靠产品特色和质量赢得市场。

通过与全国各地中学建立的良好关系，江西金太阳教育又考虑，从这些中学中挑选出负责任的各科优秀老师，来作为教辅书籍的特约作者，把全国各地中学的一批优秀老师集中起来。

"如此，江西金太阳教育在优质的服务过程中，真正实现了逐渐整合全国各地的优秀教师资源。"陈东旭认为，这必将为将来江西金太阳教育的核心优势奠定强大的基础。

此后的事实证明，陈东旭的这一决定极为正确。

通过高品质的产品，高质量的服务，让全国各地越来越多的中学认识到，江西金太阳教育是一家负责任的教辅图书行业企业。

"为客户提供物超所值的服务，为客户创造新的价值，当客户认识到你真正为他创造价值的时候就会认可你。"不仅在产品质量方面，特别是在服务方面都做得很好，这些多种因素，逐渐开始形成金太阳在行业、客户中的影响力。

正是因为成功组建起了公司的营销网络，同时又将高质量教辅图书资料产品和高质量的服务融为一体，使得江西金太阳教育开始渐由江西而快速向全国各个区域延伸。

# 第五章
# 势如旭日磅礴崛起

无论是各个传统行业自身发展呈现的商机，还是时代催生出的新兴行业和产业机遇，都在新千年初呈现出广阔空间。

伴随着改革开放的进程，被称为"民族书业重要方面军"的民营书业，走过萌发初期的民营教辅类图书行业，正以品种和销量持续递增的标志性特征，开始在出版与市场两端显示出强劲的发展态势。

然而，对于教辅类图书行业的发展来说，在经过了整个1990年代纷繁蓬勃的发展态势之后，在新千年的最初五年里，又开始呈现出一个明显的发展转折点。

事实上，教辅类图书发展的这一重要转折点，对于江西金太阳教育而言正是一个重大的机遇期——教辅图书以质量赢得市场的时代的到来，使得江西金太阳教育有了依靠强大品牌实力磅礴崛起的可能！

陈东旭从来都是善于识得机遇并果敢前行的人。

他引领江西金太阳教育立足创业初期赢得的"全国大联考"品牌优势，同时开始定准江西金太阳教育向系列优质精良教辅类图书进军的方向，通过构筑江西金太阳教育强大的教辅类图书选题、内容策划一流专业人才队伍，围绕课程改革，策划出版了一系列在全国赢得巨大声誉和市场的教辅图书。

而且，"金太阳教育大讲堂"、"全国中学发展高峰论坛"、"金太阳教育名校俱乐部"等教育服务平台的建立，一系列具有广泛影响力的教育服务活动的持续开展，又为江西金太阳教育更添品牌美誉度和知名度。

在新千年之初，厚积薄发的江西金太阳教育，呈现出势如旭日的磅礴崛起发展之势。

而随着位于江西南昌经济技术开发区的"太阳城"的建成，让金太阳教育更是拥有了自己的事业基地和理想家园，为此后进一步的快速发展创造了条件。

陈东旭的人生事业，也由此开启了实现跨越式发展，扬帆起航的良好开端。

## 第一节　厚积薄发成锐势

时间跃入新千年，中国的改革开放已走过了 22 年不平凡的辉煌历程。

回眸和展望全国民营经济的发展，无论是各个"传统"行业自身崛起壮大所展现出的商机，还是时代孕育催生出的新兴行业和产业机遇，都在新千年之初呈现出广阔空间。

让我们把目光聚焦全国民营图书业领域。

2001 年，一个被视为是全国民营图书业发展已成大势的标志性事件出现了——在这一年 1 月初举办的北京图书订货会上，首次大规模邀请了全国民营图书出版企业和民营书店经营者参加主会场的订货会。

从 1980 年代末开始举办的北京图书订货会，发展到 1990 年代中后期，已成为了透视中国图书业发展的重要窗口和趋势的风向标，在全国图书出版和经营界具有广泛的影响力。

1987 年举办首届北京图书订货会时，当时只有 44 家出版社的 290 名代表参加，订货码洋仅仅为 670 多万元。历经 10 余年发展，北京图书订货会的功能已逐步从单一走向多元，其形式也由过去的"集贸大会"发展到世纪之交的"接近国际水准的博览会"，成了全国图书业界最有影响的活动品牌。

在这一次北京图书订货会上，民营图书企业和民营书店活跃的身影表明，民营图书出版和经营，已成为全国图书出版行业的重要组成部分，并且开始受到高度重视。

事实亦如此。经过 20 多年的发展，在全国图书出版和经营行业，民营图书出版和经营从企业数量到产值规模都已蔚为壮观。

与其他众多行业发展的情形相同，此时的全国民营书业无论是在出版端还是发行经营领域，竞争都表现出明显的激烈态势。

这一点，也充分展现在了 2001 年的北京图书订货会上——参展新书品种多，质量普遍提高了，各参展主体都切实拿出了自己的新书好书，图书的版式、纸张材料、印刷装帧等质量都有了新的提高，整体素质明显上升；市场趋向成熟，订货更加理智。无论选题还是订货，盲目跟风现象已经十分少见。

"这充分表明，整个图书市场已发展到靠图书质量赢得市场的阶段，过去出版方出什么书都好销、发行经营方卖什么书都能赚钱的时期已一去不复返了。"对于全国图书业的发展，业界权威专业做出了这样的定论。

属于民营图书业一个分支领域的民营教辅图书业，情况又如何呢？进入新世纪伊始，是否如同整个图书行业一样，开始呈现出发展中的重要变化呢？

是的，全国民营教辅图书出版和经营两端，自 1990 年代中后期实际已悄然发生的一系列深刻变化，在新世纪伊始逐渐显现：

历经 1980 年代中后期以来的快速发展，在新世纪初年，已成壮观之势的全国教辅图书市场发展正悄然发生着变局。

纷繁群起，弱肉强食，适者生存，可谓是众多民营经济行业最初发展状态的真实写照。

在以教辅类图书为主要发端的全国民营书业市场，从 1980 年代中后期经整个 90 年代而至世纪之交，历经了从蓬勃兴起到蔚为大观的市场格局之变。而在这种格局之变的过程中，教辅书籍质量良莠不齐的问题也成为教辅书籍市场的一个突出现象。

此外，教辅图书的市场发展环境，也在世纪之交这一显著时间节点悄然发生着深刻变化。

首先，因为运营成本上升较快，纸张涨价、印刷费也在上涨，又要求现款，行业准入门槛提高。其次，大多数代理商拿书更加理性，从加法、乘法改成了减法。过去抢着要新书，"一窝蜂"似的以占有资源为前提，不嫌书多，只嫌品种少。但如今就是对大公司策划的图书也很冷静，对出版理念多方了解后才出手。在注重销售规模的同时，开始注重效益，向精细化转变，不再盲目要规模和销售码洋，这也使很多策划小公司遭到"冷遇"。

一个让教辅图书业界人士颇为困扰的市场状况，已很直白地呈现出来了——教辅发行市场是完全竞争的市场，渠道广度与销量关系非常大，但是教辅图书产业链越拉越长，利润率却越来越低，市场容量并未增加，竞争达到白热化。

"剩者为王"，谁能最后生存下来，才是最终的赢家。

当全国教辅图书市场这一显著而直白的变化越来越清晰时，对于陈东旭而言，他心中不禁有万千欣喜——他开始敏锐地意识到，属于江西金太阳教育的大好机遇来了！

陈东旭眼里的这一机遇，就是依靠图书策划、依靠教辅书籍质量取胜，从而再赢得教辅书籍市场中的"金太阳教育"品牌。

"从江西金太阳教育研究有限公司的发展历程中，可以很清晰地看到，2001年其在全国教辅图书市场中异军突起。这正充分印证了从进入新千年一开始，陈东旭对江西金太阳教育未来的发展走向，就是有十分明确的思路的。"全国民营书业界人士曾这样说。

是的，陈东旭似乎早已预料到教辅图书行业的发展走势。对此，他一直在做未雨绸缪的谋划。

事实上，当确定把事业舞台从吉安一中搬迁到省会城市南昌的想法时，陈东旭就是希望借助于已初步蓄积的实力，开始逐步把试卷产品扩展至教辅书籍系列产品。

而做教辅书籍产品，才是陈东旭辞职创业的内在动因。

陈东旭未曾忘记过自己心中的目标和使命，尽管在创业最初几年因"无心插柳"赢得了"全国大联考"意想不到的成功，但他认为，其实"全国大联考"之所以获得成功，就在于试卷质量水平的本身优势和组织全国各地中学举行联考的这一好方式。

让时间再回到 2001 年前后。

其时，陈东旭已开始频繁走访全国书市，尤其是大型图书展览订货会。

在这一过程中，细心的陈东旭就已经发现，许多出版商都将一些好的教辅书籍选题策划攥在手里，在展会上得到了较好的认可后，在下一次图书展览订货会上就会重磅推出。因此，全国各地的大型图书展览订货会上，出现了新书"扎堆"亮相的现象。

对此，出版界很多人士感叹："不管你有没有准备好，市场已经把你包围，要么你打出你的天下，要么你被市场淘汰。"

而此时，教辅图书在时间的格局之变中也让整个业界看到，那些拥有创新能力与经营实力的教辅图书策划商，其企业市场地位也在日渐稳固。

"我们要靠独树一帜的研发模式和强大的策划实力，赢得市场！"陈东旭认为，这是江西金太阳教育强大的优势。他深知，教辅图书市场发展到今天，是到了要靠品质去赢得市场口碑的时候了，而这一点，正是江西金太阳教育厚积薄发的独特优势之处。

于是，陈东旭决定，以建立江西金太阳教育研发中心为突破口，形成教辅图书强大的策划研发能力，从而形成"金太阳"教辅图书的品牌特色。

理念早已定了——"让老师更轻松地教，让学生更有效地学"；要出品的教辅图书范本也早就有了——像广西博白县中学编写的《高中物理导学与针对训练》这样的优质教辅图书。而且，经过营销团队的组建，江西金太阳教育正在形成向全国各个区域布局延伸的服务销售渠道网络。

"现在我只缺一个方面，那就是组建我们江西金太阳教育具雄厚实力的教辅图书研发人才队伍。"陈东旭认为，这将是在江西金太阳教育厚积薄发基础上，最终成就和凸显企业优势的关键所在。

不惜重金，在全国范围内招聘一批高水平的专职教辅图书研发人才。

江西金太阳教育随即向全国发布招贤信息，以优于北京、上海等地区的待遇，面向全国招聘专职研发人员。

招聘过程中，陈东旭把江西金太阳教育研发中心人才的来源，主要定在全国各地的名校。

"人对了，企业的发展方向也就对了！"陈东旭认为："全国大联考"试卷之所以在短短几年里风靡全国各地中学，关键的原因就在于试卷质量的高水平，而归根结底就是因为汇聚了一批全国知名中学的名师的力量。现在如果能汇聚一批全国各地名校中的名师组建成江西金太阳教育的图书研发团队，那将来依靠图书质量赢得市场也就有了可靠的保障。

而且，陈东旭还认为，现在金太阳教育也已具备了汇聚全国名师组建专业研发团队的能力。

"这是因为，经过前面几年我们的快速发展，'金太阳'品牌在全国很多中学已享有一定的知名度，特别是一批名校中的一批名师，他们不仅了解'金太阳'创立发展的理念和志向，更是在使用'金太阳'教辅产品的过程中高度认同我们的产品质量。"陈东旭相信，正是因为有了这一基础，那些与自己一样心怀"让老师更轻松地教，让学生更有效地学"理念的名师，是会做出他们人生事业的重新选择，愿意汇聚到江西金太阳教育这方平台来，共同创造一番事业的。

在接下来的招聘过程中，来自全国各地中学的一批把关老师陆续成为江西金太阳教育研发中心的中坚力量。而吸引这些名师选择江西金太阳教育最为重要的原因之一，正是那种事业价值的感召力。

此后短短几年间，江西金太阳教育的教辅图书专职研发人员就超过了200名。在这些专职研发人员中，有90%以上的人员拥有中、高级职称，其中特级教师和硕士研究生30余人。

这样一支具有整体高水平的规模专职研发人才队伍，在全国所有的教辅图书行业企业中可谓独一无二，构筑起了江西金太阳教育在教辅图书行业中强大的核心竞争力！

前面已提到，自立足江西南昌、布局全国市场伊始，江西金太阳教育就开始着手构建由一线优秀教师、学科专家、学科带头人等这些人才组成的特约作者队伍。这些特约作者是兼职的，他们源源不断为金太阳教育各科试卷和教辅书籍提供质量一流的稿件。

借助于与全国各地中学逐步建立起的良好联系，使得江西金太阳教育的特约作者队伍在2005年前后就达到了3000多名，到2010年前后，更是达到了5000余名。

如此规模的特约作者队伍，更为江西金太阳教育高质量的教辅产品提供了强大的实力保障。

在对新千年伊始整个教辅图书发展之势进行深入研判的基础上，陈东旭以敏锐的目光确定了江西金太阳教育欲在行业实现崛起的突破方向。与此同时，又为这一方向突破从强大人才优势上做好了充分准备。

而这一切，使得江西金太阳教育厚积薄发的所有优势，由此开始转化为强劲的发展锐势。

善于识得机遇并果敢而为。

在全国民营教辅行业发展格局之变的又一个新的转折点，陈东旭及时地把握住了这一重大时机！

## 第二节　"江西有个'金太阳'"

谋定而后动，江西金太阳教育顺势而进。

2001年，围绕教辅新书策划这一重点方向，江西金太阳教育全面启动系列教辅书籍研发的发展战略。

按照陈东旭的整体思考部署，"金太阳"产品的全程策划和执行，必须形成决策科学、流程规范、职责分明的系统性工作。

为此，在江西金太阳教育研发中心，下设有高中产品部、初中产品部、图书产品部、传媒产品部和义教产品部等部门。针对不同年级的教辅图书产品、不同类别的教辅产品，各个部门既有明确分工又形成整体合力。

在产品系统研发的整体思路下，"金太阳"的每一个产品，都首先由研发中心提出选题建议。而且，在这个选题建议之下，涵盖的是一整套系列教辅书籍产品，避免了过去产品策划定题的临时起意缺陷，一套教辅产品的策划从此建立在了科学、系统和严谨的基础之上。

当策划选题提出之后，在决策是否编辑之前，江西金太阳教育研发中心要派出专门人员，先到教学一线展开深度调研，多方论证，确定编撰体例。最后，再由研发中心根据各科产品作者的编写特长，来确定每一个产品的编写组成员。

而在进入产品的编创流程过程中，每一个阶段和环节，都几乎以严苛的层层把关，做到精益求精：

一个产品的稿件从初稿到定稿，在研发中心编辑过程中，要经过共计4个阶段15个环节，即初稿编写、产品组稿、编审加工、匿名审稿、试用反馈、终审定稿等。

而在完成这一切后，产品随后进入的不是出版流程，而是作为新书的样书又必须提供给一定范围、不同层次的读者试用。金太阳教育研发中心人员在认真听取读者试用的各种反馈意见后，又再次对产品进行调整和修改，直至再次在读者试用中得到一致的赞同，方才定稿交付出版。

在出版环节，江西金太阳教育的产品，一律选择与国家优秀出版社合作出版发行，以确保出版的产品高质量。

这样的产品研发过程，必定要有充足的研发费用作为保障。

在研发费用的投入上，陈东旭舍得投入，不设上限。2001年，江西金太阳教育的产品研发费用就占到了公司当年总投入的30%以上。而到2005年以后，江西金太阳教育每年的研发费用投入平均已达到2500万元以上。

充分运用好兼职特约作者的广泛资源，又构成了江西金太阳教育产品高质量稿件的又一个来源渠道。

每年，江西金太阳教育研究中心会对兼职特约作者提供的稿件、高考信息、考试研究成果等进行对比分析，根据质量分别将其定位为VIP作者、一级作者、二级作者等。比如联考试卷，覆盖全国上万名作者设计题目，再由研发人员进行实际演练，最后还要经过学校老师审核，以此保证"金太阳"的试卷每学年100%更新。

这些优秀作者提供的各科教辅产品的优质稿件和高考相关信息，成为金太阳教辅产品高质量的又一个重要保证。

2001年，江西金太阳教育精心策划发行首批教辅图书上市，随即引起市场强烈的反响。

在全国各地中学，"金太阳"教辅图书成为学校为师生们配发的首选教辅书。而在大小书店，教辅图书的书架醒目位置，几乎都无一例外地摆放着"金太阳"品牌的教辅图书。

"这么多年来，学校每学期在为师生们配发教辅书时，总是不断在更换，我们一看到新出来的'金太阳'教辅书，立即就决定首选'金太阳'。因为，相比其他教辅书籍，'金太阳'教辅图书质量几乎得到了学校师生们的一致认可。"安徽省合肥市某重点中学分管教学的副校长如此说。

"市场上由民营教辅机构或公司策划发行的教辅书也不少，可没有哪一种有'金太阳'的教辅图书卖得好。"山西太原的一家书店负责人，在当地大小书店竞相进"金太阳"图书而一时缺货的情况下，把电话直接打到江西金太阳教育的营销中心，希望从江西南昌给他们发货过去。

"在教辅图书市场产品饱和、实际已是愁卖的现在，一种教辅图书竟出现脱销的情况，这让人感到不可思议。"一位教辅行业企业老总这样感叹。

在全国各地的众多的中学里，老师给学生们列的购买教辅书的书单上，江西金太阳教育的"金太阳"教辅书被作为首选。

广西河池市某中学一高三学生，在给江西金太阳教育寄来的一封感谢信中这样写道："作为学生，我惊讶于资料的完美，在我的学习资料中可谓独一无二，资料内容丰富，题材众多也不缺乏新颖，讲解细致不缺乏自练之处……"

…………

江西金太阳教辅在图书策划发行中的知名度，迅速在全国范围内打响，其策划发行的教辅产品美誉度在全国各地中学和教辅书市场快速攀升。

2002年，"金太阳"品牌被中国教育咨询公司评为全国教育图书十大品牌之一，成为全国教辅图书产品中的响亮品牌。

2003年，作为"金太阳"系列教辅产品的总策划人，陈东旭被《中国图书商报》评选为中国教辅类图书品牌十大策划人之一。

继首批优质教辅图书成功策划发行后，江西金太阳教育高中年级、初中年级两大系列"金太阳"教辅产品陆续推向市场。

高三年级:《高考任我行》《PK高考》《金太阳考案》《学习的艺术》

和二轮复习专用书《热点重点难点专题透析》。

高二年级：《学习的艺术》《同步导学与评估》《寒假作业》《暑假作业》。

高一年级：《学习的艺术》《同步导学与评估》《寒假作业》《暑假作业》。

初三年级：《同步检测与评估》《跨越中考》《寒假作业》《暑假作业》。

初二年级：《同步检测与评估》《寒假作业》《暑假作业》。

初一年级：《同步检测与评估》《寒假作业》《暑假作业》。

…………

到2005年前后，在江西金太阳教育的产品结构中，各类教辅图书已占到了其总产品结构的四成，且教辅图书的发行量每年都保持着快速的增长。

更令人欣喜的是，每一套策划发行的"金太阳"产品，一经上市就随即成为教辅图书市场中的畅销书。

短短几年时间里，江西金太阳教育在教辅图书领域显示出的异军突起态势，引起了全国整个教辅行业的热切关注。而在全国各地中学，"金太阳"教辅图书品牌全面叫响。

"金太阳"教辅图书产品，逐步覆盖除了港、澳、台以外的全国所有省、市、自治区。江西金太阳教育数年之前就开始着手建立的市场营销服务网络，在此时开始逐渐显现出销售服务上的强大优势，通过建立在全国19个中心城市的办事机构，确保第一时间服务学校和教辅图书经销商。

"我们在实现'金太阳'品牌崛起的同时，也悄然实现了由过去试卷主打品牌向现在的教辅图书品牌转变。"对于这一目标越来越清晰的展现，是最让陈东旭为之感怀的。

因为，历经近十年的不懈探索，当年自己惜别三尺讲台要为全国中学师生编写出优质教辅书的荣光梦想，终于这样真切地照进了现实！

在"金太阳"教辅图书品牌稳健崛起、发行量快速增长的过程中，其优势一直强劲的试卷类产品状况又如何呢？

试卷类产品的发展态势，同样令人欣喜。

在"全国高三大联考"试卷领跑全国试卷类产品的基础上，江西金太阳教育又进一步把试卷产品向高中一、二年级和初中三年级延伸，形成了"金太阳"试卷产品体系：

高中三年级，分别有《全国100所名校单元测试示范卷》《全国100所名校高考模拟卷重新组合卷》《天下无卷》《全国100所名校最新高考模拟示范卷》《高考冲刺卷》《高考汇编卷》《全国大联考卷》。

高中二年级，分别有《全国100所名校单元测试示范卷》《天下无卷》《全国大联考卷》。

高中一年级，分别有《全国100所名校单元测试示范卷》《天下无卷》《全国大联考卷》。

初中三年级，分别有《天下无卷》和《江西九年级大联考》。

此外，全国各地高中和初中学校，还有不少委托江西金太阳教育为其学校量身制作研发单独命卷。

"金太阳"试卷品牌，堪称一枝独秀，在市场上令人眼花缭乱的市场产品中，其遥遥领先的品牌优势和发行量令人叹服！

2005年，使用金太阳"全国大联考"试卷的全国各地学校，已经达到了7000余所，参考学生为280万人。这一数字，占到了2005年全国当年高考人数的50%以上，规模仅次于教育部组织的高考，被誉为"全国第二高考"。

这一年，陈东旭与江西一批企业家，在江西省工商联的组织下前往新疆考察。期间，对于"金太阳"试卷品牌的广泛影响力，让他感受那样深刻。

在一个蒙古包里，江西省工商联的一位领导询问一位在暑期帮父母忙活的女大学生："你知道江西省吗？"

"我知道啊，江西有一座井冈山，还有一个金太阳。"那位率真的女大学生脱口而出。

此情此景，立即把一行人都逗乐了。

而其实，这位女大学生脱口而出的的确是所知的率真之言。原来，这位女大学生在念高三时，其所在学校高三也参加了金太阳的"全国大联考"，由此她也知道了"全国大联考"试卷来自江西。

闻听这样的情况，陈东旭的内心深处随即涌起一种自豪感与成就感。他没有想到，"金太阳"试卷品牌的影响力有如此之大！

在这次新疆考察过程中，陈东旭了解到：在整个新疆，有80%的中学校使用了"金太阳"试卷。尤其是这些学校中的高三年级学生，在一整年时间里，都是用着"金太阳"的"全国大联考"试卷成长的。

显然，"金太阳"教辅图书在全国已成品牌之势！

"中国图书行业发展水平相对较落后，市场化程度不高，不像家电等行业竞争那么激烈。但是，任何行业只有竞争到非常激烈的时候，才会越来越规范。我们的努力方向是科学化管理的现代企业。书业前景很好，但行业内的激烈竞争将会淘沙砺金，取代无序竞争，最终进入品牌时代。我希望，'金太阳'能成为留存到品牌时代的企业之一。"

教辅图书和试卷两大类产品的"金太阳"品牌的强势崛起，给陈东旭和他的同仁们增添了无限信心，更对未来充满着憧憬！


## 第三节　立足课改再铸服务品牌

然而，在陈东旭对"金太阳"发展的整体布局中，绝不仅仅是编书和卖书这么简单。

"我们不是简单地卖教辅产品的公司，我们更为重要的使命是为推进教育发展服务、为教学改革服务，为广大师生们服务。"在教辅产品品牌全面打响的同时，陈东旭始终强调对"金太阳"服务品牌的倾力打造。

同时，他也坚定地认为，这是"金太阳"志存高远的使命！

事实上，从一开始，牢牢确定服务这一责任使命，就是江西金太阳教育不同于一般教辅产品机构和企业的一大鲜明特色，这也决定了江西金太阳教育是一家立志高远，目标远大的企业！

陈东旭要求教育研究院的人员不但要有专业理论水平，还要知晓国家教育教学改革的动向，同时，对于一线教学又要有深入的了解与研究。这样，才能有较高的研究成果，既研发出高质量的产品，又为学校提供更好的服务。更重要的是，还要立足当下，瞩目未来，始终保持领先一步的品质。

伴随2004年山东、广东、宁夏和海南率先实施新课标改革，新课标教学改革过程中的一个重要问题也应运而生。这即是，新课标教学带给众多学校的，除了创新之外，还有诸多困惑。例如，什么是新课程标准？怎么才能执行好这一标准？等等。

针对这一状况，为揭开新课标改革神秘的面纱，江西金太阳教育在教考服务领域又迈开了具有历史性意义的一步——整合内外教研和教学资源，组建全国知名专家、学者加盟金太阳教育专家服务团，在全国各地开展新课标服务系列大巡讲活动。

中国传统的灌输式一贯制的中学教育模式由于长期的习惯性影响已经根深蒂固，所以新课标理念的推广、新课标教学的模式需要一个长期的培育过程。这是一个系统的工程、长期的工程、艰巨的工程。

强烈的使命感和责任感，使致力于教育事业的金太阳人毫不犹豫地投身到为新课标推广的服务之中。

在企业内部，他们专门组建起由50人组成的金太阳教育讲师团，其中有全国知名的教育专家、全国知名的校长、名师、金太阳自身的优秀研究员和优秀培训师，他们奔波于全国各地，哪里需要他们就出现在哪里，免费举办各种新课标培训班、讲习班、示范班，倾情为新课标的推广提供教育培训与服务。在这些培训老师中，有年近六旬的老专家，有正当年的优秀学者，有金太阳从各地外聘的新课标教学权威。

金太阳的教育培训与服务对象主要面向四类人：一是各地教育行政部门领导、中学校长，重点培训学校管理与学校发展策略；二是面向中学教学校长和主任，重点培训教学管理与科学备考；三是面向学科老师，重点培训高效课堂教学模式、最新教研成果、新课标教学经验、高考备考理念；四是面向学生，重点进行智力因素与非智力因素的开发、培养，提高科学复习和快速提高成绩的方法以及提高应试心态和能力的技巧。

在培训与服务内容上，重点突出六大特色：

一是以学案导学为抓手的高效课堂教学模式与策略；

二是以高考试题分析为切入点的高考一轮备考策略和以考试大纲研究、命题趋势分析为依据的二轮备考高效策略；

三是以教育改革及教育纲要解读为背景的学校与教育教学管理策略；

四是以促进学生身心全面发展为目的的学生心理健康教育策略；

五是以促进教师成长为目标的教师专业发展与职业生涯规划策略；

六是以成就优秀孩子，构建和谐家庭为宗旨的家长培训教育策略；

全国中学发展高峰论坛——教考服务全国性第一品牌会议。

在新课标推广服务中，金太阳教育讲师团逐渐成为各地教育部门最期盼的人，成为各地校长最亲密的朋友，成为中学老师们最贴心的良师。

金太阳教育讲师团组建短短几年时间，就组织了近千场次的讲学培训。从春风和煦到夏日炎炎，从秋风阵阵到白雪皑皑，从白山黑水到西南边陲，从黄河上下到大江南北，从西北大漠到东海之滨，到处涌现出金太阳讲师忙碌而又坚定的身影，随风飘荡着金太阳讲师响亮而又自信的声音。他们的足迹遍及黑龙江、吉林、辽宁、陕西、山西、山东、河北、河南、湖北、湖南、江西、安徽、甘肃、四川、广西、云南、贵州、福建、广东等26个省区，对近千所学校的10余万名校长、教师进行了高考备考、课程改革与高效课堂等方面的指导与培训。

经过努力探索，江西金太阳教育在此后数年过程中，逐渐树立了"全国中学发展高峰论坛"、"全国中学校长高峰论坛"、"金太阳教育大讲堂"、"金太阳教育名校俱乐部"等多个教学服务品牌。

再如，自2006年创办的全国中学发展高峰论坛，为中学发展搭起的第一个沟通平台。作为全国性的高水平、高质量、高规格的大型中学教育学术性论坛，全国中学发展高峰论坛以教育部相关领导、新课改专家、新课程实践先锋为论坛课题专家，与全国重点中学、省级示范名校一起探讨、分析新课标改革经验得失，成为高级中学交流沟通、实现自我提升、改善教学绩效的重要平台。如今，全国中学发展高峰论坛已成为影响力最大、参与人数最多、涉及面最广的全国高级中学教考会议第一品牌。

随着新课程标准的推进和高考地方化的延伸，教辅市场需求呈现多样化、个性化、地域化等特征。

2007年，为满足地方化、个性化的教考服务需求，江西金太阳教育在湖北率先做出尝试，经过反复研讨论证，成功组建湖北百所名校俱乐部。

打响地方化、个性化教考服务的第一枪。湖北名校俱乐部的成立，不仅很好满足了地域性市场的需求，更有效地促进了教研信息的有效沟通！

随后，金太阳教育相继成功搭建了河南名校俱乐部、浙江名校俱乐部、安徽百所名校论坛、东北名校俱乐部、广西名校俱乐部、齐鲁名校俱乐部等数十个地方校际联合体。

依托名校俱乐部这一平台，金太阳教育在江苏、湖北、安徽、广东等地举办大型样本分析考试，比如江苏单次参考人数达15万，湖北单次人数达12万。在提供第三方组织考试的同时，公司还召开考试质量分析会，考试结果被相关省份高考组织部门作为高考组卷的参考依据。

江西金太阳教育的培训讲学工作，为新课程改革的推进，为学校教育教学质量的提高，为教师的专业成长和学生的发展发挥了积极作用。

由此，江西金太阳教育倾情推广新课标的教育培训与服务的义举，也在广大学校和千百万师生中广为传颂。

随着全国中学发展高峰论坛的举办以及各地名校俱乐部的成立，为进一步推进全国各地市学校交流，在各省教育管理机构、教研单位的要求和帮助下，依托名校俱乐部的影响力，金太阳教育整合全国中学发展高峰论坛组织经验，结合各省市教学管理需求，以各省市为基础，以学校领导为对象，推出科学性、针对性、适应性明显的校长高峰论坛，搭建地方性质的以"教学管理、教学科学组织与实施"为主要内容的校际沟通平台。

依托自身搭建的服务平台，到2010年前后，江西金太阳教育在全国开展讲学（论坛）2000多场次，培训校长、教师50万人次，接待来访和组织教育参观考察的校长、教师3000批次5万余人，研究的教研成果惠及8000万学子。

立足教改倾力打造教育服务品牌，让江西金太阳教育赢得了更加广泛而深远的影响力，同时也充分彰显了立志服务教学的鲜明特色！


## 第四节　建成一流教育产业园

江西金太阳教育的快速发展，引起了社会各界的关注。

尤其是作为行业主管部门的江西省新闻出版广电局，希望江西金太阳教育乘势而上，并带动形成全省民营书业蓬勃发展的局面。

为了帮助江西金太阳教育进一步做大、做强，江西省新闻出版广电局与之建立了重点企业联系制度，经常到企业走访，听取进一步发展的意见和要求，帮助其解决在发展过程中存在的一系列难题。

来自上级业务主管部门的倾情支持，给了陈东旭巨大的鼓舞。

与此同时，"金太阳"服务与产品两大品牌在全国范围的稳健崛起，也让陈东旭的目标越来越清晰明确，那就是要将江西金太阳教育建设成为"中国最具实力的基础教育研究和服务机构"。

"在硬件条件上，江西金太阳教育也要拥有一流的实力！"这一直是陈东旭心里真切渴盼的愿望，他早就想拥有属于江西金太阳教育自己的一流企业基地，为未来的发展奠定坚实基础。

"对外成为中国最有实力的基础教育研究与服务机构，对内建设一个和谐、舒心、富裕的世上桃源。"于是，一幅宏大的构想蓝图也渐渐浮现在陈东旭脑海中——高标准建设打造一个全国规模第一、设施一流的现代化教研基地！

陈东旭为自己期盼的蓝图这个教研基地取名"太阳城"。

"太阳城未来的发展目标，就是要成为江西乃至全国民营基础教育产业园区的标杆。"基于这样的规划思考，陈东旭决定高标准建设打造。

对于陈东旭的蓝图构想，江西省新闻出版广电行业主管部门十分支持。

随后，南昌国家经济技术开发区也向江西金太阳教育热情伸出"橄榄枝"，希望企业落户开发区。

"太阳城"的建设摆上了重要日程，并随后顺利推进实施。

…………

2006年6月26日，这是一个让陈东旭无限感怀的日子。

这一天，江西金太阳教育告别多年来租赁办公的场地，整体搬至南昌昌北经济开发区，进驻"太阳城"。

占地面积达173亩的"太阳城"，总投资为2亿元，一期主体办公楼面积达1万余平方米，拥有一流的办公设施，可同时容纳500余人办公。同时，建有功能完善的配套设施，园区内仅各物流仓库面积就达5000多平方米……

矗立在人们眼前的，是一座崭新、恢宏的现代化一流教育产业园区。在全国的教辅企业中，“太阳城”无论是在园区规模上还是设施功能上，都可谓首屈一指！

“从今天起，我们有了属于自己的一方事业大舞台！”陈东旭感慨万千，他深知，“太阳城”的建成意味着江西金太阳教育在发展的硬件设施上迈上了新台阶，也标志着企业形象的全新提升。

这是陈东旭创业历程中的一个重要转折点。

同时，这更是江西金太阳教育迈入全新发展阶段的崭新开端。

在全国民营图书行业企业中，硬件设施条件一流的“太阳城”，树立了行业发展中的一个标杆。

2007年12月21日，国家新闻出版总署相关司局领导一行莅临“太阳城”考察后，给出了这样的评价：历年来，江西金太阳教育的名声在外，在业内非常出众，今天一见，令人感受颇深，经过十余年的发展江西能够有一家如此成熟的基础教育研究、出版发行企业，真是令人兴奋。目前民营教辅行业突飞猛进地迅速发展，但规模较大的很少，江西金太阳教育研究有限公司在业内表现出的不凡业绩和良好素质让我们感到非常欣慰，你们的工作实属难得！

“太阳城”的建成，为江西金太阳教育实现规模化发展带来了重大契机。

从这一年起，江西金太阳教育加大力度，广纳全国各地名师、基础教育专家、中学校长，形成全国性的基础教育研究中心。

在教辅产品和教育服务两大领域，依托一流教育研究基地的优势，江西金太阳教育逐渐拓宽，在教材教法、学生学法、考试研究、学生心理健康、教考信息等方面展开卓有成效的研究工作。

陈东旭认为，要让企业真正形成一个具有核心竞争力的团队，并不断地对企业未来发展方向进行策划定位，那就必须要依靠专业的人做专业的事。为此，江西金太阳教育开始着手从全国范围内引进职业经理人，以期逐渐形成江西金太阳教育高管层的中坚力量。

企业体量和业务规模的迅速扩大，随之带来了对企业管理的更高要求。

"只有内功练好了，才有可能练好外功。"为了避免民营企业管理不善问题，以及摆脱"大家族化"、"小作坊气"等民营企业常遇到的问题，江西金太阳教育又邀请了上海盛高企业管理咨询公司对公司人力资源、部门管理等进行了全面优化梳理。

与此同时，与中国最具实力的咨询公司之一的北京和君咨询合作，搭建营销平台，整合营销系统，创新业务模式的全新突破。

以"金太阳"品牌开始享誉全国和"太阳城"的建成投入使用，江西金太阳教育在新千年开端的数年里，赢得了令人惊叹的崛起！

# 第六章
# 渐向全国民营书业高峰

在新世纪的最初几年里，从曾经在业务上的"拾遗补阙"到占据业务量的"半壁江山"，民营书业走过了一段不平坦的艰辛曲折发展之路，终于日渐成为我国图书行业实现跨越式发展的重要生力军。

以 2005 年为重要分水岭，全国民营书业再次走向更为广阔的发展天地。

随着政策支持力度的进一步增大，长期为国有或国有控股出版发行企业垄断的总发行权，开始向民营图书发行业敞开了大门。这给出版物发行业带来转折性的变化，对民营资本而言，更可视为一个里程碑。同时，新课标教学改革的纵深推进，为民营教辅图书和服务带来了重大发展机遇。

以厚积薄发之势赢得快速崛起的江西金太阳教育，在历经新千年之初数年间产品创新、服务创新、品牌创新三大整体稳健崛起的同时，已具备了承接这一发展历史机遇的条件。

2008 年，江西金太阳教育获得国家新闻出版总署颁发的出版物国内总发行权，成为江西省第一家获得出版物总发行资格的民营企业。

任何一次教育改革，都必然要选准教改切入口，找准道路，都必然要装备先进的教育理念，方能少走弯路，减少失败，取得最大的教育成效。

率先以服务新课标教学改革展开的卓有成效的探索，让江西金太阳教育在新课标教学改革这一领域声名鹊起。

《金太阳导学案》以其理念创新、策划科学、操作方便，得到了全国各地广大师生的普遍肯定和广泛赞誉。教育部基础教育课程改革专家组有关负责人专门为《金太阳导学案》作序，将其称之为"新课标理念实施的旗帜，导学案课程设计的典范性蓝本"。

同时，江西金太阳教育策划发行的《当代中学生报》，短短四年时间，总订数已经过亿，其发行量达到 1000 多万份。

2010 年，在全国民营出版行业呈现普遍低迷的市场上，在教辅竞争空前激烈的格局中，江西金太阳教育却实现了 60% 以上的增长，年销售教辅图书 11 亿码洋，成为全国民营教辅图书行业中最具活力的企业，跻身于全国一流民营书业的行列。

2012 年金太阳教育再次跨越，实现全国销量第一。

## 第一节　喜获全国出版物总发行权

与众多行业的情形一样，在新世纪初年，我国民营图书业迎来了机遇与挑战并存的重大发展期。

从原始积累到经营增值，从"拾遗补阙"到"不可或缺"，从不规范到规范有序发展。沿着这样的方向路径，我国民营书业在改革开放的进程中一路破冰而行，从 2005 年前后，开始呈现出日渐广阔的天地空间。

机遇由此纷至沓来。

在经营规模上，我国民营书业从零售到二级批发权以至有望突破图书总批发权制约的大趋势已渐行渐近。而在经营范围上的扩张，我国民营书业在经历了从发行零售到内容策划的一步步坚实前行中，又逐步显现出向出版核心领域延伸的大趋向。

但与此同时，国际国内发展大环境的种种深度变化，也给我国民营书业的发展带来了前所未有的挑战。

随着我国加入世贸组织，一方面在全球化、数字化浪潮的背景下，全球出版产业出现许多新变化，面临着深刻的转型，另一方面随着国内文化体制改革的进一步推进，要重塑文化产业主体，出版产业的运行机制、管理模式、产业制度等方面都出现了极大的改革空间。

在这样的大背景下，民营书业如何实现更好的发展，未来向何处去，这是每一个民营书业从业人员都非常关心的问题。

…………

然而，重大机遇期呈现出的全国民营图书业更广阔的发展天地，令业界充满期待。

以2005年为重要分水岭，全国民营书业再次走向更为广阔的发展天地。

随着政策支持力度的进一步增大，长期为国有或国有控股出版发行企业垄断的总发行权，开始向民营图书发行业敞开了大门。这给出版物发行业带来转折性的变化，对民营资本而言，更可视为一个里程碑。同时，新课标教学改革的纵深推进，为民营教辅图书和服务带来了重大发展机遇。

出版物包括报纸、期刊、图书、电子出版物等，出版物的发行包括总发行、批发、零售以及出租、展销等活动。

统计数据显示，2003年全国出版图书获利润50多亿，其中民营书业与国营主渠道的销售码洋几乎平分秋色。我国的出版业已经进入了全面开放的时代，民营书业已经成为我国书业重要组成部分和我国书业实现跨越式发展的生力军。

获得出版物的国内总发行权，是民营图书业期盼已久的事。

一向为少数国有企业所垄断的出版物总发行权，在改革开放奔涌向前的时代波澜推进下，终于被打破。

2003年，国家酝酿出台政策：具备一定资格的民营企业也可以和国有企业一样，申请出版物的国内总发行权及批发权。

过去，二级批发权只可开放到集体所有制企业，而且要经过严格审批，民营资本的进入受到严格限制。即以统一包销的方式销售出版物，其他单位需从这一单位进货，然后再开展批发、零售业务。这一做法导致一些有规模的批发单位，即使在市场竞争中脱颖而出，也会因尚未取得出版物总发行资质而不能从事总发行业务。

在新世纪最初的几年里，我国出版业正经历着 20 年来最深刻的变革，国家接连出台一系列重大决策：全国的 500 多家出版社，将陆续全部转制为企业单位，国有新华书店将加快完成股份制改造

2004 年 4 月 20 日，国家新闻出版总署授予山东世纪天鸿书业有限公司"出版物国内总发行权"和"全国性连锁经营权许可"两项权利，此前仅有国有的新华书店同时拥有这两项权利，世纪天鸿因此成为出版行业"对内开放"的一个里程碑。这意味着民营书业从此与国有新华书店平起平坐，拥有了平等竞争的权利和政策空间。

国家批准民营资本拥有报刊总发行权，将给中国的出版物分销业带来管理上的变革，也将带来价格上的选择。今后，报纸、刊物，走哪一个渠道发行，出版方可以有所选择，新一轮的市场竞争将由此展开。

陈东旭深刻意识到，这一政策的出台，无疑对江西金太阳教育的发展具有十分重大的意义。

历经近十年的快速发展，江西金太阳教育和全国众多民营图书企业一样，迫切感到需要更大的政策空间，才能使公司获得充分发展。

更为重要的是，以厚积薄发之势赢得快速崛起的江西金太阳教育，在历经新千年之初数年间产品创新、服务创新、品牌创新三大整体稳健崛起的同时，已具备了承接这一发展历史机遇的条件！

为此，江西金太阳教育积极申请全国出版物总发行权。

2008 年，在异常严格的审定和异常激烈的竞争中，江西金太阳教育在全国众多的申请企业中脱颖而出，被国家新闻出版总署授予出版物国内总发行权。

这也江西省第一家获得出版物总发行资格的民营企业！

成功获得总发行权，意义不仅在于发行权本身，更在于为未来公司充分使用外部资源进行了一次具有里程碑意义的尝试。

众所周知，随着"金太阳"品牌教辅产品在全国的打响，产品销售量

与日剧增，而原有的教辅产品发行政策显然已越来越成为制约因素——业务走不出去、规模做不上去。

而获得国家新闻出版总署颁发的出版物国内总发行权后，江西金太阳教育不仅将被允许经营图书、期刊、音像和电子产品等所有出版物的批发零售业务，还可以在全国参与教材竞标发行。

在民营图书业新一轮的竞争状态下，做强成了做大的基础，做大成了做强的必要。

毫无疑问，赢得国家新闻出版总署授予的出版物国内总发行权，江西金太阳教育也由此而拥有了做强做大的广阔市场天地。

与此同时，国家新闻出版总署授予民营书业企业以出版物国内总发行权，这是一个重大标志性事件。这标志着，国家对民营书业及民营书业企业发展的力度进一步加大。

因此，出版物国内总发行权的获得，实际上也意味着江西金太阳教育进入了国家新闻出版总署重点扶持的又一批民营书业企业序列！


## 第二节　成就"全国教辅第一报"

势一旦凝聚而成，始发则纵横磅礴。

2008 年一整年，江西金太阳教育可谓喜事连连，广为社会关注的发展亮点接连不断。

几乎与喜获全国出版物总发行权同一时间，江西金太阳教育还有一件大事成了整个出版业界关注和热议的话题，那就是公司决定承接《当代中学生报》的策划与发行。

这一年的年初，在江西省新闻出版局的信任和支持下，陈东旭决定承接一份教辅类报刊——《当代中学生报》，承担这份教辅类报刊的全程总策划和发行。

陈东旭希望，江西金太阳教育将在教辅类报刊市场打开又一方天地。

"但这肯定是一个困难不小的挑战！"陈东旭也十分清楚这一点。

对于江西金太阳教育承接《当代中学生报》全程总策划发行的关注，出版业界尤其是教辅类报刊的同行，起初却感到很是诧异。

更有甚者还表示，对江西金太阳教育的此举表示很难理解，认为这是不明智之举！

之所以会如此，只要对全国教辅类报刊从新世纪初年到 2007 年这一时期的发展状况作一番基本的了解，我们也就不难理解了。

2005 年，当一份名为《英语周报》的教辅报刊广告在中央电视台黄金时段播放后，业界人士将这视为一种强烈信号：一方面，这意味着教辅类报刊在多年的发展中已积累了雄厚实力，欲通过品牌宣传打开更广阔市场。而另一方面似乎则意味着，教辅类报刊是为了在宣传品牌而增强市场营销力度。

当时，有专家甚至这样表示："看来，今后全国教辅类报刊市场势必将迎来更趋激烈的市场竞争，教辅类报刊的生存发展更为艰难。"

事实上，在新世纪的最初几年，随着教辅类报刊市场快速地切分蛋糕，导致一些 20 世纪八九十年代发展势头很好的教辅报刊的发行量一路下跌。如河南教育报刊社的《中学生数理化》，在 1990 年代曾创下期发行量 300 多万份的佳绩，到 2005 年其发行总量却已不到 100 万份。

同时，又由于有关部门"一费制"、"减利"和"减负"等政策的实行，也大大影响了教辅报刊的发行。国家新闻出版总署、教育部印发了《中小学教辅材料管理办法》，明文规定中小学校不得组织学生购买或征订一切形式的教辅材料，其中包括教辅报刊。

在从 2005 年至 2008 年的 3 年时间里，全国几乎所有的教辅报刊订量年均下降 20% 至 30% 左右。

由此可知，教辅类报刊的发展形势总体上正处于下行趋势。

而就是在全国教辅类报刊整体发展形势处于这样的状况之下，江西金太阳教育却要逆势而行，承接一份教辅类报刊来做。

因而，来自业界尤其是教辅类报刊界的诧异和难以理解，也自然就在情理之中了。

那么，承接《当代中学生报》的全程总策划与发行，陈东旭究竟是出于怎样的考虑呢？究竟是他对教辅类报刊市场不熟悉而盲目承接，还是对《当代中学生报》的市场发展信心满满呢？

"教辅市场总的社会需求是客观存在的，教辅类图书并不能完全替代和取消教辅类报刊，其实教辅图书和教辅报刊两者各有优势。报刊内容更新快，形式灵活，内容更丰富、可读性也更强，定价还便宜。"陈东旭并非对全国教辅类报刊近几年来"走下坡路"的发展大形势不了解，但他却认为，教辅类报刊的这些天然优势表明，做好《当代中学生报》具有现实的依据，教辅类报刊这一块市场其实自有一片广阔的市场空间，关键是如何充分开发拓展。

在深入全面分析教辅类报刊市场分化的原因过程中，陈东旭发现，造成全国教辅类报刊发展滞缓的原因，除了市场因素还有办报方的主观因素：由于教材的"一纲多本"，进而造成报刊版面不断增加，加大了成本。同时，教辅报刊数量的增加也加剧了市场竞争，一些原来不做教辅的报刊现在纷纷增加教辅版，一些出版社也开始渗入教辅类报刊市场做文章。

"必须以新的理念来办《当代中学生报》，对这份报刊确定全新的编辑定位。"陈东旭进而提出，《当代中学生报》要以新课程标准为指导思想，以素质教育和创新意识为目标，倡导快乐、创新、高效的教与学，重在开拓学生视野，传递最新信息，提升学生能力，并让学生在快乐的阅读中获得知识和信息。一方面与新课标教学同步，深入浅出突破重点、难点，以达解惑"授渔"之效。另一方面注重学习习惯的培养，通过创新实践激发学习兴趣，突出趣味性，强化参与性，帮助学生准确地掌握知识、灵活地运用知识。

由此，《当代中学生报》的办报理念和编辑方针被确定下来。

办报理念：让老师更轻松地教、让学生更有效地学，倡导快乐、创新、高效的教与学，打造"新课标旗舰报"。

编辑方针：以《普通高中课程标准实验教科书》为中心，提供同步辅导，追求实用性、可读性和高品位。

在确定《当代中学生报》这样的策划总思路之下，陈东旭和金太阳教育研究专家又经过反复深入探讨研究，提出了贯穿于《当代中学生报》的四大特色：

通俗性，易懂性：紧跟新课标同步教学，深入浅出、释疑解难；

信息性，指导性：总结高考特点，把握高考动向，为学生提供最快的高考信息和指导；

趣味性，可读性：贯穿素质教育理念，激发学习兴趣，开阔知识视野，培养探索能力；

学习性，创新性：注重学习策略，突出创新性、实用性、参与性。

"我们要用最强的力量，去做一份最好的中学生教辅报刊。"思路方向确定，江西金太阳教育随之成立了教育传媒部，传媒部下的《当代中学生报》编辑部配备了最强的编辑队伍，编辑成员大部分来自于高中各个学科的中坚力量。

此外，陈东旭还特别强调，传媒部务必加强与金太阳教育各部门的有效沟通、通力合作，实现资源合理配置、有效共享，借助金太阳各方面的优势，为办好《当代中学生报》群策群力。

陈东旭还深知，要真正在报纸上体现出这四大特色，不仅需要《当代中学生报》全体编辑人员的共同努力，而且还要争取得到全国范围内最广泛的教师热情参与支持。

于是，《当代中学生报》编辑部广泛联系全国各地的中学老师特别是重点中学的名师，真诚征求他们对《当代中学生报》的全面改版创新的意见和建议，并向他们热情邀稿。

如此倾心重视之下，全面改版后的《当代中学生报》，从办报定位到版式内容再到蓝图特色都令人耳目一新。

首先是在报纸的内容上，不仅内容丰富，而且特色彰显。

原来，《当代中学生报》各学科内容统一于一份报纸之内，在改版之后，每个学科独立一份报纸，版面增加后使得版面内容十分丰富。其次，是各学科报纸与新课标教学同步，围绕"四大特色"精心设置版面内容。

且看《语文》科目的栏目设置：

第一版，高端透视（综合版）。

百家讲坛：专家阐释课标理念，见解权威、新颖、客观、科学。

备考策略：科学预测高考导向，高效指导高考备考。

热点时评：深度评论生活热点话题，辩证剖析人生是非曲直。

信息传真：反映课改、高考新动向，传递全国优质课改方案、经验。

高考在线：课文相关内容的高考真题再现（含经典回放、考点破解、考点专练）。

课文导读：课文鲜为人知的写作背景、作者逸闻趣事以及课文别具风格的解读。

课文探究：探究思想主题、构思逻辑、艺术手法、课文精髓、争议话题。

课标学案：体现新课标理念的优质语文学习方案、课文学习方案、语文素质训练方案。

第二版，学习平台（阅读指导与训练版）。

名师博客：名师教学感悟、教学支招、学习技巧指导。

文学博览：文学类文章阅读。

⋯⋯⋯⋯⋯

再比如《地理》学科的栏目设置和栏目设计理念：

按照实用、新颖、时效、趣味原则，与教学同步，服务老师教学，指导学生学习容量。

重点知识讲解诠释到位，方法得当，为学生释疑解惑。设置可以自学的导学案，可以培养学生的自学能力和探究能力。

所列栏目不必每期都有，可依文章长短等特殊情况决定栏目的数量。

第一版：地理前沿为师生提供课程改革、招生考试、教育教学、最新成果等的各类资料、信息，指导学生学习方法子栏目；锁定课标，解读新课标，宣讲新课标理念高考论坛；提供高中地理学习和复习备考的指导性论文，讲清方法思路，总结规律，给学生以理论性的指导；解读考纲，指明复习备考方向学习方略——结合地理学科知识特点，谈具体学习、复习方法。

再比如《物理》课程的栏目设置和内容。

第一版：新课解读。本版主要帮助学生掌握本期所学知识，使其对重点、难点能深刻理解，并能应用所学知识处理一些常见问题。主要栏目如下：

概念辨析。对本期报纸所涉及的一些易错、易混淆的概念进行辨析，可配以有针对性的例题进行讲解。

知识动脉。对知识进行总结、概括、整理，不能写成知识的罗列，应点出本期知识在大的知识模块中的位置，它所能解决、解释的现象以及本期知识的特点（概念、应用特点）。

名师课堂。由优秀教师以课堂实录的方式讲述本期知识的要点和容易混淆、出错的地方。此栏目既能吸引学生眼球，又对老师教学有一定借鉴和启示。

重点点拨。对相应章节中的重点内容进行准确、深入的讲解，可以运用举例的方法配合讲解，使知识点更容易被学生理解。

难点突破。对本期的难点进行细致讲解，帮助学生消化理解。

学法指导。根据该章节的内容特点，给出该章节的学习建议和该章节最适用的学习方法。

知识梳理：针对某章节，对知识脉络进行整体梳理，阐述各知识点之间的联系，可以以"树形图"或者"网状图"来表示，体现出物理知识的系统性。

辩难解惑：点拨学生常见的疑难问题、错误认识，可以结合例题进行分析，起到拨云见日的效果。

第二版：探究平台。刊载课内外的相关知识点探究和实验探究，展示科学探究案例。来稿注意定位于学生需求，力求内容的原创性和可读性。包含如下一些小栏目：

知识拓展。针对教材中介绍得不详细，而考试又要考的内容作详细讲解，拓宽学生的知识面。可以包含概念探究、原理探究等。

…………

江西金太阳教育全程策划的《当代中学生报》，凝聚全国名师心血智慧，体现出了鲜明的特色创新品牌。

"这是一份独具亮点与特色的中学生教辅报刊！"

"最能坚持学案导学，培养学生的探究能力，推进研究性学习。与教学同步，服务老师教学，指导学生学习。"

对于全新改版后的《当代中学生报》，来自全国很多中学的老师们反响极为强烈。教辅类报刊的不少同行们，在连续阅读研究《当代中学生报》的办报内容后，认为这是近年来出现的不可多得的一份好教辅类报纸。

在全国教辅类报刊普遍呈下行之势的背景下，格外引人注目。

《当代中学生报》的五大显著功能：

循纲指向：遵循新课程标准、新课程考试大纲对知识点的要求，分析教材的重点、难点，对知识点定位，对教材知识进行梳理，形成知识网络。把握考点，指明高考新动向。

同步释疑：以《普通高中课程标准实验教科书》为蓝本，对学生在理解某个概念、定理、定律或某个知识点方面存在的困惑，通过典型实例进行讲解，浅入深出，通俗易懂。

纠误避险：用学生易犯的典型错解习题，剖析错解原因，揭示规避错误的方法和规律。

讲练结合：便于教师指导和学生训练，有讲有练，方便实用。

螺旋上升：对各单元或章节知识进行系统总结、归纳方法，形成脉络清晰的知识网络，让学生很轻松地掌握知识，使学生的能力得到螺旋式上升。

此外，《当代中学生报》各学科报纸根据课程标准和考试大纲，紧扣教材的重难点，结合高考热点及考点，进行知识梳理、重点归纳、疑难解析、概念辨析和知识拓展，开设专家论坛。每期同步归纳知识要点，进行专题分析、综合辅导。向学生传授学习方法、解题思路、策略和技巧等。

一个产品特别是新产品，要想赢得客户的喜爱，就必须要满足客户的需要，以客户需求为导向研发出有新的特色的产品。同时，还要有研发为营销、客户服务的意识，配合营销开发出好的产品。

那么，对于《当代中学生报》这样一份具有鲜明特色的教辅类报纸，该如何进行发行？

经过深思熟虑，陈东旭决定采取电话营销的模式。

"在用心了解市场需求的同时，还必须考虑指向什么样的客户层，增加什么样的附加价值，通过什么样的渠道及媒体进行销售。"对于电话营销这种方式，陈东旭再熟悉不过了，他深知，销售最关键的一步就是准确找到需要产品或服务的人，然后有目的、有针对性地与目标客户进行沟通。

报刊发行采取电话营销发行的方式，这可谓又是一种大胆的创新。

随后的事实证明，《当代中学生报》选择电话营销方式是极佳的发行途径。

2008 年起步后不久,《当代中学生报》的单期发行量就达到了 20 万份！此后，每个月都保持着快速的增量。

在《当代中学生报》创办的过程中，积极策应全国教育改革与发展的新形势，此后又不失时机地酝酿和提出了"崇尚教育，助力课改，为基础教育提供核心价值与整体服务"的新理念，并沿着这一发展理念大方向，掀起了新一轮的业务拓展、产品研发及营销模式突破创新。

尤其是结合教育改革的新形势，帮助学校从容应对新高考带来的变化，激发教育教学活力，促进教育稳步高效发展。

2012 学年,《当代中学生报》单期销量突破 1300 万份，遥居全国各类报纸和学习读物单期发行量之冠，成为名副其实的"全国教辅第一报"。

## 第三节 《金太阳导学案》再掀热潮

在卓越企业家的眼中，行业领域的每一轮深层改革，总是孕育着挑战与发展的良机，而他们总是能在适时适势的过程中运筹帷幄。

回望江西金太阳教育在新世纪之初的数年里快速崛起壮大的历程，人们不难发现，其成功经验中十分重要的一点，就是始终围绕"让学生学得轻松、让老师教得轻松"这一中心，不断顺应与服务教学改革需求，从而以一系列高品质的教辅产品打开了越来越广阔的市场。

事实上，也正是在这样的发展理念下，江西金太阳教育总是能与市场机遇不期而遇，并一次次抓住机遇获得稳健快速发展。

"学校的师生们在教与学的过程中需要什么帮助，我们就给他们提供什么帮助；学校的师生们在教与学的过程中有什么困难，那我们就帮助他们去解决什么困难。"陈东旭深知，只有紧紧围绕师生们教与学的这一需求，才能让江西金太阳教育始终提供精准优质的教学服务，也才能不断研发出深受师生们欢迎的教辅产品。

自 2004 年全国各地相继实施新课程改革之后，这一方向逐渐向全国范围推广，到 2010 年秋季，除广西之外，全国各地高中新生均实施新课标教学。

至此，新课标将在全国范围内展开全面推广与实施。

以新课程形势下的课堂教学为导向，以学校为中心，把握基础教育改革的脉搏，一直是江西金太阳教育探索的重大课题。在陈东旭看来，金太阳教育产品深耕这一领域，将又是赢得广阔市场的一个重大机遇。

教育改革的核心是课程，课程改革的核心是课堂，课堂改革的核心是教师。而这三大方面的改革，都紧密关联到教学改革。

"如果课堂教学不能随着课程的改革而改革，我们课程的改革很有可能就会受阻。"陈东旭深刻意识到这一点。

由此，在陈东旭的主导之下，江西金太阳教育又将关注的重点放到了课堂教学改革这一方向。

在实施新课标的教学过程中，课堂教学改革的核心内容是教学方式方法的重大变化。凭着曾经教学实践的丰富经验，尤其是对教学改革的研究，陈东旭认为，金太阳教育深耕新课标教学领域的突破点首先就在这里。

新课标教学落实在课堂教学中，深刻体现在对传统教学模式的改变。由此，导学案应运而生。

导学案，顾名思义就是引导学生学习的方案。它不是传统的教辅资料，也不同于旧课标下的教案和配套练的简单组合。

教案是纯粹服务于教师，体现教的思路和方法，教师本人能看明白即可。导学案研究的是如何"学"，教案呈现的是如何"教"；导学案可以看作沟通教与学之间的桥梁，而教案往往是单向灌输的渠道。这是它们本质的不同。

导学案的编写质量，直接决定课堂教学的有序有效推进。导学案编写是教师驾驭课改的核心能力，也是教师精心指导学生进行自主学习、自主探究、自主创新的材料依据。

秉承"让老师更轻松地教，让学生更有效地学"的使命，江西金太阳教育着手新教育背景下教学工具的开发。

导学案的出现，是课堂教学改革的一个标志，它的目标是要引导课堂教学从"教中心"向"学中心"过渡。但在一些学校中，仍由于不能把学校具体情况和课程改革很好地结合，导致了一些问题的出现。

新课程标准中提出要注重学生发展，面向全体学生。实施分组讨论，对教师驾驭课堂和组织学生的能力要求非常高，是否所有的学生都能参与进来，教师难以掌控，对课堂教学的调控总不能如愿。在课堂教学过程中，虽然教师注重发挥学生的主体作用，但主体作用发挥得好的学生恰恰是接受能力较快、学习成绩较好的学生，他们思维活跃，展示讲解时，条理清楚，受到教师的青睐。但由于担心中等或潜能生在展示时耽误时间，教师往往总是让优秀的学生上台展示，而中等生和相对潜能学生则丧失了发挥"主体性"的机会。

很多学校老师发现，有些教育机构编写的导学案设计过于单一，不能有的放矢。他们的"导学案"和"练习卷"、"测试卷"没有什么本质区别，只是把习题分成了预习、合作探究、展示提升等几类，导学性不强，存在照搬教材内容的现象。

此外，许多教师把解题技巧和重复训练视为教学的"法宝"，在导学案设计时作为重点内容来考虑，而不考虑教学的现实意义，使得教学脱离了生活与实践，导致学生在面对联系现实生活的题目时显得束手无策，严重影响了学生提升分析问题和解决问题的能力。

也有的是，在设计导学案时，有些很少考虑如何来调动学生的学习积极性，如何满足学生身心发展的需要，而在实施过程中采取简单的所谓"行之有效"的方法。比如，要求学生课外完成导学案，包括课堂探究、展示提升、当堂检测等，也就是在校七节课堂上完成的内容全部要在放学后两三个小时内完成。众所周知，课堂探究、展示提升等环节应该是在课堂上进行的，怎么能全部要求学生在课外完成呢？学生的学习几乎就是课前"做导学案"，课中交流、展示"导学案"，课后"再做下一个导学案"，这样的学习实际上就是"习题操练"，无疑更加重了学生的学业负担，违背了新课程改革的基本理念，也违背了基于"导学案"的教学改革初衷。长此以往，优者产生厌学情绪，差者抄袭导学案，使得学生逐渐对学习失去兴趣，对教师、学校会越来越反感。

还有不少教师，对基于"导学案"的课程改革自身没有经验，对课程改革的理念认识不够深刻，教学过程指导不到位。课堂上，小组成员中一些学生对学习的体验不足，很多学生根本没有参与，而是趁机说些与讨论无关的话题，小组的作用并没有真正地发挥出来。由于学生疲于应付"导学案"作业，展示时大多是将网上查阅的资料、"教学用书"之类教辅书籍上的答案在课堂上一一回答，课堂表面上是热闹的，学生是活跃的，但他们分析解决问题的能力并没有得到锻炼。还有些学校在实施过程中，不考虑年级，不考虑学科教学的具体内容，一味硬性要求教师讲课时间不允许超过10分钟。

…………

陈东旭认为，要突破推进新课改的瓶颈，必须从"课改"——打造高效课堂入手！

自2008年起，江西金太阳教育先后数次走向山东、江苏、广东等全国新课改先进省份，调研全国千所高中示范学校，实地考察、深度研究，反复论证，形成了对学案导学理念的系统认识。

在此基础上，江西金太阳教育又成立了江西金太阳教育研究院，形成了对导学案研究的强大力量，从多个层面在对策研究和理论研究上对导学案展开深入全面的研究。

与此同时，为帮助全国各地学校进一步认清形势，准确把握教育发展方向，有效构建新时期学校发展战略，塑造学校核心竞争力，打造高效课堂，江西金太阳教育还发起成立了全国导学案研究中心。

2010年6月，中共中央政治局召开会议，审议并通过了《国家中长期教育改革和发展规划纲要（2010—2020年）》。这一政策的出台，让学校更加注重创新人才的培养，也无疑催生了"学案导学"、"高效课堂"的热潮。

2010年6月12日，金太阳教育全国导学案研究中心成立大会在江西南昌隆重召开。由全国教育科学研究所、教育部基础教育课程教材发展中心课程处、华东师范大学课程教学与比较教育研究所、中国教育信息网、《当代中学生》报等单位提供智力支持及协助的全国导学案研究中心，得到了全国100余所重点高级中学、示范性学校的响应。

全国导学案研究中心以学案教学、高效课堂、导学案编制研究为核心，以"推动教育改革，促进学校发展"为宗旨，有专职研究员136人，教授级专家顾问12人，并配有34人的专家讲师团。2010年这一年，江西金太阳教育导学案研究中心在全国各地举办讲学近800余场，参加听课老师的共计超过了10万人。

经过一年多的调研和研究，金太阳导学案研究中心坚持"走向源头，服务终端"的研发思路，融合新课程理念，借鉴课改地区千百位名师的课堂教学成功案例和多种课堂建构模式，以"四时四级教学策略"为指针，于2010年成功策划了《金太阳导学案》这一与新课标高效课堂同步学习的标志性成果。

《金太阳导学案》的上市，无疑是对《教育发展纲要》全面实施的积极响应。

《金太阳导学案》在本质上贯彻了全新的教育理念，所以虽然在内容上与教材一脉相承，但是其编排结构、其内容和模式与传统教辅发生了很大变化。所以，如果还用传统教学思维和传统课堂模式来使用这套教辅，就有可能导致《金太阳导学案》一上市就失败。

为此，江西金太阳教育决定以理念推广来改变学校的教育思维和教学模式，进而促进产品的销售。

于是，江西金太阳教育组建了金太阳教育讲师团，创新了教育专家理念引领、讲师团示范课演示、构建合作关系进行持续服务的推广模式。基于此，更是高度重视全国教育局长论坛、全国中学发展论坛、全国中学校长论坛、名师大讲堂、名校俱乐部以及全国基础教育课改联盟等教育交流平台的进一步建设完善，每年举办各种形式、各种规模的培训会、交流会、示范课近2000场次，每年接受金太阳教育培训的校长和老师在30万人以上。

正是这种理念推动教育的模式创新和持续性实践，使金太阳教育与学校之间构建起紧密的合作关系，也使《金太阳导学案》和其他产品在教辅新政的严峻形势之下，保持了良好的市场竞争力。

河南省延津县中学，在使用了《金太阳导学案》之后，全面总结了其八大鲜明特色——明确的教学日标、预习导学、合作探究、达标测评、学习笔记、学法指导、问题生成和整理收获。

安徽省砀山县各中学，以《金太阳导学案》为打造新课标高效课堂的典范，掀起了新课改的热潮。

在江西、湖北、山东、山西，渐而江苏、福建、河北、湖南、上海等省市的众多学校，纷纷将《金太阳导学案》作为蓝本，配合实施课改创新。而几乎每一所学校的老师在使用《金太阳导学案》过程中，都给予了一致的肯定。

《金太阳导学案》以其理念创新、策划科学、操作方便，得到了全国各地广大师生的普遍肯定和广泛赞誉。教育部基础教育课程改革专家组组长、华东师范大学课程与教学研究所所长钟启泉教授专门为《金太阳导学案》作序，将其称之为"新课标理念实施的旗帜，导学案课程设计的典范性蓝本"。

2010年8月，导学案研究中心又编制了《金太阳导学案·四时四级教学策略操作手册》，制作了1000多套"学案导学"课堂实录光盘，赠送给开展"学案导学"的学校使用。

仅仅半年的时间，使用《金太阳导学案》的中学已达4000余所。"学案导学"的理念已深入人心，"高效课堂"已成为广大教师的自觉行动。

《金太阳导学案》已经成为引导新课标教学的重要载体，金太阳导学案研究中心也成为推广新课标高效课堂重要基地。

自上市后，《金太阳导学案》持续热销，销量连年递增。

可以说，江西金太阳教育发展历程中的每一次腾飞，都是在转型升级中紧贴市场需求不断创新的结果。

对于江西金太阳教育而言，《金太阳导学案》的成功具有重大的标志性意义。这一高品质教辅产品的成功研发，不仅让金太阳教育跻身于中国民营书业的一流行列，也由此彻底摘掉了试卷品牌的符号。

此后，通过持续关注教育创新研发、提供多样化的产品，江西金太阳教育一步步发展壮大成为中国民营教育出版发行领域的领军企业。

对此，业界这样评价道，如果说"全国大联考"使金太阳走向了全国，那么《金太阳导学案》则让金太阳教育跻身于全国民营书业的一流行列，这是理念与模式创新的成功！


## 第四节 "金太阳现象"享誉业界

在改革开放的进程中，作为后起勃发的文化大产业，民营书业企业的发展一直广为社会瞩目。

进入新世纪以来，一批有规模、有特色、有影响、有文化、有理念、有追求的民营图书发行企业的出现，不仅奠定了民营书业新型文化生产力的地位，而且还形成了一种独特的文化现象。

这种现象的价值在于：这些民营书业企业大多诞生于经济欠发达地区，发展和成功于中心城市或省会城市，进而带动了当地整体文化产业的发展。

毫无疑问，以扎实、稳健、开拓、变革的步伐走过 10 年风雨历程，已发展成一定规模的江西金太阳教育，就是其中的一个经典案例。

且看新世纪第一个十年里，江西金太阳教育引人注目的崛起轨迹：

2002 年，"金太阳"品牌被中国教育咨询公司评为全国教育图书十大品牌之一；

2006 年，中华全国工商业联合会授予江西金太阳教育"全国民营企业文化建设先进单位"荣誉称号；

2008 年，在由腾讯网、现代教育报、中国民办教育杂志三方联合主办的"改革开放 30 年中国民办教育大典"评选活动中，江西金太阳教育众望所归，获得"十大品牌教育集团"荣誉称号，陈东旭跻身于"中国民办教育三十名人"之列；

2010 年和 2011 年，江西金太阳教育又连续获得"年度民营书业实力品牌机构"称号。

江西金太阳教育以强大的崛起实力和品牌影响力，引发了整个全国民营书业界的高度关注。

在此过程中，"金太阳现象"也逐渐引发广泛的热议。

在江西，当 2008 年文化产业被列为全省新兴战略性产业之一时，"金太阳现象"的出现，无疑为全省文化产业实现大发展提供了重要的研究借鉴成功案例，也为全省文化产业企业注入了发展的信心。

国际金融危机期间，江西文化产业供需两旺。据不完全统计，2008 年，江西省文化产业总收入首次突破 400 亿元。作为民营文化产业的排头兵，江西金太阳教育抓住金融危机背后的发展机遇，逆势而上，2009 年上半年新增就业岗位 180 个，销售收入同比增长超过 40%。这是江西文化产业发展的典型代表。

正是在这样的背景下，江西金太阳教育的发展模式和探索经验，开始成为全省文化产业企业学习与研究的案例企业。

与此同时，全国民营书业界人士也希望从对"金太阳现象"的研究解读中，找到借鉴的模式和形成启示经验。

2009 年 8 月 15 日，在江西省新闻出版局和中国出版科学研究所共同于南昌举办的"金太阳文化现象研讨会"上，来自江西、北京、湖北、广西等地的业界人士在把脉"金太阳文化现象"的同时，对于民营书业企业如何做强做大、如何带动经济欠发达地区文化产业发展及民营书业困境与出路等话题进行了深入的探讨。

与会者一致认为，深度解析江西金太阳教育这一经典案例，无论是对各地民营书业企业还是文化产业的发展都具有重要的启示及借鉴意义。

尤其引人注目的是，在研讨会上，中国出版科学研究所决定，与江西金太阳教育研究有限公司共同实施人才培养战略。中国出版科学研究所派出研究人员到江西金太阳教育研究公司挂职，深入企业运作的每一个环节实地调研，参与经营管理，以江西金太阳教育研究有限公司为个案，探索文化企业发展规律、探索产业发展思路、总结改革经验。金太阳教育研究有限公司派出有理论基础和研究能力的人员到科研所做访问学者，将实践经验运用到科学研究工作中。双方决定共同承担研究课题。以出版行业特别是民营企业为研究对象，对企业经营模式、赢利模式、企业文化进行专题研究，形成共同研究成果，以推动中国民营文化产业发展。

2011 年 4 月，《中国新闻出版报》还以《陈东旭解读"金太阳现象"》

为题刊发报道文章，对"金太阳现象"进行深入全面解读。

在这篇报道文章中，陈东旭怀着对行业企业起到一定交流借鉴作用的愿望，对自己多年来成就"金太阳现象"的探索经验等，进行了深入总结。

为较为完整地展现陈东旭的思想观点，笔者特摘录其中重点内容如下：

谈定位——战略对了才能把路走对。

也许是曾经做过教师的原因，陈东旭将金太阳教育定位为专注于教育服务、致力于课改助力。陈东旭认为："出版是个宽泛的领域，弱水三千，我只取一瓢饮。"在他看来，锁定并专注于教育服务，不为各方利益所诱惑，打造尖刀，才能刺破层层障碍，形成优势，这才是企业制胜之道。

"只有战略对了，企业才能把路走对。如果民营教辅图书策划和出版企业不能及时调整战略方向，那就可能被认定为应试教育的帮凶，就有可能在国家导向的调整与改变中出局。"陈东旭说。

谈人才——人对了企业就对了。

在市场中摸爬滚打10余年，陈东旭始终认为，企业最关键的要素是人，人是企业的第一竞争力。人对了，企业就对了。在用人方面，他主张用人之所长、包容其之所短，主张"用人需疑，疑人需用"、"用前要疑，用中释疑"；此外，还要舍得在人才引进、人才培养上进行投入，建立企业的留人环境与留人机制。陈东旭说，公司每年投入高达1600多万元的资金，就是专为高端专业人才准备的。

目前，金太阳教育的人力资源规模达到1350余人，积累了丰富的专业人才、营销人才和管理人才。陈东旭认为，这些人是15年来金太阳教育积累的最宝贵财富。

谈市场——拼凑只能获取短期利润。

产品定位是否准确？产品理念是否领先？产品构建是否科学？产品内容是否新颖？产品质量是否保证？从这一系列的发问看，不难看出陈东旭对产品市场前景和企业最终效益的极大关注。

在教辅产品竞争日趋激烈的市场环境中，陈东旭的经验是：必须在基础教育的教研成果上下工夫。他认为，靠拼凑内容和走捷径，只能获取短期的利润，难以实现长期的发展。为此，2008年，金太阳教育组建了专业化的教研机构——金太阳教育研究院。2009年，以教育研究院为平台，联合全国课改名校，金太阳教育成立了专门研究学案导学的导学案研究中心。2011年3月，金太阳教育又面向未来5年的发展战略和目标，对金太阳教育研究院的内部机构进行了调整和改革，成立了学案导学研究中心、层级教育研究中心、学业评价研究中心、高考备考研究中心、义务教育研究中心、传媒文化研究中心等六大研究中心。而这六大中心正好构建出学校需求的"学"、"练"、"测"、"考"的核心价值链。

谈创新——特色造就"金太阳现象"。

弱肉强食、适者生存，是民营书业市场的写照。对于金太阳教育成功的核心经验，陈东旭归结为："通过持续性的产品创新，奠定了金太阳在基础教育领域的品牌基础；通过管理创新，使结构不断优化、流程更加合理、机制更加有效；通过模式创新，实现了差异化的发展优势和推广优势。"

在2009年8月举行的金太阳现象研讨会上，有专家认为，金太阳教育的经营管理模式造就了"金太阳现象"。今天，"金太阳现象"折射出了陈东旭所期待的光芒。

据统计，仅2010年，金太阳教育就举办各种培训推广会415场，参加培训的老师达10万人次。陈东旭坦承，由金太阳教育承办的全国教育局长课改论坛、全国中学发展高峰论坛、全国中学校长高峰论坛、金太阳教育名校俱乐部、金太阳教育名师大讲堂等活动，不仅成为金太阳教育交流成果与经验、获取高端信息、结交专家朋友的重要渠道和平台，也扩大了金太阳教育的影响力和知名度。

在民营图书业渐趋激烈的竞争格局中，江西金太阳教育以其强劲的产业竞争力、独特的经营之道以及卓越的品牌发展战略，带给整个全国民营图书业界以深刻启示。

这种启示，事实上也已超越了民营图书业的范畴。

在文化产业发展的视野下，"金太阳现象"对全国各地尤其是经济欠发达地区发展文化产业，赋予了重要的启示——在经济欠发达地区，文化产业能够率先崛起，文化产业振兴过程中，民营文化企业可以先行。

正是立于这一视角，对"金太阳现象"的深刻解读，也就具有不一样的行业高度与重要意义。

# 第七章
# 再绘"多元化"发展蓝图

春耕夏耘，秋收冬享。经过近15年的坚实发展，"金太阳"已在教育文化产业领域硕果累累，领跑于行业前列。

任何一个企业在发展壮大的过程中都面临着同样的问题，那就是企业该如何做大做强。

一般而言，企业做大做强有两条基本路径方向：要么走专业化发展方向，要么走多元化发展方向。

就在"金太阳教育"为自己人生事业打开一片广阔天地的过程中，陈东旭的视线渐渐越过教辅图书出版营销领域，目光投向了更为广阔的产业天地。

"人生天地间，各自有禀赋。为一大事而来……"教育家陶行知先生的名言，曾无数次叩击着陈东旭的内心，并在他胸中激荡起无限的豪迈之情。

依然是梦想的力量，再次激发出陈东旭立于更为高远层面上对于人生追求的界定，赋予了陈东旭实现更为宏大的人生与事业目标信心和勇气！

"立足教辅类图书出版行业，进而稳健向其他产业发展。"至此，陈东旭开始将未来的事业发展产业版图，由教育向地产、渐而又向园林设计、金融及投资产业领域逐步拓展。

2009年，陈东旭进军发展潜力巨大的房地产和市政领域，运用BT模式成功运作住宅、商业与市政工程项目，将金太阳教育从单一业务公司向多元化经营、集团化管理的综合型集团方向迈进。

2010年，在企业迎来第四个五年规划的开局之年，东旭投资集团（简称"东投集团"）应运而生。

集团的成立，是为了担负单个公司无法担负的责任，是为了解决单个公司无法解决的问题。更重要的是，集团是一个平台：是人才发展的平台，是资金运营的平台，是战略谋划的平台。在集团的视野下，人才在公司与公司之间的流动和晋升变成现实，资金和资本的互动增长变成现实，资源的最大化配置进而实现企业超常规发展变成现实。

陈东旭期待实现人生事业更大的抱负——以集团为平台，以教育文化产业为基石，以资源型新产业为突破，实业与投资并重，在一定的时期内，将东投集团打造成一个在国内有重大影响力的综合型集团公司。

## 第一节　确定多元化发展方向

在人生的每个阶段，每个人都有相应的任务要完成。一位事业的成功者，实际上就是把人生每个阶段的任务都完成得很好，而又不断向着下一个更大目标挑战的人。

陈东旭欣赏进取奋进的人生，他将每一个事业阶段，都视为自己事业的一个全新出发点。

在辞职"下海"创业十多年的过程中，陈东旭一路艰苦打拼，却始终满怀激情，他像一位勇攀高峰的登山者，当翻过一座高山时，接着又把目光投向了另一座山峰。

"我就是想知道，自己到底能把企业做得多大，我要带领大家一直奋力前行，我和金太阳同仁们的目标是一致的，我们一起在创造共同的事业！"在江西金太阳教育一路稳健快速崛起的过程中，陈东旭也从未曾有过满足感，更没有产生过任何"缓一缓、歇一歇"这样的想法。

怀着编一本惠泽广大师生的教辅的想法起步，陈东旭一路历经无数艰难坎坷，成就了全国民营图书出版业的传奇，2008年前后，他又萌生了再创事业奇迹的梦想！

此外，期待事业发展不断超越，也有企业发展到一定阶段所产生的寻求进一步发展突破的现实原因。

这一现实原因，就是整个教辅图书行业的发展已逐渐呈现出了变化。

经过十多年的积淀，到 2008 年前后，江西金太阳教育在全国民营出版行业中的发展之势正呈现出如日中天的喜人态势，其行业遥遥领先的地位优势已无人可以撼动。然而，面对企业这样良好的发展局面，陈东旭心底有无限喜悦却并没有任何的沾沾自喜之感。相反，在对行业发展进行的深入分析中，陈东旭渐渐产生了一种焦虑与困惑。

其实，在江西金太阳教育有了一定的经济实力积累和品牌后，陈东旭就已开始更多地去思考公司未来的发展走向。

无论选择怎样的发展路径，任何一家企业的不变目标，都始终是向着不断做大做强。

但在对教辅图书行业发展的市场深入分析中，陈东旭却对江西金太阳教育的发展产生了新的困惑——在新世纪又一个近十年的发展过程中，全国整个教辅图书行业开始遭遇到了发展"天花板"的新问题。

在图书教辅行业深耕多年，陈东旭从行业市场当前的发展状态分析中，总是能准确预见未来。

在 2008 年前后，全国教辅行业进入了产品过剩和市场竞争日趋激烈的新时期，这一趋势在陈东旭看来端倪已十分明显："高码低折"的风潮，给整个行业带来了愈加残酷的竞争局面。与此同时，纸张成本的增加、教辅产品同质化严重、利润率的急剧下滑、无序的行业局面，犹如天空中的尘埃和阴霾，似乎给整个行业蒙上了一层阴影。

尽管依靠着"让老师更轻松地教，让学生更有效地学"这一为教育事业服务的真诚愿望和创新精神所孕育的正能量，使江西金太阳教育在同质化的竞争中走出一条差异化的道路，迎得了事业升级和快速发展的灿烂春天。但陈东旭深刻认识到，行业市场的产品饱和问题是摆在企业面前最大的发展障碍。

在陈东旭看来，这就是整个教辅图书行业发展的"天花板"，包括江西金太阳教育在内的所有行业企业都将绕不过这道坎。

事实上，从 2005 年以来，江西金太阳教育发展中的增量，来自于其他一些教辅图书企业的减量。

同时，2008 年江西金太阳教育另辟《当代中学生报》，在陈东旭的思考中，就是意在培育新的增长点。从 2008 年上半年开始，深交所发行部、海通证券、申银万国、IDG、清华创投（华汇控金）、贝塔斯曼投资、中银律师等机构与江西金太阳教育还进行了多次接触，均表示了很强的合作意向，江西金太阳教育也希望成为国内民营出版发行企业"上市第一股"，通过上市做大做强。

"从教辅行业的发展趋势来看，我们要把金太阳教育的企业体量做大，就必须寻求突破。"陈东旭认为，如果继续沿着金太阳教育传统的发展路径模式，不断依靠高质量教辅产品的研发稳立市场潮头，在行业内保持领先地位没有太大问题，但市场的总体量却是难以突破的，这是客观现实。

至此，陈东旭对于自己下一阶段事业目标既困惑也十分清楚——依靠高质量的教辅产品稳立市场，但在教辅产品行业领域，自己的企业若想实现跨越式的发展有很大难度。

清晰认识到了这样的现实，那陈东旭必定会寻求突破！

一般而言，企业做大做强有两条基本路径方向：要么走专业化发展方向，要么走多元化发展方向。

但在专业化发展方向上，江西金太阳教育已经走在了整个行业的前列。"这就犹如一列高速行驶的列车，在目前条件的限制下，时速已达到了极限，加速的空间已受限。"陈东旭十分清楚，教辅图书市场总量规模就是条件的限制。

随后，在对未来如何做大做强自己人生事业的思考中，选择多元化产业的发展思路，渐渐在陈东旭的脑海中浮现。

"寻求新的行业，另辟企业发展的新空间，这是我们实现突破的方向。"

由此，陈东旭的视线渐渐越过教辅图书出版营销领域，目光开始投向了更为广阔的产业天地。

任何一家企业，当成长发展到一定阶段之后，往往会选择多元化的发展道路，其中的原因是多方面的，既有对企业进一步壮大的考虑，也有出于防御风险的考虑。既有企业寻求扩张的内部原因，也有市场的外部环境变化原因。

有企业家曾这样说，"作为一位企业家来说，企业最大的发展'天花板'其实就是老板自己，老板的眼界有多高，你的企业就能走多远！"

在陈东旭眼里，思维的破局之后，自己事业的天地也随之那样广阔：一个个行业让他感到新鲜、兴奋，而且那样富有挑战又充满无限商机……

是的，十多年来，陈东旭一直沉浸在教育领域，目光从没有离开过教辅类图书报刊行业，无比执着而专注，以至于他对市场经济这个大领域的发展感到有些陌生，他不知道，改革开放三十多年来，中国各行各业的发展早已呈现出生机勃勃的发展态势，赋予创业者的是遍地机遇。

陈东旭开始对这些行业进行密集的调研考察、分析和论证。同时，他对自己有意向性进入的行业，逐一进行认真研究并多方求教。

立足教辅类图书出版行业，进而稳健向其他产业发展。

最终，陈东旭将未来的事业发展产业版图，由教育投向了地产，渐而又投向了市政工程、金融投资产业三大领域。

不管企业实施何种形式的多元化发展，进入哪些新行业，培养和壮大核心竞争能力都至关重要，包括人才、管理和经营等等众多方向，这些对转向多元化经营的企业而言都是挑战。

"作为一位企业家，不可能什么事情都自己去做，所以你一定要让职业经理人抬高你的天花板，而这个职业经理人在特定领域的决策水平比老板还强。所以，只有请专业的人才，企业才能做大做强。"陈东旭的思维格局也同步打开，他要广纳天下有才有志之士，向着产业多元化发展方向再开人生事业的大格局！

对于涉足新的行业和产业，陈东旭认为，江西金太阳教育在发展过程中积累了很多经验，任何一个行业都是做产品，虽然产品类型不同，但在操作的过程中却存在着很多的共性，这种共性是可以复制的。这种行业的共性表现为：第一，要有一批专业人士来打造这个产品。就像在教育行业，我们有几百个搞教育的一线优秀教师专门做编辑工作一样。同样，打造房地产产品、市政工程、做金融投资项目也是如此，只有专业的人士才能做好专业的事情。第二，敢于投入。要打造好的产品，成本也肯定比其他产品高。产品好才容易被消费者接受，价格卖得好才会有回报，回报好了才有资金请更好的人员，然后再做更好的产品，这是一个反复的过程，也是一个良性循环的过程，无论是教育行业还是房地产行业都是一样的。

…………

在江西金太阳教育发展壮大的过程中，陈东旭真切地感到，自己更多的是承担董事长的职责，把握战略方向，进行投资项目的运作。经过十多年的历练，江西金太阳教育已成就了一支过硬的人才队伍，拥有了核心的管理团队，这就是江西金太阳教育如今敢于进军新行业、新产业的底气！

"人对了，事业也就对了！"这是陈东旭一直以来的观点。

心有多大，舞台就有多大。

"我们每每憧憬着美好的未来，我们做了一个想做事、能做事、做成事又不出事的人。同时我们又要更懂得，对于未来真正的慷慨，是把所有给予现在。我们还得从我做起，从现在做起，从一点一滴做起。想，壮志凌云；做，脚踏实地。"在2009年的公司第一次员工大会暨新年动员大会上，陈东旭激情而言，阐述了要引领全体同仁再创事业新辉煌的壮怀之志。

心怀把人生事业做得更大更强的梦想，陈东旭开始迈出了进军新行业的步伐。

## 第二节 成功跨界地产行业

有人说："没有不好的行业，只有不好的企业。"在陈东旭看来，这种观点太过于绝对了，一个企业如果选不好行业的话，将直接关系到企业的生存发展。

在确定企业的多元化发展方向后，陈东旭经过反复思考，第一个选择的是房地产行业。

"实际上，在2008年他就基本已确定了进入这个行业，当时在房地产行业市场那样的状况下，他进入房地产行业，这确实是让人感到很意外！"与陈东旭十分要好的企业家朋友，后来在谈到陈东旭选择房地产行业作为多元化发展的第一个行业时，当时很是为他捏一把汗。

回顾一下2008年到2009年整个房地产行业的发展状况，人们也就明白了，当时对于陈东旭选择进入房地产行业为何会让朋友为他捏了一把汗。

2008年，全国各地的人们第一次感受到了楼市的"深寒"，整个房地产行业，不仅成交量巨幅下滑，就连一直坚挺的房价也开始松动，先是涨幅的持续回落，紧接着部分城市的房价也开始大幅下降。对于2008年楼市的这种状况，相比前一年到处都是火爆热销的情形，真可谓是"冰火两重天"。

国家统计局公布的数据显示，2008年1至11月，全国商品房销售面积4.9亿平方米，同比下降18.3%。其中，商品住宅销售面积下降18.8%；商品房销售额19261亿元，同比下降19.8%；商品住宅销售额下降20.6%。

房价也呈持续回落态势。

时光悄无声息地从 2008 年滑进 2009 年，楼市出人意料地如同这两个年份的交替，从老鼠丰满到老牛……

2009 年初的时候，房价促销打折消息铺天盖地，售楼处愁云密布，市场焦灼地讨论房地产冬天什么时候过去，春天什么时候来临。

而在 3 月，形势似乎悄然发生变化，北京、上海、广州、深圳、武汉等一些大中城市的房屋销售面积迅速增长，房价持续上升。但是多数人认为这只是一个短期的现象，或者称为"小阳春"。就在为是否小阳春争论不休时，房价及销量一路向前，迎来了"盛夏"。

虽然"金九银十"没有预期中的火爆，甚至在一些地区还出现价升量跌的现象，"铜九铁十"的说法纷至沓来。房价下降成为不少准备购房者的期待。年底由于 2008 年房地产各种优惠政策的到期，二手房市场交易火爆，达到甚至超过历史最高水平。一手房市场表现也不俗。原来预计要花 15 个月才能消化的库存，在当年前三季度已经售罄，很多开发商无房可卖，房价一路飙升。

2008 年到 2009 年，可谓是全国房地产市场最为迷茫不定的一年。

那么，在这样的行业发展状况下，陈东旭为何会坚定地选择进入房地产行业呢？

陈东旭的回答是：对行业发展大环境和趋势的研判，以及自己确立的差异化产品方向！

在对行业发展大环境和趋势的研判中，陈东旭认为，全国房地产在 2008 年进入的低迷发展状况，主要来自于全球金融危机引发的国内整个市场连锁反应，并不仅仅是房地产一个行业的发展问题。

"从 1998 年我国启动住房制度改革，到 2008 年我国房地产市场的发展刚刚十年，对于一个新兴的市场而言，这仅仅是发轫期。更为重要的是，城镇居民对于商品房的巨大需求客观存在，这是房地产行业发展将会持续健康快速的现实基础。"据此，陈东旭认为，房地产是朝阳产业。而至于当前的市场低迷，是受国内国际经济发展大环境影响造成的，并非行业本身发展出现的衰退现象，随着金融危机的阴霾散去，全国房地产市场发展一定会回暖。

一般来说，对于无论哪种情况导致的一个行业出现的发展下行状况，投资者几乎都会慎重对待。最起码的，也要等待行业出现了发展转机的迹象才会做出投资的决心。

但陈东旭对于选择进入房地产行业的看法，却与别人恰恰相反。

"房地产项目投资大，这对于我们而言在当时是一个不利因素，但2008年出现的市场低迷情况，突然变得对我们有利起来，因为进入这个行业的门槛现在明显低了。"陈东旭这样认为。

果不其然，房地产市场发展状况在2010年出现的明显转机，证明了陈东旭之前所有的分析判断都是正确的。

作为决定进入房地产市场的新军，陈东旭当然也深知自己企业的弱点。这首先是缺乏房地产项目操作的实践经验，其次还有品牌知名度。

"至于项目运行的经验，我觉得对于投资者来讲，进入一个行业不一定需要自己去做这一领域的决策者。你可以去招募行业中优秀的人才来帮自己做事情，自己留下更多的精力去思考企业未来的发展和走向。"陈东旭认为，金太阳产品经验的积累，给后续房地产产品的开发带来了很多经验性的方法。

在确定进入房地产行业后，陈东旭随即展开对行业人才的引进。

如何快速打造在房地产行业领域的品牌知名度和美誉度，陈东旭认为，一是确立清晰的房地产开发理念，二是要靠产品质量赢得业主的口碑。

"我们地产项目销售的不仅仅是房屋，还要是一种新的城市居住理念。"陈东旭确定的房地产产业发展思路是，以"造福天下百姓，打造人居福地，缔造城市高端生活"为己任，致力于开发高品质地产项目，精心打造城市地产典范，努力为居住者构建绿色、环保、健康、高品位的和谐人居，给居住者提供最佳的生活体验和全新的生活方式。

按照这样的房地产开发理念，陈东旭决定项目首先从江西的市、县级市落地推进。这是因为，高品质楼盘在江西全省市、县级市相对还处于刚萌发的状况，可以抢占房地产市场开发的这新一轮商机。

至此，陈东旭确定并完成了自己对进军房地产行业的思路布局。

那接下来，就是楼盘项目的开发了。

2009年初，在各大城市，像前两年一个地块众多开发商参与激烈竞拍的情况已明显较少，而在市、县一级城市，情况更是如此。因而，对于房地产开发商而言，只要想拿地，机会很多。

而在江西各市、县进行市场考察的过程中，陈东旭十分看好江西抚州市的房地产市场。尤其是在人文这一块，抚州是中国著名的才子之乡，陈东旭认为这里正是自己房地产开发理念中的人文之地。

恰逢此时，江西抚州市的原抚州宾馆旧址地块对外拍卖。按照规划，该地块为商业楼盘开发用地。

原抚州宾馆的历史，最早可追溯到1959年。当年，为迎接毛主席来抚州视察工作而建，此后曾先后接待过数位开国元勋下榻，很长时间该宾馆都是抚州涉外最高规格的接待地。

在江西抚州市民的心里，这是一块有着厚重历史文化元素的地块。

就地理位置而言，这一地块位于抚州市城市中心地带，东临抚州市保育院，西接人民公园，南靠抚州市第一医院，北连规划中的沃尔玛。地块周边还有东华理工大学、抚州一中、实验小学、临川四小等教育资源，以及丹亭步行街、马家山商贸广场等购物消费场所，生活配套设施一应俱全。作为商业楼盘开发的地块，其区位优势不言而喻。

对原抚州宾馆旧址这一地块，陈东旭可谓一见倾心。无论是该地块具有的文化元素，还是区位优势以及周边配套规划，陈东旭都认为十分符合自己构想中的房地产开发理念。

陈东旭毫不迟疑，一举拍下了该地块，并成立抚州市东旭房地产开发有限公司，正式拉开了进军地产行业的序幕。

"四海一家、房通天下"不仅是地产业界的目标，更是地产企业家的责任和使命！锐意打造出款款经典的抚州市区人居代表作，打造出地中海式小区园林，陈东旭对东旭地产的首个楼盘品质做了这样的定位。

陈东旭说，他不能辜负了这样一块好地，更不能辜负了抚州市民们的期望！

为铭记公元 1959 年这一伟大的开端，东旭房地产开发有限公司特以"公元 1959"来命名即将打造的这个楼盘。

"公元 1959"项目，总规划用地面积逾 3 万平方米，为抚州市区屈指可数超大型内部园林居住区。

"不敢说是国际超一流的，但最起码我们会做到在抚州超一流。我们的目标是把'公元 1959'做成抚州的领军、领袖楼盘，就像南昌的万科青山湖、绿地中央广场一样。"陈东旭对"公元 1959"楼盘开发的解读，在整个抚州市引起了强烈反响。

抚州市的领军楼盘将是怎样的一座楼盘？对此，市民们心怀期待。

要打造好的产品成本也肯定比其他产品高。产品好才容易被消费者接受，价格卖得好才会有回报，回报好了才有资金请更好的人员，然后再做更好的产品，这是一个反复的过程，也是一个良性循环的过程，无论是教育行业还是房地产行业都是一样的。

为倾力打造这个高品质楼盘，陈东旭不惜投入巨资。

对此，也有人表示担心，在抚州市打造"公元 1959"这样高端的楼盘是否会有市场？从规划的投资来看，这个楼盘的均价将来要超过抚州市房价现有的水准不少，抚州市民们是否会接受这样的房价？要知道，抚州市的经济发展水平在江西全省只是处于中等水平。

事实上，这样的担忧在当时不是没有道理。

但是，陈东旭却认为，这样的担忧是多余的：一方面，抚州楼市的均价，在江西的地市里是较低的，抚州楼市的能量还远远没有释放出来，未来还有很大空间；另一方面，"公元1959"项目周边的商业氛围非常好，东边是赣东大道和正在建的沃尔玛广场，紧邻抚州最繁华的商业街，和人民公园对门，与抚州最好的幼儿园相隔不到100米。此外，这一地块本身就天生丽质，不做高端会留遗憾，东旭地产要对得起这个优质地块，也具备打造高端产品的能力，有实力能让"公元1959"会像"金太阳教育"一样专业和高品质。

"只要你确实是为客户创造了价值，那最终就会得到客户的认可。房子品质和小区环境好，老百姓是看得到的，也会愿意为你的产品买单。虽然楼盘和试卷产品是不同的，但是'高品质'是好产品的共性，在质量把控方面具有相通之处。"在陈东旭看来，东旭地产就是为抚州乃至江西的地产界注入新鲜血液而来，"公元1959"项目的优势就应该在品质上与抚州市其他楼盘打差异化这张牌。

一个高品质小区的打造，首先离不开一流的规划设计。

东旭地产所聘请的规划设计师团队，是为广州星河湾、南昌的世纪风情、南昌地中海项目做过设计的团队。项目的总经理原来是环球设计院分院的院长，曾经在苏宁和万科都任职过。这样的设计团队实力和有着房地产开发丰富经验的项目负责人，对"公元1959"小区的高品位提供了充分保障。

"公元1959"项目，以"城、水、人居"为生活蓝本，将绿色景观与居民生活融为一体。尤其是对一草一木的安排、一池一沼的设计都力求匠心独具，努力做到怡情、启智、育人，使园区不仅是居民宜居、乐居的家园，更是孩子们学习成长的乐园。

而在周边完善的配套之上，东旭地产又独具匠心的专攻于小区自身功能的完善，不惜一而再再而三地提高建筑成本。

在户型的设计上，"公元 1959"项目紧紧围绕"观景、自然、享受"的理念，独具匠心的设计，达到了小区内业主户户赏景的目标，甚至西面的人民公园也被纳入了小区观景的视角。

对于久居城市者而言，回归自然的渴望，在"公元 1959"小区的设计中得到了充分体现。而在户型的设计上，注重实用面积、功能分区明显、实用利用率高。同时，还把"私家电梯"引用到各家各户。

抚州宾馆有很多的历史遗留下来的珍贵树木，这些珍贵树木从 1959 年一直保存至今，至少有 50 年的历史，也为这个楼盘的居住条件提供了非常优秀的基础。优越的地理环境加上历史环境，已使这一块地天生丽质。

为规划出"公元 1959"项目的一流园林景观，东旭地产特意聘请了具有一级资质的深圳园林公司，整体设计出地中海式小区园林，在市中心寸土寸金的地段拿出几千平方米的土地来做一个中央景观广场。而最大限度保留的原抚州宾馆的珍贵树种，在这里栽有上百棵。设计图中的"公元 1959"小区有叠水潺潺，成片的乔木和灌木林、休闲广场、木栈道、硬质水景，在繁华的城市中央，一样感受到清新自然的舒畅。而且小区与人民公园呼应，造就了"外公园，内私园"的居住境界。

天下大事必作于细，古今事业须成于实。当"公元 1959"项目所有的规划设计定稿呈现在面前时，在陈东旭和项目团队仅为这个项目的设计都花费了大半年的时间，数十次反复构思和修改规划设计稿。

2010 年 5 月，"公元 1959"项目正式动工，承建方为国内知名的一家建设集团。

5 个月后，抚州"公元 1959"楼盘一期迎来了盛大开盘的时刻。

作为抚州市屈指可数的高端楼盘，销售情况到底会如何，这自然引起了各方的关注。

从项目定位一开始，陈东旭心中就是充满着自信的。然而，对于一期发售当天的情景，却是完全出乎他意料的。

令人惊叹的是：开盘当天一大早，售楼处就挤满了人，以至于现场秩序都差点有些失控。开盘之后，在短短一小时之内，"公元1959"楼盘一期首批推出的125套房源全部售罄！

很多在开盘现场目睹了一切的人说，与其说那是售楼的情景，还不如说那是"抢"楼的情景。

那125位"抢"到了房源的市民，喜悦洋溢在他们的神情里。而那些没有"抢"到房源的购房者怅然若失，其中不少人围着楼盘置业顾问询问项目二期的工程进度，他们心里打定了要把自己的居家之处选定在"公元1959"小区。

在江西抚州市，还从来没有哪个楼盘开盘时出现过这样热销的场景。

面对这样的情景，陈东旭内心感慨万千。

"房地产行业是造福天下黎民的爱心工程。早在一千年前，诗圣杜甫就发出了'安得广厦千万间，大庇天下寒士俱欢颜'的呼喊。如今，诗人的崇高理想经过多少代有识之士的努力，不但逐步变为现实，而且不断向更高的目标发展。现在，房地产业经过不断的努力和市场化的洗礼，已经进入到追求景观与环境的协调、休闲与健康相结合、环境与人文相融合的崭新阶段……'责任感、人文化、高品位'，'创造价值，永无止境'是东旭人一贯秉承的企业文化价值理念。"在当天的开盘现场讲话中，面对抚州市民，陈东旭这样真诚表达了东旭房地产的期许与心声。

"公元1959"楼盘一期开盘火爆热销的销售情况，一时在整个江西抚州市民中间传为佳话。

在"公元1959"楼盘二期，为更好地展现公司楼盘质量，东旭地产还特意打造清水样板间向广大客户展示。

在清水样板间里，客户可以直观地看到客厅、卧室的开间、进深以及采光通风情况，可以直观地感受窗外的视野效果以及与周边邻居的对视关系。同时也可以提前观看到，房屋的工艺及材质，如管线布设、梁柱位置、防水处理等。

"虽然精装样板间的内部装潢非常华丽，但真正能洞察户型优劣的还是清水样板层。"

"现在买房的价格公示越来越透明了，产品上也应该越来越透明，老百姓掏出一辈子的积蓄买房，就是买个安心、放心，这也是我选'公元1959'楼盘的重要原因。"

"户型的设计、朝向、建筑材质、品质细节，所有的一切毫无保留地袒露于购房者面前，这需要房地产开发商对自己的楼盘品质拥有巨大的勇气和对自身品质十足的信心。"

…………

清水样板间在万科、保利等全国大型房企取得了较大的成功，但在抚州尚属首例。因而，当"公元1959"楼盘二期清水样板间一经推出就赢得了广大抚州市民的赞誉！

在楼市出现了大量可供选择的楼盘时，如何判断和选择住宅物业，也成为众多购房者面对的首要问题。而"公元1959"在区位优势上、品质以及景观等各个方面，已让当地其他楼盘无法超越，加上完美的配套设施，吸引了众多的青睐者。

"公元1959"项目二期，又是热销一空！

…………

优越的地理环境、交通环境、商业环境、居住环境以及教育环境，使"公元1959"这个楼盘无论在产品本身的质量上、价位上还是居住上，在抚州都起到了引领的作用，因而被抚州地产界称之为当地的领袖楼盘。鉴于楼盘的高品质，2010年，"公元1959"小区最终获得了"宜居中国·城市人居建设典范名盘"大奖。

从教育行业涉足地产界，并以地产项目"公元1959"一举赢得了市场的高度认可，东旭房地产成功跃升为江西地产业界的新秀。

## 第三节　进军市政工程领域

产业视野一旦打开，陈东旭随即就欣然发现，民营企业发展的广阔行业领域，竟有那么多令他怦然心动的机遇。

但陈东旭却决不盲动而进入新行业、选择新产业，哪怕是最"热门"的行业和产业项目。这既有他性格中行事作决定稳重的一面，也是他对于企业经营以稳健发展为先的理念使然。

在执掌企业向着多元化产业拓进的过程中，他的战略布局同样显现出沉稳坚实的核心特征——这即是，立足于现有产业的优势，沿着关联行业这一主线大方向，实施多元化产业的稳步推进。

几乎于确定进入房地产行业的同时，陈东旭又确定进军市政工程领域。

在进入房地产业的同时，陈东旭敏锐地发现，加快推进新型城镇化建设，是一个地区经济社会发展到一定阶段的必然历史进程。新一轮城市建设的推进，带来了市政工程领域的广阔机遇。

陈东旭对于产业多元化拓进的战略眼光，准确契合了新时期城市新一轮发展的又一个重大机遇：

2008年前后，江西抚州市坚持把城镇化作为推进赶超发展的切入点和突破口，大力实施项目带动战略，切实加快城市建设，城市面貌发生了新的变化。在此过程中，抚州市从实际情况出发，确立了"建现代工业新城、创文化生态名城"的城市总体定位和"南昌远郊、闽台近邻"的功能定位。

围绕这些定位，抚州市提出，到2010年市中心城区人口达到50万、

2020 年达到 70 万，并朝着 100 万人口的现代化城市迈进的目标，把抚州逐步建成南昌、闽台及沿海发达地区的旅游休闲"后花园"。

为此，抚州市树立"大文化、大绿化、大水面、大空间"和"引森林进城市、变园林为森林"的发展理念，注入文化元素，丰富文化内涵，规划了一批具有文化特色的标志性建筑，布局了一批较高品位的广场、公园、绿地、水面等市政工程。其中，新区道路全部按照"双向六车道、进口沥青柔性路面、两边各 50 米绿化带、人行道路沿石全部用花岗岩"的生态路、景观路标准设计。到 2009 年底，全市共规划新建文化生态项目 586 个，绿化率达 37.1%，绿化覆盖率达 42.1%，人均绿地面积将达到 36.6 平方米，人均公园绿地面积将实现 12 平方米。届时，整个抚州市将呈现城在绿中、人在景中的城市面貌。

面对抚州城市大力实施新一轮城市发展的规划蓝图，陈东旭意识到，一大批市政工程的机遇已然摆在面前。

市政工程与房地产，从建筑大领域而言属于关联行业。

"无论是教育行业还是地产行业，单品的成功是可以不断复制的，是产品就会存在共性。只要你确实为客户创造了价值，就会得到客户的认可！只要你对得起老百姓、对得起社会，社会就不会忘了你！"这是陈东旭成功跨界房地产产业第一步的深切感悟，同样也是他有信心进入市政工程领域的基础。

陈东旭决定，不失时机地抓住机遇。

2009 年 8 月，江西东旭市政工程有限公司成立，公司业务领域定位为主要承接城市基础建设、公园建设、绿化亮化等工程的施工和管理。

"在抚州新区泥泞的道路旁，矗立起一排简易板房，东旭市政的旗号就在这种简单、艰苦的环境中开始了创业之旅！"如今，回忆起当年初进市政工程领域时的创业情景，东投集团市政公司的人员不禁感慨万千。

然而，就是在当年这样艰苦的环境中，江西东旭市政却在江西抚州市承接的市政工程中，连连创下一项又一项优质工程，为快速奠定在市政工程领域的品牌打下了坚实基础。

2010年1月10日，江西东旭市政承接的抚州西一路工程主路全线通车。

随着抚州市经济的快速发展，抚州城区不断扩大，该路段已被纳入抚州市经济开发区的用地范围。西一路的高标准建成，极大提高了抚州城区道路通行能力，道路景观大为改善。

随后，江西东旭市政承接的抚州市迎宾大道，历时130天施工，在验收中达到各项标准及要求，工程一次性通过验收，创造了多项速度与质量奇迹。

这条路，还被江西省住房和城乡建设厅命名为"江西省林荫路"！

初入市政工程领域，江西东旭市政承接的首批工程项目获得的高度认可，随即为后续承接大体量市政工程项目做好了全面的铺垫。

继抚州西一路、迎宾大道等道路市政工程之后，江西东旭市政又先后在抚州市成功竞得凤岗河湿地公园、汤显祖公园等一批重点市政工程项目。

凤岗河湿地公园建设工程，几乎涵盖了所有园林工程建设类型，是一个综合性的公园项目。这一项目，对于新组建成立不久的江西东旭市政而言，从规划设计到施工都可谓是一个极具挑战性的工程。

按照抚州市委、市政府的要求，凤岗河湿地公园建成后，不仅将成为提升抚州城市品位的一个亮点工程，更将为抚州市民提供一个娱乐休闲的好去处。

"一定要为抚州建成一处市政工程的精品！"

江西东旭市政从规划设计到施工人员，为凤岗河湿地公园项目的每一处细节，都可谓倾注了巨大的心血。

在河道整治设计中，设计人员遵循河道演变规律，做到因势利导，在保证防洪功能的前提下，减少裁弯取直，尽量保有河道原貌。在河道两侧的景观设计上，则参照国家级湿地公园标准，注重保护、复育生态系统，在保有原有植被基础上，适当引种、培育适应性强的品种，构建稳定的植物群落，丰富物种景观的多样性。在景观设计上，除了沙滩、假山、浮雕等景观，运动乐园、亲水平台、休息广场、游船码头、茶室等休闲娱乐设施也一应俱全。

面对整个工程点多面广的施工情况，每天现场施工员们需要奔赴于施工现场多个点面：有的人脚走起了泡，原本白皙的脸庞也都晒得黑黝黝的，衣服也早已被汗水湿透，尽管如此，仍然可以看到他们每天从工地上归来脸上总是挂满了笑容，因为他们顺利完成了今天的工作任务，距离胜利又近了一步。为确保凤岗河公园主体工程，施工人员投入了比烈日还高的工作热情，表现出了与天相争的倔强刚烈。一个个认真工作的身影，那样深深地印在抚州市民们的记忆里。

江西东旭市政的付出，终于赢得了抚州市民们的交口称赞。建成后的凤岗湿地河公园，一物一景，无不令人叹服独具匠心：

公园中的麻姑献寿铜质雕塑，由曾参与人民大会堂雕塑设计创作的著名雕塑家、中央美术学院尹刚教授设计，北京天地注目雕塑工作室进行雕塑创作，高 12.6 米，重 10 多吨，雕塑材质为锻铜，坐落于凤岗河湿地公园北部。该雕塑人物形象栩栩如生，充分表现抚州浓厚文化底蕴、人文气息。

而现代仿古黄河子母水车，子母水车转轮直径为 18 米和 16 米，是仅次于山东淄博"天下第一水车"的全国第二大水车，水车运转采用电驱动系统，材质采用防腐木。大型水车建在凤岗河湿地公园成风景，承载着丰厚的历史意蕴，具有极大的艺术价值和美学意义，成为公园内一道独具魅力的文化景观。

还有砚池，直径 450 米，是目前全国最大的砚池，从空中俯瞰，砚台上放着一支 450 米长的笔，这也是目前全国最长的笔。这一景观，巧妙地凸显出抚州"才子之乡"的人文特色。

…………

有人说，建筑传承着城市的历史文化，是承载城市记忆的重要符号，看看这个城市的建筑，便能感受到居住于此的人们追求着什么；有人说，建筑是凝固的音乐，一座建筑就是一个艺术品，就是城市的美学元素，公共空间的城市景观，书写着她的气质与品位。

在抚州市民眼里，如今的凤岗河湿地公园，就是这样一处承载着抚州市文化和城市记忆的市政工程精品。

2015年8月，《临川晚报》上刊发的蔡良基先生的《走进凤岗河湿地公园》一文，用文字为我们展现了这一市政工程精品全貌：

天高气爽的一天，我走进了凤岗河湿地公园，走进了这片自然美生态美充满着诗情画意碧水蓝天的地方。

凤岗河湿地公园位于新城区西部，东起凤岗河，西至陆象山大道，南至王安石大道，北至迎宾大道。项目占地总面积620余亩，其中绿化面积600余亩。首先呈现我面前的是"麻姑献寿"雕像。高达12.6米的麻姑仙女脚踩祥云，手托仙桃，赐福人间。麻姑仙女是华夏民俗文化的经典，给人们带来幸福，带来吉祥，是长寿的象征，传说中的女寿星。

沿着长长的弯弯的起伏地形铺设的木质栈道，我信步而行，放飞心灵，放飞心情。一路观赏青草依绿水，绿水卧林间。花儿尽情地争芳斗艳，蝶儿尽情地嬉戏追逐。一路聆听小鸟自由地歌唱，百虫欢快地鸣叫。

行走在弯曲回旋的长廊中，行走在林茂树密的小道上，尤其是行走在凤岗河边湖泊沼泽旁，我感觉到扑面而来的风，也带着几分湿润几分清新几分淡淡的甘甜。当我驻足而立举目远望时，发现呈现在面前的美景，像一幅饱含诗情爱意温馨和谐的中国写意画，更像一幅随四季随天气随心态心情心境而炫变而流光溢彩的西洋画。

在凤岗河湿地公园湖泊的中央，耸立的是两架现代仿古黄河子母风景水车。据说明文字介绍，那大的水车直径为18米，小一点水车的直径也达到了16米。这子母风景水车目前仅次于山东淄博"天下第一水车"，全国排名第二。子母风景水车采用电驱动系统，只要轻轻按动电钮开关，这巨型水车的轮子便隆隆地转动起来，哗哗的流水浪花飞溅，非常壮观。

我知道，湿地公园可调蓄水源调节气候，具有强大的生态净化作用，对城市生物也具有多样性保护，不仅仅赋予城市灵秀和秀美，也赋予城市生命与活力。

环顾凤岗河湿地公园，无数珍贵的大乔木遍布园内，我兴致勃勃地辨认了一下，它们是石楠，是香樟，是银杏……那些随处可见的花花草草，随着一年时令节气的交替变化，而呈现着不同的姿态不同的绿意和不同的芳香。

顺着栈道缓缓而行信步而游顺阶而下，我走到亲水平台，与湖水亲密接触。那一湖碧波就像一面大镜，映照着蓝天碧云，映照着树木花草，也映照着我的身影。透过清澈的湖水，我看见湖底的水草，水中嬉戏追逐的鱼儿。还看见前来戏水畅游美丽的鸳鸯和淘气的野鸭。那场面那气氛让我流连而无法忘怀。我甚至还有幸遇见了野兔、野鸡、白颈鸦在园中悠闲地踱步时，我不由放轻了脚步担心打扰它们。湖里有鱼，岸边有树，树上有鸟，这儿的景色风光让我陶醉。

我在路边的木凳石椅上，在道岔凉亭阁楼中闭目养神静心休息了一下，我发现这里非常清静，除了风儿，鸟儿，虫儿，再也没有谁会来打扰自己。

顺着方砖顺着柏油铺设的小道，我来到砚台，来到全国最大的砚台旁边，据说从空中俯瞰，砚台放着一支450米长的大笔，这让我十分惊叹，不由自主地猜想：是谁，谁人有这么大的能耐，能攥起450米长全国之最的大毛笔，龙飞凤舞地书写"光照临川之笔"。

这人一定是书圣王羲之，是撰写麻姑山记碑文的颜真卿，是中国的莎士比亚《牡丹亭》的作者汤显祖，是十一世纪的改革家王安石，是曾巩，是晏殊。不，我认为：这人是当今的抚州才子们！

从此，只要有空，我就会到凤岗河湿地公园走一走，走进这片碧水蓝天，走进这块放飞心灵放飞情怀的净土圣地。

继成功打造凤岗河湿地公园项目之后，2010 年 12 月，江西东旭市政又在抚州市强势中标汤显祖公园工程。

汤显祖公园定位为高品位主题园林文化建设项目，整体项目充分体现临川文化的博大精深，彰显才子之乡的魅力，是抚州市建设文化生态名城的重要载体。既是市政园林项目，更是一个文化建设项目，将对进一步弘扬临川的悠久文化，提升抚州的城市形象，完善抚州的城市功能具有非常重要的意义，也必将成为抚州对外开放的一张新"名片"。

江西东旭市政没有辜负抚州人民的期盼，竣工后的汤显祖公园不仅完美展现了园林的文化主题，而且又成为抚州市的一处城市精品文化景观。

短短两年的历程，江西东旭市政公司就从最初的 10 余人的队伍，发展到 70 多人的队伍，公司化管理结构和组织建设初步成型，专业技术队伍全面得以充实提升。

同时，公司坚持"技术导向、管理先进、人才队伍稳定、利润高增长"的发展目标，秉承"规范运作、健康发展"的经营理念，借鉴集团公司与兄弟单位成熟的管理经验，逐渐摸索出了一套有特色、切实际的管理模式，各项工作日臻完善，一个充满朝气，充满活力的市政公司正在快速崛起。

此外，江西东旭市政经过探索创新，采用总承包、BT 等多种经营方式，开创了抚州市市政建设的新格局。

短短几年过程中，一系列高标准、高难度和大体量市政工程项目的成功，让江西东旭市政在江西抚州乃至全省赢得了市政工程领域"黑马"的美誉。

房地产和市政工程两大产业的崛起，也由此成为陈东旭实施企业多元化发展的精彩大手笔，为接下去的集团化战略奠定了坚实基础。

是的，无论是从企业现有的体量规模上考量，还是对于公司未来发展更大格局的布局规划着眼，陈东旭都认为，成立集团公司的条件已具备，时机可谓水到渠成，也势在必行。

2010 年，在企业迎来第四个五年规划的开局之年，江西东旭投资集团应运而生。

这一年，《东投集团报》创刊。陈东旭借"创刊寄语"文章，在其中描绘了对东投集团深情可期的愿景目标：

1996 年，当一名普通教师心怀梦想的时候，我们未曾预见今天的成就；2001 年，当金太阳教育的品牌响遍全国的时候，我们没有想到会很快拥有属于自己的一片世上桃源；2006 年，当太阳城拔地而起的时候，我们对多产业集团化运作还很陌生。今天，我们骄傲地站在了一个全新的起点，即：以集团为平台，以教育文化产业为基石，以资源型新产业为突破，实业、投资并重，将东投集团打造成一个在国内有重大影响力的综合型集团公司。

产业多元化发展战略的蓝图视野之下，陈东旭期待通过集团公司这一人才发展平台、资金运营平台和战略谋划平台的打造，实现人才在公司与公司之间的流动和晋升，资金和资本互动增长，并通过资源的最大化配置进而实现企业超常规发展。

随着集团公司的成立，陈东旭进击的事业大蓝图也徐徐展开。

# 第八章
# 横纵拓进教育新蓝海

企业家的战略眼光，决定企业发展的广度与高度。

在时光的深情回望中，纵览陈东旭行进到 2010 年前后这一时间节点的创业历程，人们有了这样惊叹的发现，在近 15 年的过程中，以 5 年为一个显著阶段，陈东旭不断把企业发展推向新的高度，把产业拓展到新的广度。

从 1996 年到 2000 年的这 5 年，他由编辑一部教辅书艰难起步而凭借"全国大联考"试卷异军突起，把位于江西新余、吉安的教辅书和试卷编辑部做到了立足江西南昌的江西金太阳教育研究公司。从 2001 年到 2010 年，在这两个 5 年时间，他果敢面对教辅行业"洗牌"的挑战，抓住全国推进实施课改的机遇，引领江西金太阳教育厚积薄发、稳健发展壮大，成为全国民营教辅行业的领军企业。同时又在深度洞悉教辅行业未来发展受制于行业"天花板"大趋势的基础上，未雨绸缪迈出了企业多元化发展的探索步伐，实施企业集团发展规划。

15 年，5 年一大步，持续实现三大阶段跨越式发展。从金太阳教育到东投集团，企业品牌实力和规模体量磅礴崛起，形成了教辅产品及服务、房地产、市政工程三大产业板块。

在下一个 5 年阶段里，东投集团各产业板块的发展，如何持续突破发展的广度与高度？从企业的整体发展而言，东投集团将在下一个 5 年阶段里为未来的发展愿景奠定怎样的坚实基础？

2010 年，自组建成立企业集团之日起，由教育板块而始，陈东旭就把目光从教辅产品和服务渐次投向了数字出版、教育社区和创办名校领域。

这即是东投集团在教育产业板块领域以创新为突破口，全面实施的"三个金太阳"创新发展战略——即"数字金太阳"、"金太阳教育社区"与"名校金太阳"。

企业家的胸襟格局，决定企业的未来走向。

在向教育新蓝海纵深拓进的过程中，东投集团教育板块在教育领域的发展格局不断放大，逐渐突破教辅行业而向教育集团产业阔步转型升级，呈现出越来越广阔的发展蓝海。

## 第一节　打造数字出版新方舟

波澜壮阔的时代，在每一轮产业大潮涌动之中，都交替着新旧产业动能的式微与崛起。

对于有视野高度和深度的企业家而言，机遇就在其间。

产业多元化的集团企业发展，对战略制定与实施的运筹帷幄具有全局意义。而在此过程中，每一个具体产业板块的发展规划，既当有相互独立的明确发展路径与目标，又应统筹于集团整体发展战略的制定与实施当中。

在涉足多元化产业的过程中，实际上也是陈东旭对于企业经营发展提升到整体战略层面布局和运筹的一个过程。

"对于任何一个企业而言，战略的研究、战略的选择至关重要。"陈东旭对于企业战略的理解，首要的就是发展方向选择和目标的确定。

基于这样的思考，在东投集团成立之后，陈东旭首先制定了三大板块产业的明确发展目标。

这一发展目标时段为 5 年：即到 2015 年，集团实现年销售 100 亿元的规模，其中，教育 30 亿码洋、市政 20 亿元、地产 50 亿元。

陈东旭深知，基于东投集团的现实，未来五年要成就一家百亿级企业，实现这一目标，就必须实现超常规发展。

企业要做大，关键在于把自身的格局做大。

格局就是布局，格局就是眼界，格局就是胸怀，格局就是层次。有多大格局，就会有多大成就。

平台决定格局。平台就像一个篮子，有多大的篮子就能盛下多少鸡蛋，要盛下更多的鸡蛋就要有更大的篮子或者多个篮子。所以，要形成更大的事业，就要构建和打造大集团、大事业的平台，这样才能改变"一马独行"的局面，形成"驷马难追"的突破。

思维决定格局。不能将自己困陷于固化的围墙内，更不能将自己局限在传统的经验条框之中，要眼睛向外，以外向思维看世界，以新的思维去认识新的事物、新的现象、新的变化，去开掘新的领域，撬动更大的资源。

布局决定格局。

江西金太阳教育以试卷和全国大联考起家，但是如果没有图书的布局和《金太阳导学案》的成功，就不会跻身于全国民营书业的一流行列；没有传媒的布局和《当代中学生报》的成功，就不会有全国民营行业领先的地位；没有东投地产和市政的布局，就不会有东投集团的构建。

…………

涉足产业多元化的最初探索，让陈东旭更加注重对企业发展战略和格局的研究，并在充分把握行业发展大势的基础上及时调整和布局产业的发展。

东投集团成立后，陈东旭着眼教辅产品和服务、房地产、市政工程三大产业板块，又开始进行新的战略调整布局。

新战略的核心，全部的着力点，就在于全面推动东投集团的转型升级和发展突破。

转型升级和发展突破，首先从教辅产品和服务这一产业板块开始。

2011年3月，面向未来五年的发展战略和目标，陈东旭着手对金太阳教育研究院的内部机构进行了深度调整和改革。

在深度调整和改革之下，江西金太阳教育成立了六大研究中心——学案导学研究中心、层级教育研究中心、学业评价研究中心、高考备考研究中心、义务教育研究中心、传媒文化研究中心。这六大中心承担着教研课题研究、教研成果转化、教研成果推广的责任，形成了满足学校教学和学生学习需求的"学""练""测""考"核心价值链。

显然，这是朝着产业纵深发展的方向，深耕和挖掘金太阳教育在原有优势领域的潜力。

在"金太阳"的发展过程中，陈东旭越来越深刻意识到，借助于在教辅图书研发和教育服务领域已形成的核心竞争力，充分发挥"金太阳"的品牌效应，从专业化与精细化方向深挖发展潜能，这是实现东投集团在教育产业板块打开纵深发展格局的一大路径。

然而，陈东旭更是看到，就民营出版和教育服务企业而言，在行业传统产品发展"天花板"客观存在的形势下，对原有产品结构的突破，实施横向拓展的战略，才是打开金太阳教育未来发展新天地的更为重要维度，也是进一步做大做强金太阳教育的真正方向。

为此，2011年，陈东旭确立了江西金太阳教育今后五年发展的三个维度：

第一个维度是"产业维度"。金太阳教育将立足于基础教育咨询与培训、教育图书出版发行、教育文化传媒、网络教育、数字出版五个业务版块进行发展。

第二个维度是"目标维度"。未来五年，要将金太阳教育打造成为"最具影响力的基础教育咨询培训服务机构""规模最大、最专业化的民间基础教育研究机构""最具实力的教辅图书策划、出版机构"。

第三个维度是"规模维度"。未来五年，金太阳教育的企业规模达到2000人，年度销量达到30亿码洋，成为行业的标杆性企业。

金太阳教育未来发展三个维度的布局，最为重要的，就是确立了产业升级突破的方向——立足于基础教育咨询与培训、教育图书出版发行、教育文化传媒、网络教育、数字出版五个业务版块。

"没有教育的信息化，就没有教育的现代化。"陈东旭又敏锐意识到，以数字技术、网络技术和多媒体技术为代表的高新技术，改变了人类的生产方式、生存样式、生活形态和思维模式。为此，江西金太阳教育当积极打造数字出版和网络教育业务板块。

在陈东旭的战略眼光里，数字出版和网络教育业务，这是一片广阔的发展蓝海，也是未来金太阳教育发展实现转型升级的广阔新天地。伴随着教育的发展，中国的教育正经历着前所未有的新变化。这些新变化，将对教辅行业带来需求上的新挑战：

——新课程改革带来的学生能力发展的新需求。教材和解读教材，已经不能再满足教育和学习的需求，基于教材，但是高于教材的知识拓展、思维探究、能力提升，将对教辅提出新要求。

——素质教育带来的学生全面发展尤其是人格培养，将对学校的教育提出新要求。特色化办学、个性化教育，课堂知识之外的阅读学习、人格教育和培养，将逐渐显现出广阔的需求。但是，这类教辅的研发和市场开发与培育，将对教辅企业形成考验。

——职业高中的扩大、普通高中的缩减，使高考生源减少。而大学的扩招以及对生源的竞争，将使大学入学普及化，高中毕业生升大学将不再困难。而名牌大学的单独招生和竞争将更加激烈。所以，以考大学为基本目的的高考类教辅，将转变为如何才能考上好大学的个性化高考教辅，这对高考类教辅的研发带来巨大的挑战。

——同时，普通高中招生规模的大量缩减，使高中的招生考试成为焦点，由此，中考市场和中考教辅，将成为新的需求焦点。但是，如何突破义务教育阶段的政策性严格控制，对于教辅企业也将是一个需要破解的"难题"。

——信息化教育的迅速推进和在可以预期时间内的广泛普及，将对传统教育方式、传统教辅内容与形态，形成空前的冲击和挑战。

事实上，2012年的"教辅新政"更使得整个教辅行业都认识到，依靠原来的发展模式、走原来的发展路子，将面临前所未有的压力。

陈东旭已深刻认识到，在教育产业领域，以教育信息化核心的第三次教育改革的浪潮正扑面而来。

"教育信息化的推动，将深刻影响和改变传统的教育理念、教育模式和教育方法。"陈东旭认为，自主化学习、个性化教育、特色化办学将成为时代的主流。无论是办学理念、课程体系，还是课堂模式、教学方法，乃至新的校园文化、新的师生关系等，都将发生改变。

抓住了这样的机遇，就可能在强大的新需求中找到新的增长点和发展空间，从而一举突破"教辅新政"的政策壁垒和市场围堵。在出版领域，新媒体、自媒体的出现，已经完全突破了过去的出版壁垒，形成了全新的渠道、全新的模式、全新的阅读方式。

"科技的不断进步和网络的普及，改变了人们的阅读习惯和信息获取方式，也深刻影响着出版业的发展。作为中国基础教育研究和出版领域的领军企业，金太阳教育必须以前瞻性的目光洞悉这一趋势。"为此，陈东旭提出，金太阳教育在继续保持传统出版发展优势的同时，大力发展新兴数字出版产业，已经成为当前公司发展的必然选择和追求。

至此，陈东旭逐渐完成了关于"金太阳"向教育更广阔新蓝海拓进的思考——寻求新的需求，把握新的需求，开发新的需求，服务新的需求，像创业初期那样，再度走出一条有自我特色的发展之路：

第一，坚持"崇尚教育，助力课改，为基础教育提供核心价值与整体服务"的理念不动摇。

第二，以质量为根本，不断提高教辅图书的研发创新能力和图书质量，为学校、学生提供优质的图书和资料，提高"金太阳教育"品牌的美誉度。

第三，面向未来，以为素质教育服务为方向，进行产品创新、服务创新和模式创新，向个性化教育、信息化教育和数字化出版转变，摆脱在同步类教辅方面遇到的政策性瓶颈。

第四，面向服务，由图书策划、销售，向基础教育研究和教育服务方面转变，为基础教育提供核心价值和整体服务，实现企业经营方式的升级与转型。

第五，面向学生，由面向学校进行系统征订，转向面向学生提供差异化、针对性需求转变。创新产品品类，更加细分市场；创新渠道模式，更加用心服务；创新经营管理，升级经营能力。

对于这一发展路径，陈东旭将此提升到东投集团整体发展战略下，江西金太阳教育创新发展的"2.0升级版"具体新战略。

"2.0升级版"的金太阳教育，是要以集团化的大格局进行大产业平台构建，在传统金太阳教育的基础上，未来要再打造三个新的金太阳，即"传媒金太阳""数字金太阳""名校金太阳"。

就"数字金太阳"而言，是要融合新的教育理念和数字化、信息化技术手段，打造"全数字化课堂"新的教学模式，推动教育的现代化。

陈东旭从来都认为，企业战略的方向与思路决定发展路径。

"十二五"期间，我国教育信息化发展步入快车道，《国家中长期教育改革和发展规划纲要（2010—2020年）》明确指出："信息技术对教育发展具有革命性影响，必须予以高度重视。"为了进一步落实纲要的关于教育信息化的总体部署，加快教育信息化的进程，教育部发布了《教育信息化十年发展规划（2011—2020年）》，制定了"中国数字教育2020行动计划"。

党的十八届三中全会又提出，"构建利用信息化手段扩大优质教育资源覆盖面的有效机制，逐步缩小区域、城乡、校际差距"。

在政府的顶层设计上，国家已经把信息化上升为国家战略的层面。

与此同时，围绕着教育信息化的推进，国家有关部门采取了一系列的举措，实施了一系列重大工程，如大力推进"三通两平台"建设，即"宽带网络校校通"、"优质资源班班通"、"网络学习空间人人通",把建设教育资源公共服务平台、教育管理公共服务平台,作为教育信息化建设的核心目标。通过国家、企业等有关部门的共同努力,宽带网络已进入校园;电子白板、多媒体触控一体机等先进的教学设施已进入每一个班级;随着通信技术的发展,许多地方已经具备利用信息化手段进行教学的条件。

然而,金太阳教育在调研中却发现,许多地区和学校的信息化设备使用频率并不高,效果并没有预想中的好,甚至有些地区和学校的信息化设备基本处于闲置状态。

这一方面没有发挥出互联网的信息传输功能,使通过信息手段实现泛在学习、促进优质教育教学资源的共享、助推区域教育的均衡发展和课程教学改革的设想成为空谈;另一方面没有发挥出信息技术的数据统计、精准分析和个性推送的功能,使师生的压力增大,也使针对性、个性化学习难以实现,影响了课堂教学效率的提高。

究其原因,金太阳教育又展开一系列深入调研后发现,教育信息化在学校的推进存在着以下障碍:

师资障碍。教师忙于日常教学工作,虽然对应用信息技术比较有兴趣,但苦于不谙技术,没下决心把信息技术引入自己的教学工作,这是应用中的师资障碍,属于人力资源问题。

技术障碍。学校计算机管理人员(如"网管")水平不高,应用信息技术的良好愿望往往受制于教学实际进行时的"卡壳",不如不用,省事省心,这是应用中的技术障碍,归根结底也属于人力资源问题。

资源障碍。学校缺乏可用的教育教学资源,囿于教师自己开发的水平、精力等等方面的原因,只能望"源"兴叹,这是应用中的资源障碍,可能来自经费方面的困难,也可能来自人为的不重视。

装备障碍。学校设施设备等硬件条件不到位,没法开展信息技术与课程整合,这是缺乏应用基础的装备障碍。

理念障碍。应试教育的压力太大，无暇顾及信息技术与课程整合，这是应用中的观念或曰理念障碍。

机制障碍。学校、教育行政部门缺乏鼓励的激励机制，干与不干一个样，教师、学校的热情没有得到激发，积极性没有得到充分的发挥，这是应用中的机制障碍。

首脑障碍。学校领导、教育行政部门领导不重视应用，信息化建设的目的本身就是"展示"，只要有一流的装备供参观，用与不用无所谓，这是应用中的首脑障碍。

外环境障碍。缺乏业务部门的指导，缺少业务方面的促进与交流，尤其是缺乏教育技术名家的指导，这是应用中的外环境障碍。

这些障碍该如何解决呢？

江西金太阳教育把这几大障碍进行整理分类，归结为四大问题：即硬件、资源、师资及信息化应用。这其中，硬件建设是基础，资源建设是重点，师资建设是关键，信息化应用是核心。四者相互影响，相互促进，每一个方面的问题都会引起教育信息化的不适应。

经过探索，金太阳教育采取了以下两方面的措施：

一是构建了金太阳数字教育云平台。

该平台以教育信息化作为突破口，推进信息技术在学校管理和教学过程中的普及应用，促进优质教育资源的共享以及信息技术与学科课程的整合；以减负增效为基本原则，加强教学的基本应用；以提高义务教育质量水平为目的，推广先进的教育理念和教学模式，构建高效课堂；以实现信息化背景下的区域教育均衡发展为目标，打造优质教育资源，实现教师的专业成长。

一方面是建设适应于教育教学应用的优质资源库，实现优质资源的共享。

多样化、成体系的富媒体资源库。即建设满足课堂教学的图文和多媒体素材资源，主要包括图文（图片、针对单个知识点的试题）资源、自主开发的音频和视频资源、动画资源以及微课程资源。

适应于多类教学模式（如传统课堂模式及学案教学模式）的成体系的《导学案》、精品课件资源库，并配备与之相结合使用的《教师教学实施方案》。一方面推广先进教学模式，另一方面让教师在实施教学时有完整的参考方案。

在资源的获取方式上，这两类资源结合了教材的顺序，通过技术手段实现资源的个性化推送，从而实现了教师对课堂教学资源的需求和方便获取的目的。

通过众筹模式建设适应于教学的课件、试题及其他文本资源库。满足各级各类学校对教学、测评等全方位的需求。

其次是搭建适应于教师专业成长的网络研修平台，促进教师教育教学水平的整体提升。

建设专家讲座、名师讲座及教学案例三类视频资源库。实现教师通过网络平台进行自主研修。

借助应用软件实现教师的在线分享和交流经验，实现教师通过同伴互助进行研修。

借助应用软件，通过引导教师进行自我实践反思实现教师的自主研修。

此外，开发应用软件，促进教育信息化应用水平的提高：

开发备课系统，嵌入成体系的多媒体素材库及导学案和精品课件，通过技术手段达到资源的个性化推送，实现信息技术与课程资源及其运用的深度整合；

开发教学系统，实现对教学过程的轻松控制，并形成教师自主开发的成体系的课程，促进教师的专业水平的提升；

开发纠错系统，实现教师对学情的深入把握，提高教学和训练的针对性；

开发组卷系统，减轻教师压力，实现个性化的检测；

开发网络阅卷系统，减轻教师阅卷压力，并通过软件实现对群体和个体的精准分析和教学资源的个性化推送；

开发管理平台，实现学校教学管理水平的提高；

开发家校联系系统，实现家校的互动和交流。

二是构建培训和服务体系，推进信息技术在教育教学中的应用；打造高效课堂，提升教学质量。

以平台为载体，构建团队解决信息技术的应用培训，促进信息技术在教学中的深层次应用问题。

构建服务团队，解决平台使用过程中遇到的技术问题。

以导学案为载体，打造信息化背景下的高效课堂，促进信息技术与课程内容的深度融合。

在提升信息化环境设施建设的基础上，以教育信息化为契机，促进信息技术与学科课程的整合。在此基础上，把构建高效课堂作为落脚点，重点探索信息技术与高效课堂教学模式有机的融合，深层次地研究信息技术环境下高效课堂的实施方法和策略；把构建和推广初、高中教育阶段的高效课堂的模式、成果作为基本途径，总结经验、全面推广，实现地区教育水平的均衡发展和教学水平的整体提升。

此外，还有五大具体内容的支撑，即：

基于平台的信息化背景下的高效课堂；

基于平台的教师研修；

信息化背景下的资源素材的开发和应用培训；

信息化背景下的高效管理；

信息化背景下的家校联系。

谋定而后动，一切方才水到渠成！

2014年初，江西金太阳教育正式启动并全力推进"2.0升级版"战略的实施——打造数字出版服务新方舟！

江西金太阳教育着力研发金太阳"好教育"云平台教学中心，针对教师在教学中的实际需求开发了四个子系统——备课系统、授课系统、作业系统、好题系统，分别对应教师日常教学工作中的四个环节——备课、授课、布置习题、总结提升。

2015年，根据教育市场需求，结合传统教育领域的产品优势，东投集团又研发出了新数字产品——望远教育测评系统，成为教育教学改革"转型"和持续提升的新动力。

望远教育测评系统，拥有"1+2"高效训练整体解决方案。"1+2"高效训练整体解决方案，指的是通过测评分析系统，达到精准化诊断教学的目的，建立学生个性化学习档案。

综合前期反复测试的结果，以及权威教育专家的论证意见，这一教育测评系统有效地解决了三个问题：一是实现了老师备课、课堂评价等教学行为方式的改变，从而让教师从一讲到底的"圣坛"上走下来，让学生自己去演绎其生命的精彩；二是改变了学生学习的方式，在翻转课堂等新的课堂形式中，学生不再感觉学习是一场又一场的苦役，而是自我学习甚至自我评价的快乐学习；三是改变了家长对孩子管理的方式，以往那种以成绩优劣评价孩子的终结式评价，转变为过程性评价。家长免费下载一个APP，就可以了解孩子整个的学习过程，进而协助教师工作或者指导孩子更好地学习。

来自学校、老师和家长的评价显示：望远教育测评系统通过收集学生考试的大数据进行分析，挖掘每一道试题的测评数据，分析每一个学生的学习行为，从而得出教学诊断结果，帮助老师准确掌握学生学习情况，高效实施精准教学、个性化辅导，快速实现培优补差，让更多学生考上心中理想的大学。同时，形成学生个性化学习档案，有效地反馈和建立错题集，让学生更清楚地了解自己的弱项，在后续的学习中更有针对性和创造性。让每个学生都有自己学习的"路线图"，更能发挥个性化学习的优势。

而且，在不改变教师和学生原有的工作及学习习惯的前提下，望远教育测评系统能全面、快速检测出学生的学习情况，大大减少了教师的工作量。更重要的是，既能帮助教师有针对性地制定教学计划，同时又使学生快速准确地掌握自己的学习情况，着力攻克自己的学科薄弱点，走自己特定的学习路线，提升自身的各种素养。

教育界专家们预测，望远教育测评系统将成为中国教育领域极具市场号召力的品牌，也在借助于信息化技术手段深刻改变传统教育方法模式上，起到积极的示范和引领作用。

…………

一种创新产品的最终评价，还在市场和使用者那里。

当望远教育测评系统一经正式投入市场后，随即而来的是好评如潮，教师、家长和学校选用者的激增，大大超出了陈东旭当初的预料。

在数字出版领域的探索开拓，尤其是借助于现代信息技术手段而开发出的一系列教育服务产品，东投集团又成功打造出了江西金太阳驶入教育新蓝海的又一方舟！


## 第二节　开创教育社区模式

在宏阔视野之下，教育这一方蓝海的产业空间不可限量。

转换一个视角，陈东旭眼前又跃然而现一片教育产业新天地——校外教育，即人们"传统"意识里的课外辅导班。

继在数字出版、信息服务领域探索创新，打开金太阳教育发展的一方新蓝海之后，陈东旭又把创新的目光聚焦在了教育社区的开创上。

但陈东旭眼里的课外教育，既以人们"传统"意识里课外辅导班的教育内容为基础内容，更有远比这内容和辅导方式要丰富得多的内涵。而且关键的是，陈东旭创新思考形成的课外教育，相比传统意义上的课外教育，两者在教育目标上有着巨大的差别。

校外教育，包括学前教育、托管教育、辅导教育、科技教育、艺术教育、特长教育、养成教育、体验教育、营地教育、家庭教育等等。实事求是而言，这并非一方新的教育产业领域。

2011 年 5 至 6 月，中国青少年研究中心家庭教育研究所曾经对北京、哈尔滨、石家庄、银川、成都、西安、南京、广州 8 个城市 4960 个家庭的义务教育阶段家庭进行调查。

调查显示：在义务教育阶段，我国城市家庭教育支出平均占家庭养育子女费用总额的 76.1%，占家庭经济总收入的 30.1%。基于这一比例，保守估计，国内课外辅导市场的规模也已高达 6502 亿元人民币。

学生的校外教育，受到家庭的重视可谓由来已久，而且也在事实上成为学校教育的重要补充渠道之一。

校外教育俨然已成为一个"不惹眼"的庞大教育产业，校外教育如今同样竞争激烈，从随处可见的各类校外培训班、各类教育机构举办的各种主题的营园活动等，即可见一斑。

那么，分散甚至可以说是"零碎"的课外教育，而且竞争的激烈程度亦不低，那在陈东旭眼里为何将其视为教育产业的又一方"新蓝海"呢？

"视野的局限性和开阔临界点，恰恰就在这里。长期以来，对于学生的校外教育人们陷于这样一种误区，即把校外教育与课外培训班或兴趣班等同起来。"陈东旭早就在深入研究中认为，真正的校外教育，应是围绕"养成教育"这一重点内容而建立的科学的、系统的课外教育，其内容与内涵远非课外培训班或兴趣班这么简单。

在这样的新视角之下，学生的校外教育，当然就是一方潜在空间广阔的教育产业新市场！

那么，学生的校外教育涵盖如此之广，江西金太阳教育该选择从哪里入手呢？或者说怎样建立起真正的科学的、系统的课外教育呢？

学生的课外教育，就不同学年阶段的学生而言，从内容到方式上都有区别与特点。

陈东旭最初注意到，在小学阶段学生的校外教育中，存在一个矛盾十分突出的问题——教育部门为减轻学生负担，出台了相关政策，要求学校减少课外作业，不准老师课外为学生补课，不得延长课时；然而，学生减负了，家长却增负了，孩子下午3点半从学校放学后，剩下的课余时间怎么科学安排？这其中包括孩子的安全问题，空余时间谁来照顾孩子的问题，孩子的学习自觉与合理休息的问题等等。

而对于这些问题的解决，几乎是每一位家长都深深关切的。

"我们就从探索解决这一问题入手，既解千千万万家长的心中之忧，又创立我们'金太阳教育'全新思维和理念之下的课外教育！"陈东旭决定，江西金太阳教育首先把校外教育的对象确定在小学阶段学生。

就是在这样的思考与探索中，金太阳教育社区的概念渐渐呼之欲出。

事实上，这也是校外教育最为广泛的对象。

犹如当年创业之初的阶段，面对教辅书籍市场纷繁而且泥沙俱下的状况，陈东旭不是选择快速融入其中以"多快好省"的方法参与分到一杯羹，而是在深入了解分析的基础上找出其中的薄弱点，由此形成自己在教辅书籍策划出版上的特色和竞争力，从而一鸣惊人地打开市场。这一次在决定进入校外教育市场的过程中，陈东旭的思路和风格也同样如此。

针对小学生下午课后3点半的课外教育这一问题，江西金太阳教育组成了科研团队，展开专题研究。

随后，在深入的理论研究和大量的社会调研基础上，课题组提出了"教育社区"这一概念：以城市社区为基本区域性范围，设立专业化的教育服务机构，为放学之后的孩子们提供良好的作业场所、学习辅导，并通过游戏活动、社团活动、创意活动、互动体验、互助分享等快乐的参与方式，构建起孩子们的学习圈、朋友圈和家庭教育的家长圈。

这一学生课外教育的核心内容，正是在着力解决当前小学阶段学生校外教育中普遍存在的突出矛盾问题基础上，建立科学的、系统的课外教育模式，从而实现达到"养成教育"的教育目标。

而这一目标，又与学校教育的目标贯通一致，真正实现了校外教育作为学校的重要补充。

同时，还彻底解决了家长对孩子"下午3点半放学后的担忧"这一问题。

作为对小学生课外教育这一领域的研究成果，江西金太阳教育的"教育社区"概念一经提出，随机引发了社会各界的强烈反响与关注。

学生家长们纷纷认为：这正是他们所盼的孩子课余教育去处！

教育专家们几乎一致的高度肯定：江西金太阳教育提出的"教育社区"概念，是对学生校外教育具有开创性的理论。

出于对教育产品一贯严谨的态度，陈东旭随后又组织各方教育专家就"教育社区"这一理论展开深入探讨，充分论证，不断完善补充。

理论构建和严谨论证、完善提升完成之后，陈东旭随即着手部署专业团队对"金太阳教育社区"项目的策划设计。

在这一过程中，陈东旭要求，"金太阳教育社区"要努力实现三大目标：

第一，不能代替学校，凡是学校能够做而且已经在做的事情，社区不要做；

第二，要办成快乐成长的场所，让孩子们自己愿意来社区自主学习、参加活动，形成孩子们快乐的天地，与好同学、好朋友在一起的天地，形成良好的学习圈、朋友圈；

第三，要办成让家长们愿意让孩子来，并且自己也愿意来的场所，要在社区形成一个家长们的交流平台，构建一个家长圈，形成家长沙龙，共同探讨对孩子的教育问题。

同时，"金太阳教育社区"又要体现三大典型性特征：

第一是专业性特征，有专业化的场所，有专业化的设施，有专业化的学习导师、成长导师，有专业化的运营管理团队；

第二是针对性特征，明确针对放学后的小学、初中学生，明确针对家长们对于孩子的安全需求、学习需求和成长需求；

第三是便民性特征，以社区为基本范围，使教育融入社区之中，成为社区的便民机构、社区的文化机构、居民的贴心机构。

以上三大目标和三大典型特征，使得"金太阳教育社区"完全不同于一般的校外培训班，充分体现了"养成教育"这一学生校外教育主旨。

在"金太阳教育社区"，"养成教育"的全部归旨都在于培养学生的优秀品格和良好行为习惯的教育。既包括正确思维方式和行为的指导，也包括良好习惯的训练，及包括语言习惯、思维习惯的培养等。

此外，特别注重学生学习兴趣的养成。陈东旭认为，一个人的学习和成长，首先要有兴趣，其次是要形成良好的习惯。有了学习的兴趣，有了良好的思维习惯、学习习惯、生活习惯、行为习惯，就一定会有好的学习成绩，也会有好的人生成长与发展。

在此基础上，"金太阳教育社区"全面融入和实施金太阳教育研究机构首创的"2+3"养成教育模式。

其创新之举的做法可归结为：打造孩子们"自主学习"的天地！

即以居民社区为单位，放学后，将孩子们聚集在一起，在经验丰富和责任心很强的社区教育老师们的专业而悉心指导下，共同探讨，共同学习，共同拓展知识，共同完成作业。

而这只是"金太阳教育社区"课外教育的基础内容。

在现代社会，能力比知识更重要。为了让孩子获得学习思维能力、探究实践能力、语言表达能力、沟通交流能力、文化欣赏能力、社会适应能力、配合协作能力等等,"金太阳教育社区"设计了一系列丰富多彩的游戏、互动、拓展、实验、竞赛、分享等,促进孩子们各方面能力的养成。例如,社区会定期让学生体验组织能力,让每个学生规划一次活动,让他当组织实施者,从头到尾由他实施,其他学生配合。还比如,让学生培养持家能力等。

此外,传统意义上的课外教育所缺失的,孩子们内心深处所渴盼的也是教育规律的重要内容,这就是"金太阳教育社区"课外教育所要弥补的。

比如,灌输式教育、应试式教育、封闭式学校、商业化社会,已经成为孩子们释放天性和快乐成长的"杀手"。孩子们没有可以捉迷藏的地方,没有可以"撒野"的空间,没有属于自己的天地。而在"金太阳教育社区",创造的是属于孩子们自己的自由天地和成长空间,让孩子们拥有在长大之后可以津津乐道的童年回忆。

又再如,孩子们需要朋友,尤其是大多数的家庭只有一个孩子,缺少朋友相伴对于孩子的成长非常不利。但是,家长们怕孩子交到坏的朋友,所以,"金太阳教育社区"努力打造成孩子们相互间互助友爱的"朋友圈"。社区为孩子配备了专业的心理教师,实行一对一专业精心的辅导,帮助学生解决心理上出现的各类问题。

家庭教育从来都是教育的重要组成部分之一。

长期以来,在家庭教育方面,中国家庭存在着诸多弊端,这已成为一个不争的事实。对此,就课外教育这一问题,甚至有教育专家这样疾呼——"中国最需要教育的不是孩子,而是父母!"

"父母是家庭教育中的主体。我们认为,当今在孩子教育这一问题上,不少中国家庭的父母所缺乏的绝不是知识,而是针对孩子的教育理念与方法。"基于自己曾经做教师的经历认识,又在综合大量的案例分析基础上,陈东旭深刻认识到这一点。

"父母好好学习，孩子天天向上。"为此，"金太阳教育社区"的整体教育方案中，又把家长纳入教育社区的教育体系，这样便形成了教育社区、家长、学生之间的三联互动与密切配合，以期使"养成教育"的理念真正得以实现。

　　"金太阳教育社区"通过手机短信、微信、视频等通知方式，每半个月通知家长前来上一堂课，定期在教育社区举办家长开放日，学会如何阶段性地辅助孩子成长的知识。同时，通过社区建立的大数据网络功能，让家长可以实时看到孩子在社区的全部动态过程，共同见证孩子们的成长。因为，社区每个房间都装了联网的摄像头。

　　如此，"金太阳教育社区"又体现出了家长得以充分融入的鲜明特色。

　　一种教育模式的推广实施，一定要建立在为实践所充分证明的基础上，决不能边推广实施边实验修正。陈东旭认为，这才是真正严谨的做法。为此，"金太阳教育社区"项目又展开了前期的试运行。

　　一年多的实践过程结果充分表明："金太阳教育社区"的校外教育成效十分显著。仅在学生课外作业完成这一点上，过去需要3个小时完成的作业，在"金太阳教育社区"只需一个小时就能完成。其他"养成教育"的各项目标，也得以整体展现与提升。

　　教育的重要意义和严谨性，怎样强调也不过分。对于任何一种教育理念、方法或是模式的创新，在初创和成型阶段，陈东旭总是显得那样如履薄冰，这其实是源于他内心深处对于教育神圣的深刻认知！

　　在全面总结、改进完善和提升中，"金太阳教育社区"的课外教育内容更为科学、完善充实，理念更加丰富，模式更趋成熟。

　　至此，"金太阳教育社区"项目的推广实施，已具备了水到渠成的条件。

　　2015年9月20日，"金太阳教育社区"项目落地暨青少年成长教育基地发展研讨会，在南昌市桑海经济技术开发区隆重举行。

　　受邀前来参加活动和研讨会的，有来自全国各地的政府领导、校外教育专家、养成教育专家、体验教育专家、营地教育专家和企业家100多人。这其中，几乎每一位教育专家，都是被"教育社区"这一新颖而独具内涵的课外教育模式而吸引来的。

在"金太阳教育社区"，莅临研讨会的教育专家们看到，"金太阳教育社区"场地布局合理科学、设施完备，有专门为孩子们配备的"作业室"、"图书室"、"智能化学习室"，有传统文化氛围非常浓厚的"修身学苑"，有孩子们开展游戏和活动的多功能综合大厅，还有孩子们策划社团活动的策划室等等。

教育社区的导师们，均来自一类本科院校的毕业生，还有来自国外的留学生和硕士。这些学有专长的导师，有擅长成长学专业的导师，有擅长各门功课辅导的学习导师，还有体育和艺术方面特长的导师。

而在"金太阳教育社区"的现场课堂观摩中，孩子们脸上洋溢着的天真烂漫笑容，陶醉于情景教育中完成的各项养成教育，还有完成学校布置各科作业过程中的认真神情，以及在饶有兴趣中聆听导师们的讲课……这一切，无不让教育专家们心中惊叹。

"'金太阳教育社区'极大地改变了传统模式的课外教育，这才是合乎教育规律，合乎孩子们教育成长规律的课外教育！"在深入调研"金太阳教育社区"的理念模式，尤其是现场观摩了"金太阳教育社区"的现场教学后，与会专家纷纷给予高度赞誉，称赞这是青少年校外教育的一个创举！

特别值得一提的是，在"金太阳教育社区"项目的启动仪式上，团中央中国青少年发展服务中心与金太阳教育签订了战略合作协议，将在教育社区发展、青少年成长教育基地建设、青少年校外教育、户外教育、营地教育、体验式教育以及家庭教育领域展开合作，共同推动青少年成长教育事业的发展。

与教育专家们这样一致的评价认定，团中央中国青少年发展服务中心的热情鼓励肯定，给了陈东旭满满的信心，也更加深信"金太阳教育社区"项目一定将赢得课外教育市场的极大青睐。

陈东旭的期待很快就得到了验证。

"金太阳教育社区"项目落户南昌市桑海经济技术开发区之后，日益受到社区居民的关注与热议。

在一年多时间里，桑海经济技术开发区"金太阳教育社区"招收的学生人数，也从最初的几个孩子快速增长到100多个。

在此过程中，"金太阳教育社区"课外教育的内容与内涵，也得到不断完善和提升。

在教育技术方法创新上，2016年，"金太阳教育社区"还启用全球首款课外教育及家庭教育智能化社会物联网系统机器人——Diibot。从孩子们第一天进入社区起，Diibot就会跟社区的孩子们进行有趣互动，同时记录孩子们的健康成长数据，家长们通过手机软件就可以接收孩子的身心健康情况信息，还可以实时掌握孩子放学之后何时到了教育社区，引导孩子养成日常良好的行为习惯，全自动评价孩子课后作业情况，自动生成孩子学习成长的记录报告。

一年中，接受了"金太阳教育社区"校外教育的孩子们，在他们身上有着怎样的变化？

让我们来看"金太阳教育社区"一位导师写下的这篇《快乐成长的孩子》：

金太阳教育社区，是孩子学习交流的好地方，是孩子成长提高的好地方，更是孩子凝聚智慧、走向成功的好地方。

鄢静的爸爸谈道："我的女儿原本在2015年上半年就想进金太阳教育社区，不过按照原来的规定，必须是小学三年级以上的学生才能进入教育社区，因此直到2015年10月中旬她才进入金太阳教育社区。她进入教育社区后，有了不少提高，有了成长，让我感到欣慰。"

鄢静，一个文静的女孩，性格与其名字比较吻合，显得比较腼腆。鄢静的爸爸说："刚开始的时候，每天放学，鄢静会先去我办公室，然后让我带她到教育社区。开始几天，每次我都答应她，送她到教育社区，然后再回办公室。后来，我逐渐缩短送她去教育社区的路程，她也逐渐适应了。最后，我告诉她，放学了，就直接去教育社区吧，她很高兴地答应了。我看得出，她很乐意去教育社区，教育社区有着她在别的地方感受不到的快乐。"

在金太阳教育社区，鄢静都在做什么呢？她的主要活动是两项：一是完成学校布置的作业；二是参与教育社区的活动课程。

什么地方最吸引她呢？教育社区的活动课程是最吸引她的。各种户外运动、晚间情商训练及养成教育特色体验活动等，都是孩子快乐学习成长的因素。

户外运动是学校体育教学和家庭体育运动的有益补充。学校体育教育开展过程中，学生人数多，体育器材少，每个学生实际锻炼的时间有限，老师指导的有效性大打折扣，没有收到预期效果。家庭体育运动开展较少，很多家长忙于工作，无法开展有效的持续的户外运动。而在教育社区，学生与老师交流的机会多，老师指导目标明确，有针对性，因此每个社区学员锻炼效果明显。

晚间的活动课程形式多样，有目标课、励志课、思维表达训练课、胆量训练、团结协作课等。这些课程设计形式多样，实际操作灵活，学员参与热情高，气氛活跃。

通过这些活动，鄢静有了较大变化。"学校作业以前总是要我们督促，现在能自觉完成。以前，办任何事情都犹豫不决，总想着让父母做决定，现在她自己也可以主动做出正确选择，做事情有更强的自信心。学习习惯和生活习惯有了较大改变，养成了自己定期整理物品的习惯，讲卫生，自愿承担家务。应该说，鄢静在教育社区收获较大。"鄢静的爸爸说道。

还记得鄢静刚到教育社区时的情景。

"欢迎鄢静小伙伴加入我们的大家庭，现在请她作一下自我介绍，她的爸爸在旁边一直注视着她，希望她能与我们交流、分享！"教育社区导师热烈欢迎着。

但当时鄢静一直红着脸站在原地，社区导师则不断鼓励鄢静勇敢地作自我介绍。就在这个时候，教育社区的全体伙伴们自发地鼓起掌来，甚至有小伙伴大声地叫着"加油，加油！"这时鄢静走到她爸爸的身边，拉着爸爸一起走上了舞台，自我介绍道："我在南昌市昌北二小就读，兴趣爱好是舞蹈，今年7周岁，二年级，是一个文静可爱的小女生。"

在当天活动课程开始前做热身运动时，社区导师发现鄢静的动作很到位、很优美，便让她在舞台前做示范，带领其他的小伙伴一起做。她很用心地带领大家，并且帮助其他的小伙伴纠正不规范动作，耐心地跟小伙伴分享动作要领和方法，大家都很受鼓舞，练习的氛围也越来越好。这种乐于助人的精神在鄢静身上体现，跟教育社区的养成教育是分不开的，让孩子从点滴中积累，让孩子从细节中改变。

在接下来的啦啦操活动中，鄢静和小伙伴们都开心地跟着导师、跟着音乐跳动起来。通过这样的课程活动，小伙伴们彼此间更加有默契，增进了友情。在这样的学习氛围中，会有越来越多的小伙伴发生改变。教育社区持续地关注、关心、关爱每一个孩子的成长、成人、成才。

鄢静在教育社区还有一个很大的改变，学会了培育和养护植物。自从教育社区开展"种下自己的梦想种子"课程之后，她很细心地培育自己种下的种子，且把种子培育出了芽，长得很是漂亮，她定期给植物浇水和清洁，当阳光充足的时候，还会把植物放到户外进行养护。她的这些行为习惯带动了伙伴，大家都陆续加入到培育植物的行列中来，社区的植物越来越多，也长得越来越好。大家在这种好的环境里学习和活动，每个人都在积极影响着周边的伙伴。

金太阳教育社区通过培养孩子的良好习惯，并让孩子把在社区里学习到的点点滴滴带到生活当中去，对孩子的成人、成才有着积极深远的影响。

…………

孩子们在课外教育上取得的显著成效就是"金太阳教育社区"最好的印证！

"金太阳教育社区"所引发的社会关注，尤其是在正式实施一年多过程中显现出的显著成效，充分证明了这一学生校外教育模式的成功。

与此同时，来自教育主管部门、学校和家长的综合反馈评价表明："金太阳教育社区"提出的衔接学校教育、创新社会教育、促进家庭教育的理念和致力于解决孩子放学之后，家长们最关心的孩子安全问题、最操心的孩子学习问题、最关注的孩子成长问题，让孩子开心、让老人舒心、让家长放心、让学校安心、让政府宽心的目标，以及"金太阳教育社区"所构建的"2+3"养成教育模式，是对教育的一项有益探索和具体实践！

在课外教育领域具有开创性意义的"金太阳教育社区"，正式运营仅仅一年多时间，也引发了省内外各大主流媒体的关注。《江西日报》《中国教育报》《光明日报》《中国青年报》及大江网、凤凰网等媒体记者，在深入采访后纷纷予以大篇幅报道。

如今，位于桑海经济技术开发区的"金太阳教育社区"，作为中国青少年成长教育基地，开始在全国进行推广。

按照陈东旭的规划，下一步，东投集团将由江西而至全国各地，逐步稳健推开"金太阳教育社区"。

作为教育产业的延伸项目之一，"金太阳教育社区"的课外教育产业项目，无疑又再度为江西金太阳教育产业板块拓展出了一方发展的新天地，为东投集团赢得了战略发展中未来新的增长点！

# 第三节　为圆梦而深度调整方向

时代巨轮驶入新千年的第二个十年。

这是一个产业与商业处于大变革的时代，全球产业革命风起云涌，人工智能、信息技术、互（物）联网与新能源等一系列新兴技术日新月异。

在这样的时代大潮涌动当中，一切过去的商业模式和众多传统产业正受到前所未有的冲击，以创新谋求转型升级和突破发展、顺应产业变革发展的时代大潮，正日益成为企业发展的"新常态"。

深情回望新千年已渐行渐远的第一个十年，陈东旭胸中充满万般感慨。

是啊，到2012年，在挥洒激情、全身心投入创业的奋进中，不经意间已走过了整整十六载春秋。

在这十六年难以忘怀的时光中，他率领"金太阳教育"同仁们一路砥砺前行，始终立足于教育产业这一领域，以一次次合乎教育规律的创新思维和果敢气魄决定，引领江西金太阳教育创造了一个又一个奇迹，终于发展壮大为在全国享有盛誉的教育品牌。

在十六年锐意而进的历程中，他以征战者的壮志雄心，始终立足教育产业、深度关注与稳健把握新兴产业领域的机遇，成功实施多元化经营发展，使得原来以教育单一产业的企业，壮大成为横跨教育、房地产和市政工程三大产业板块的集团企业。

进入2013年初，东投集团的房地产和市政工程两大产业板块，从产值增速而言，均已超越了教育产业板块，成为集团快速崛起的两大中流砥柱。

按理来说，陈东旭对于东投集团的发展战略应做相应调整——从思考的重点、时间精力的投入到谋划创新的思路，更多地向房地产和市政工程两大产业板块领域倾斜。

然而，陈东旭关注思考和投入时间精力的重点，却仍在教育这一板块！

"过去的 2012 年，我们的房地产和市政工程两大板块取得了骄人的业绩，为东投集团做大规模、做强实力奠定了坚实的基础。但教育板块，依然是我们东投集团坚定不移的核心产业！"

在关于 2013 年集团发展规划的整体思路中，陈东旭提出：这将是东投集团又一个以"创新"为重大突破的发展之年，期待取得突破的重点产业领域，依然是教育板块。

这样的战略思维方式和思路方向，似乎不合常理。

如果要找到合理的解释，那或许唯有从源自于企业家精神世界深处的人生情怀、事业目标和使命等视角，来寻找答案。

不得不承认，一位企业家自身鲜明而深厚的性格特征，或是对自己事业终极目标的不懈追求，总是会或明或隐地体现在他的企业决策战略思路与经营发展理念之中。

他们深知，为实现心中事业的目标与夙愿，需要蓄积实力，等待条件和时机成熟。一旦实力具备，时机和条件成熟，他们将以厚积薄发之势，为实现事业目标与夙愿而倾情倾力。

2013 年初，陈东旭关于东投集团战略发展重点的思考部署，真正的主因正在这里——从多方面审视和考量，他越来越认为，实现自己心底深处那个由来已久事业目标的条件和时机，业已具备和成熟。

他心底深处那由来已久的事业目标，就是创办学校！

再次回溯陈东旭的创业历程，可以发现，他心底对创办学校构想的萌发，始于 2010 年前后。

这是标志着陈东旭人生事业分水岭的一个重要时间节点。

进入房地产和市政工程两大产业在 2010 年取得的初步成功，集团公司的成立，让陈东旭对创立未来的宏大事业充满了憧憬。与此同时，他对于东投集团稳健快速打开发展的大格局也开始了深度思考。

而正是在这深度思考的过程中，一种充满真挚情感的感性之思，日渐在陈东旭胸中酝酿萌发。

"在人生事业进击、发展的过程中，其事业价值的目标就是航标灯！"

陈东旭对教育事业的深厚情结、对三尺讲坛的使命责任，对教育之于国家和社会的重大意义，就这样再度萦绕心底。

自从离开三尺讲坛，这么多年来，陈东旭心底的深厚教育情结，其实从未曾消退！

从青春年华而来，几乎在每一个人的心中，其实都是深藏着一种深厚的人生事业情结的。

这么多年来，每每感念当年离开三尺讲台的日子，回忆起自己曾在新余一中挥洒青春激情的时光，陈东旭心中依然会情不自禁地涌起万千思绪。

是的，在商业征战中，陈东旭是有着极强的理性与缜密思维，而在情感方面，他却又是一位质朴、感性和十分真挚的人。

尤其是曾作为人生志向的挥之不去的事业理想情结。

现在，随着企业规模与实力的长足发展，陈东旭在对东投集团教育产业未来壮大发展的谋划中，越来越强烈生发出了一个整体而宏大的目标——创办学校，做大教育产业！

"所有的教育产业，都是为学校教育服务的一个分支。"

在陈东旭的深度思考中，学校是承载教育理念、思想、方法及模式等的教育主平台，也是一位志在教育事业领域的教育工作者展现其教育才华、施展其人生事业的大舞台。

"金太阳教育从做教辅书籍起步，一步步朝着各类教育产业及教辅服务领域延伸，如今已逐步形成教育产业链。在这样的情况下，下一步，东投集团在教育产业发展方向上，完全可以整合多年以来各类教育产业和教辅服务的优势，集中于学校教育上，走创办名校的发展之路！"

于是，关于"金太阳名校"创立发展的构思规划，在东投集团向教育新蓝海纵深拓进的过程中，开始成为其中重要的内容。

也因为这一规划内容的融入，东投集团教育板块在教育领域的发展格局不断放大，逐渐突破教辅行业而向教育集团产业阔步转型升级。

从数字出版到基于信息技术下的教育服务新产品开拓，再到打开学生校外教育这一方新天地。这一系列创新举措已十分清晰地显现出，陈东旭在东投集团整体发展战略中，已全面部署推动金太阳教育的平稳转型和升级发展。

的确如此，在构建金太阳教育大格局、大突破的过程中，陈东旭的布局思路逐渐开阔而清晰——将金太阳教育从过去的图书品牌、教辅品牌，提升为教育品牌；同时将金太阳教育的行业性品牌，全面提升为社会性品牌。

对教育领域而言，创新突破赢得发展，广阔蓝海不可限量。

从教辅产品研发的纵深突破，教辅报刊品牌的培育，到数字出版、信息教育服务新产品的横向突破，再到学生校外教育的创新。金太阳教育的一次又一次纵横捭阖，已充分证明了这一点。

"教育也必须与时俱进，适应时代的发展，进行自身的变革。而当前我们正处于这样一个向新时代迈进的、伟大的教育变革时期。"陈东旭认为，随着互联网、信息化和智能化等新技术的不断创新和广泛应用，教育的理念、教育的内容、教育的方式、教育的手段，甚至学校的定位、学校的规模、学校的模式、学校的形态、师资的结构等，都将发生深刻的、颠覆性和前所未有的变化。在可以预见的未来，教育将快速进入信息化、智能化的时代。与此同时，信息化、智能化技术在教育领域的深度融合，智慧校园的建设，智能化课堂和图书馆的普及，将让所有学校和学生都能够通过视频，直接共享最好的老师讲课和最优质的教育资源，这将是推动均衡教育发展的根本途径。

立足于现实而又富有前瞻性的分析，陈东旭还认为，在未来 10 年至 15 年里，学校教育将告别传统的教育模式，以校园智能化、课堂智能化、教材智能化、教辅智能化、图书馆智能化、训练测试智能化、评价智能化为特征的新型学校和新型教育，必将成为现实。

…………

由此，关于东投集团教育产业拓开未来发展的"新蓝海"方向，陈东旭的视野更加开阔！

在谋划东投集团教育产业板块的转型升级发展中，那由来已久、一直深藏于内心深处的教育情结，就这样促使陈东旭在"金太阳新发展战略"的设计中，悄然完成了大方向的深度调整。

三个"新的金太阳"，将共同铸就东投集团教育产业板块的未来发展大格局，确立集团未来在教育产业领域的奋进目标。

"名校金太阳战略的提出，又是正逢江西金太阳教育厚积薄发的重大发展节点！"当陈东旭的名校金太阳战略正式提出后，人们这样为之折服——江西金太阳教育集近 20 年发展之资源优势和深厚功底，已完全具备了支撑"名校金太阳"战略实施的所有基础条件。

总是在对大思路、大格局中的缜密酝酿和分析中，让陈东旭准确寻找到先人一步的创新突破口，这一次同样如此。

新型学校和新型教育——这就是陈东旭对江西金太阳教育再次实现发展大突破的新方向！

"我们将首先以金太阳实验学校的方式，探索出金太阳名校的教育特色、教学模式和教育范例。"按照陈东旭的构想，在成功打造出金太阳名校的样板后，将逐步在全国各地复制，最终形成金太阳名校走向全国的发展格局。

这是陈东旭为人生事业圆梦，而进行的教育产业方向深度调整！

这也是陈东旭对自己人生事业价值目标再次提升，而进行的事业发展方向大手笔调整！

2013 年，打造三个"新的金太阳"的战略构想正式，这即是："数字金太阳""文化金太阳"与"名校金太阳"。

追梦者的脚步永远不会停止，时光将见证陈东旭成就人生事业的荣光梦想！


## 第四节 "名校金太阳"战略启航

那在接下来的战略实施过程中，就是如何充分运用金太阳的资源优势，去全力探索和推动打造金太阳名校的样板了。

而这，对于已历经多年大项目成功运作经验的陈东旭而言，创新突破并非难事。

他的经验路径，是先从理论层面上形成"名校金太阳"战略相对完整的体系，从而构建战略实施的运行模式。

在酝酿探索中，关于金太阳名校建设与发展的五种基本模式逐渐形成：

一是合作办学模式；

二是公办民助模式；

三是独资民办模式；

四是垫资建校模式；

五是咨询服务模式。

贯穿于这五种名校建设与发展模式中的，是打造名校的基本路径——引进先进教育理念；教学机制创新与文化建设；践行教育家办学；组建优秀骨干教师队伍；构建课程体系与高校课堂；教学设备与条件配套。

同时，成立金太阳名校研究院，以其不断推陈出新、与时俱进的研究成果，作为金太阳名校独具特色核心竞争力的有力支撑：

名校研究——研究和探寻国内外名校理念与经验；

模式创新——创新名校建设路径和名校发展模式；

设计方案——针对个性化需要设计制定名校方案；

名校指导——为名校建设与发展提供指导、咨询；

名校服务——针对学校需求提供全面或个性服务；

名校培训——提供师资、管理、校园文化等培训；

名校资源——为名校建设提供优质教育资源链接；

至此，陈东旭完成了对金太阳名校战略的整体推进实施的理论方案。

企业的任何一个项目、战略构想，都以得到市场需求和响应为实现前提。名校金太阳战略将如何？

"从各级地方政府解决当前和未来教育发展视角而言，名校金太阳战略，可谓与政府热切所期望的完全吻合。"

在得知东投集团将择时择地实施"金太阳名校战略"这一情况后，尤其是深入了解到陈东旭是深怀着对实现人生事业价值的崇高情怀而实施的这一战略，江西桑海经济技术开发区管委会随即向东投集团伸出了"橄榄枝"。

多年以来，江西桑海经济技术开发区管委会，一直为辖区基础教育发展的滞缓而深感困扰。

1959 年，那是一段激情燃烧的岁月。一队垦殖拓荒大军，汇集到位于南昌市以北、距南昌市区约三十公里的一处荒山——新祺周。他们在这里驻足、扎根，开辟出了江西省国营蚕桑综合垦殖场。

与此同时，一所为垦殖场职工子弟读书而建的学校——"新祺周中学"也在这里诞生了。

新祺周中学，就是桑海中学的前身。

在那个企业办社会的时代，学校的发展取决于企业的兴衰。所以，新祺周中学也有过一段辉煌的历史，学校以隶属于国有大企业而荣，孩子们也以就读于企业子弟学校而感到骄傲。

然而，岁月如梭，沧海桑田，历史变迁，随着垦殖企业的衰落，随着企业办社会的终结，新祺周中学也转交到了当地地方政府的手中。

2004 年，直属南昌市政府管辖的省级重点经济技术开发区——桑海经济技术开发区正式成立，新祺周中学正式改名为桑海中学，隶属于桑海经济技术开发区管委会。

之后，在较长一段时期内，教育经费的短缺、师资力量的不足和老化，使桑海中学跌入了低谷。尤其是高中，每个年级只剩下了一个班级和十几个被"托管"的学生。

"改革开放这么多年，桑海的经济建设有了很大的发展，人们的生活条件改善了，但是我们却连一个像样的高中都没有，孩子们只能去外地上学。国家发展，教育是根本。教育是国策，是大计，所以办不好学校我们深感失职，深感对不起桑海的百姓！"

"教育就是民生。没有一所好的高中，导致很多家庭分成两半，一半在外地陪读，一半在桑海谋生或者发展。这种情况，让人看着心酸、心痛、心焦！所以，在我们手上，必须千方百计地把学校办好，把教育质量搞上去！"

…………

面对桑海中学这样的现状，桑海经济技术开发区管委会有关负责人提出了要以桑海中学为突破口，在一定时期内彻底改变当地教育落后的规划。

2013 年，桑海经济技术开发区投资 6000 万元，一所崭新的"桑海中学"建起来了！

为了这所新的学校，桑海人民盼了十年！

为了这所新的学校，桑海经开区管委会的领导下了最大的决心，从原本就高度紧张的财政中拿出了专门的经费！

但是，一大堆难题却又难住了管委会的领导：新学校是建起来了，然而，新学校的桌椅板凳和所必需的教学设施从哪里来？空空荡荡的楼上，连窗帘都没有，更不用说要安装空调了。粗略一算，这些设备和搬迁费至少需要 300 万元。但是，为了学校的建设，开发区管委会已经背负了近 5000 万的债务，实在是再也拿不出钱来搬迁学校和配置设备了。

在焦虑深思中，时任桑海经济技术开发区管委会的一位负责人想出了一个办法，寻求"联姻"和合作办学，借助于名校的力量或企业的实力来托起新的学校。

然而，桑海经济技术开发区管委会一次次找名校恳谈，但一次次的尝试都失败了。

…………

就是在这样的情况下，东投集团教育产业板块的"名校金太阳战略"一经推出，随即引起了桑海经济技术开发区管委会的高度重视。

随后，密集的调研和深入的商榷，在东投集团与桑海经济技术开发区管委会之间展开。

在此过程中，桑海经济技术开发区管委会越来越强烈意识到：借助于"金太阳名校战略"的实施，正是桑海中学所要寻找的最理想方向！

而在陈东旭和东投集团高管层的视野里，也深入看到，与江西桑海经济技术开发管委会对破解当地教育发展问题一样，全国许多各级地方政府也面临着对当地教育发展的困扰，归纳起来主要是以下几个方面：

"民生之重，教育当为其中之重中之重。"办让人民满意的教育，历来被各级地方党委、政府视为头等重要的民生工程之列。

然而，自新世纪伊始以来，随着城镇化与城市的快速发展，全国众多地方的基础教育发展面临着巨大压力和严峻挑战。

巨大压力具体表现为：学校数量不够，现有学校的"大班化"现象越来越严重，教育承载力仍然显得薄弱。尤其是优质教育资源显得日趋紧缺，在很多城市，很多家长为孩子能上一所好学校、接受好的教育，想尽一切办法、费尽百般周折，却依然无法如愿。

站在地方政府角度，新学校的建设需要新增不小的财政投资，优质教育资源的形成更是需要多方的努力。同时，在新一轮城镇化发展进程中，名校建设工程，是拉动新城区建设与发展的"核动力"，新城区教育资源短缺，需要推动教育均衡发展。优质教育资源共享，是新城区发展的第一配套需要。

正是基于这样的背景，决定了"金太阳名校战略"与时代发展中的教育新需求高度契合。

而欣闻桑海经济技术开发区管委会与东投集团之间在探讨和推进教育战略合作，来自教育界、政府部门的声音，传递出了对"金太阳名校战略"的高度认同。

…………

2013 年 11 月，东投集团与南昌市桑海经济技术开发区签订联合办学协议。

按照协议内容，桑海中学的学校公办性质不变，在保留"桑海中学"名称的同时，挂名"金太阳实验学校"。学校的办学理念模式的确立、教学组织实施及师资力量组建等，由东投集团旗下的江西金太阳教育全权负责。

与此同时，东投集团还与南昌市桑海经济技术开发区签订捐资助学协议。根据协议，东投集团将向桑海中学（金太阳实验学校）提供 300 万元的新校搬迁物资，并在今后的 6 年时间内，陆续向桑海中学（金太阳实验学校）提供 2000 万元资金，助力桑海中学的建设与发展。

桑海中学与"金太阳名校"战略联姻，创立的这一合作模式，即是教育发展的"公办民助"模式。

义务教育阶段的"公办民助"学校，是改革开放进程中教育改革顺应时代发展变化，在办学模式上的探索创新之举。

1990 年代初，由于优质教育资源短缺，一些大城市出现重点学校供不应求、上学要走后门的现象。与此同时，教育投入严重不足，无力满足扩大优质教育资源和改善薄弱学校的需求。

在这一背景下，这些大城市出台政策，允许一些公办中小学进行"办学体制改革"的尝试，即通过"国有民办""公办民助""民办公助"等形式，吸纳社会资源，以弥补办学经费的不足，扩大优质教育资源。

义务教育阶段的"公办民助"学校，具有一定的实验性、探索性，直到本世纪的第一个十年期间，仍只限于少数学校。

但经过近20年的探索实践证明，由于既可以显著减轻当地政府财政在教育领域的支出，又可以快速地扩大优质教育资源，满足家长对优质教育的需求，所以一些地方政府和学校，特别是那些社会声望好、在吸收社会资源方面有优势的重点学校，对发展"公办民助"学校具有一定的积极性。

站在这一视野高度，桑海中学与"金太阳名校"战略联姻、实施"公办民助"发展模式，可谓顺势而为正当时！

这是创业历程中，陈东旭本人和东投集团值得铭记的又一个重要时间节点。

这一时间节点，标志着东投集团教育产业板块中确立的"名校金太阳"战略，迈出了正式实施的步伐！

2014年，在江西桑海经济技术开发管委会的大力支持下，桑海中学高一年级首次招到四个班共160位学生。

陈东旭的目标是，要将桑海中学打造成江西省一流的名校，实现学校成名、教师成长、学生成才、教育成功。

"我们必须找到一名真正的好校长，一名充满教育情怀、具有凝聚力带领大家继续向前走的校长，一名能够把桑海中学从低谷中带出来的校长。"陈东旭认为，一名深深理解"金太阳名校"全部战略内涵、具有丰富教学管理实践经验的校长，是确保成功实施"名校金太阳"一系列理论从而打造出名校样板的关键所在。

正是在这样一个迫切需要的时刻，一名后来被桑海中学的老师们称之为"香姐"的人——来自千里之外甘肃的女校长"谢莉香",走进了桑海，并与桑海中学结缘。

谢莉香女士，是原甘肃省白银市第十中学的校长，也是全国知名的优秀校长。2014年的1月，到江西省临川一中参加活动的她，来到位于南昌的金太阳教育参观考察，结果一个对教育充满热爱和情怀的人，遇到了一群具有同样教育情怀和追求梦想的人，于是在互相感染中一拍即合，就这样，谢莉香义无反顾地留下了，成了桑海中学的校长。

深融事业情怀的创"金太阳名校"之路，由此而起步。

桑海中学确立了"文化铸魂、责任引领、质量立校、师资优校、教改活校、德育兴校、管理强校、特色亮校、环境雅校"的办学策略，响亮地提出了"桑海中学我的选择，学校发展我的责任，学生成长我的追求，特色名校我的梦想"共同口号，并使之成为全校教职工笃行的工作态度，更成为全校上下对社会、对教育的庄严承诺。

学校领导班子以身作则、率先垂范、精诚团结、务实求进，无私奉献，其结果是，各职能部门各尽职责，广大干部、教职工铭记责任、忘我工作，学校领导班子经常加班加点到深夜一两点，从不讲报酬，影响和带动中层干部和广大教师，树立打造名校主人翁意识，走进校园，从早上五六点到晚上十一二点，都会发现无论是办公楼还是教学楼总是有干部和老师忙碌的身影。

教育信息化成为课堂教学改革的特色点和加速器；专家讲学、专家示范课、优秀教师示范课、电子白板示范课带动了课改的热潮；教师全员赛课、优秀教师示范课和新课堂教学大赛等陆续展开。老师的精神面貌发生巨大变化，一批名师脱颖而出。

——着力于"走出去、请进来"，通过封闭式、体验式的培训，提升桑海中学老师的师德水平和专业技能。

以德育教育为抓手，打造特色教育和育人教育。培养"孝心、爱心、恒心、信心、用心、感恩心、责任心和诚信"的"七心一信"与"良好的思维习惯、良好的学习习惯、良好的行为习惯、良好的生活习惯"的"四习惯"，让孩子们成为人格健全、身心健康、爱好丰富、个性鲜明，求真崇敬的好孩子、好学生、好公民。

——各年级各班划分校园、教学楼、厕所卫生包干区由学生成立督导组，检查评比，培养良好的卫生习惯和劳动习惯；

——注重培养学生素质教育，组织开展学生礼仪班、国旗班、合唱团、文学社等各种社团活动，让学生在各类社团活动培育良好的品德和行为习惯；

——实行有效、高效管理时间，增加高中年级晨跑、晨读作息时间，严格执行中午午休制度和晚上就寝制度，锻炼了学生的健康体魄，保证了学生充足的 8 小时睡眠休息，极大地提高了学生的学习精力，优化了学习的效率；

——以"全程导护、悉心呵护"为核心的导护制，对孩子进行全员、全过程、全方位和精心、精细、精致引导保护，以校领导为总导护，各部门、年级组长为成员，对学校教育教学各个环节进行督导检查，及时反馈修正。

特色办学为学生全面发展做强有力支撑。学校开设了学美术特长班、体育特长班，为有志于艺术、体育等方面发展孩子们提供了学习和展示的平台。与中国教育学会培训中心和清华、北大美术学院合作，美术班聘请了有着丰富专业教学经验，并在京任教七至八年的华中师大美术专业硕士任教，中央美院专来教授每学期定期来校指导培训；体育特长班，聘请了在全国体育比赛中多次获奖的优秀教师任教，这些都将为打造名校提供了优质教育资源保障。

2014 年 8 月，金太阳名校研究院对桑海中学的全体老师进行了为期10 天的职业素养和职业技能培训，点燃了广大老师的激情，提升了老师们的素养和技能。

2015 年 4 月，学校组织中层干部和全体班主任，前往衡水中学考察学习，借鉴全国名校的先进教学与管理经验，老师们在感受到强烈的震撼的同时，决心"学衡中、见行动"。

…………

桑海还是那个桑海，但在日历一页页翻过的时光中，桑海中学已经不再是那个桑海中学。

夕阳下的桑海，是别样的美丽；夕阳下的桑海中学，是那样的安详和宁静，只有隐约的读书声，从教室的窗户里传出，那是最动听的声音，那是最动人的画面……

这所昔日在整个南昌市"垫底"的学校，从校名并列而立"金太阳实验学校"的那一天起，每一天都发生着欣然之变！

…………

# 第九章
# 融合创新永续辉煌

从成功跨界进入房地产、市政工程而走向产业多元化发展，同时又由教辅行业向教育产业横向拓进，在 2009 年到 2014 年的发展过程中，东投集团走过多元化发展的第一个五年探索期。

这是东投集团企业规模和实力迅速扩大增强的五年，并且形成了金太阳教育和东投地产、东投市政三大支柱性产业。

然而，2014 年前后，无论是教育行业、出版发行行业，还是地产行业，都在经历着或正开始经历着前所未有的新变化。市政工程领域也同样如此。在地产行业，开始告别过去低层次爆发式发展的阶段，进入到全面整合、升级发展的新时期；教育行业迎来了以信息化教育、个性化教育为主旋律的第三次改革浪潮，这也催生了教育理念的转变、教育方式的转变。

从地产行业到教育行业再到市政工程行业，无论是曾经辉煌的企业还是正在创业的企业，必须站在新的起点上审时度势，把握住转型升级的时代脉搏。

不谋全局者，不足以谋一域；不谋万世者，不足以谋一时。

顺势而为，实施从产业发展方向到寻求差异化突破的全面转型升级战略，以推动东投集团的升级和突破。面对产业发展大环境变化的趋势，根据企业自身发展的特点，陈东旭再一次对东投集团发展战略做出了新的调整和部署。

这一次战略调整和部署的方向，东投集团在产业发展方向上，立足教育和地产两大支柱产业板块的基础，兼容市政工程产业，探索融合创新下的相互驱动，从而赢得教育与地产两大支柱产业的全面转型升级。

与此同时，在创新融合战略实施的过程中，东投集团立足于构建强有力的集团化管控能力，对集团的组织结构进行了调整和重新构建，组建了战略运营中心、投资管理中心、财务管理中心、人力行政中心四大运营管理机构，使集团的中枢职能得到强化。

融合创新，充分整合凸显了东投集团产业板块优势，更为集团在教育地产、市政地产和教育产业领域实现跨越式发展注入了强劲的动力。

谋定大势，放大格局，融合创新，又一次让东投集团的发展跃上了更高的起点，为开创百年企业的荣光梦想奠定了坚实的基础！

## 第一节　重定跨越突破新方向

回望陈东旭从辞职创业以来的整个历程，可十分清晰地发现，以每五年为一个时间阶段，构成了他事业一次次腾飞崛起的重要时间节点。

从 2010 年到 2014 年，对于陈东旭的创业历程而言，这是具有重大转折意义的又一个五年。

这五年中，从成功跨界进入房地产、市政工程从而确立产业多元化发展战略，到成立集团公司，同时又由教辅行业企业向教育产业企业纵横拓进，不断开辟教育产业发展的"新蓝海"，东投集团以大气磅礴之势实现了惊人的强劲崛起。

这一个五年时间节点，为正处于初创发轫时期的东投集团，矗立起了发展历程中的第一座里程碑。

从 2010 年到 2014 年，东投集团创造的一轮又一轮发展辉煌，让企业规模实力已跻身江西乃至全国大型民营企业阵营。

让我们来看东投集团在 2014 年取得的辉煌发展业绩：

这一年里，东投集团教育产业板块捷报连连，在风云变幻的行业大市场中留下了一串串铿锵行进的足迹。

在数字出版、教育信息化服务领域，金太阳教育全面发力，开创了东投集团教育信息化的元年，"好教育平台"上线运营仅半年多，使用的学校客户就达到了 3000 多所。在传统出版发行领域，面对行业的激烈竞争、新业态的强大冲击形势，金太阳教育直营事业部，实现连续五年圆满完成集团下达的每年年度目标。最为可喜的是，《金太阳导学案》和《中学生导报》以及杂志产品，在逆境中实现了销量和利润两项同时较大幅度的增长，使得金太阳教育持续保持在全国民营书业领域的领先地位。

尤其是"金太阳教育社区"和"名校金太阳"两大战略项目的成功创立与启航，一项首创"3+2"模式、开创中国教育社区先河，一项全面开启了创办名校之路。2014年10月18日，东投集团与湖北省阳新县政府正式签订战略协议，双方从2016年起携手，创新政府与企业合作办学，打造名校，促进阳新县教育事业发展的新模式、新典范和大格局。这标志着"名校金太阳"在桑海中学落地实施后，迈出了布局全国战略的重大一步！

教育产业板块这样强劲持续的发展态势，再一次证明了金太阳教育的强大底蕴和力量。

这一年里，面对房地产供需发生变化，格局调整，市场徘徊低迷的情势，东投集团地产板块依然实现了销售量的稳步增长。之所以赢得逆势而进，最为主要的就在于东投地产的住宅品质。

由此，"东投地产"的品牌知名度与美誉度也更加熠熠生辉。而这，可谓是东投集团房地产板块在2014年赢得的最重要的成功。

特别令房地产业界广为注目、引发热议的是，2014年10月，东投集团与湖北省阳新县政府达成并签订战略协议，由东投集团房地产投资建设阳新县"教育城"大型地产项目。在全国房地产市场徘徊不定的情况下，东投地产以如此胆略进军地产大型项目，确实令房地产业界中的不少同仁为之振奋，同时也不免为东投地产暗中捏了把汗。

这一年，东投市政通过与南昌市四大投融资平台之一的"南昌水投"形成战略合作，实现了山东省聊城经济技术开发项目全面启动和湖北阳新教育城项目的成功落地。

这两大项目的成功启动和落地，标志着东投市政走出了一条与国有大型集团公司携手合作、共赢发展的创新道路。

这一年，东投集团的整体资产得到了大幅度的突破——增长了近十亿元的总资产。东投集团总产值，正朝向五年前既定的实现百亿产值这一大目标迈进！

至此，东投集团教育、地产和市政三大产业板块鼎足而立，企业规模实力与五年前相比已不可同日而语。

…………

然而，当2014年的日历翻过最后一页，再凝望这一年东投集团由三大产业板块而至集团整体发展路径与方向，人们惊讶地发现，表面看似板块清晰、各自激情而进的东投集团三大产业，正逐渐在相互之间悄然进行着一系列重大调整部署。

这一系列重大的调整部署，即是在创新的基础上，探索教育、地产和市政三大产业逐渐相互融合！

让时间再回到2014年的岁末年初。

在2014年元旦之日，陈东旭以《新时代，孕育大突破！》为题，发表了公司新年献词。在这篇献词中，陈东旭对东投集团新一年的发展展望充满了自信豪情，但同时也把"大突破"作为公司新一年发展中的关键词：

2014，我们进入了一个新时代。我们东投集团形成了新的产业格局：金太阳继续领跑基础教育研究；东投地产和市政形成了由小项目向大项目拓展，由小合作向大合作拓展，由小投资向大投资拓展，由江西省域向河南、山东、湖北全国大市场拓展，由商住地产向教育地产拓展的新局面。

2014，将是孕育大突破的一年。去年的今天，我们开启了"东投梦"，寻找到了"梦想的力量"。新的一年，我们的目标是继续梦想，实现突破，不负明天。

没有人不想躺在昨天的辉煌中停下脚步自我陶醉，没有人愿意去不停地挑战，寻求改变和重新构建，更没有人不留恋过去所赖以成功的现成经验。但是，2014 我们必须以"大突破"作为我们的关键词，因为新时代倒逼我们去升级和改变，因为新发展、新希望、新梦想让我们必须放下一切对于过去的局限性思维和旧习惯。

…………

对于创新与突破，陈东旭和公司同仁们从来都不曾停止过努力，而且成果已十分丰硕，尤其是从 2010 年以来在教育产业领域创新探索形成的"三个金太阳"战略，极大拓宽了东投集团教育产业发展的新空间。

但陈东旭从来没有这样以时不我待的紧迫感，强调必须实施大突破！

那么，陈东旭作出"必须实施大突破"的依据是什么呢？

"因为新时代倒逼我们去升级和改变。"这就是陈东旭的依据。

变革的酝酿思考，总是因形势之变的趋势而起：

2013 年下半年，全国房地产行业在深度转型中渐成的发展新趋势、新格局，已越来越显现出清晰的轮廓。

这种新趋势与新格局已让陈东旭深刻意识到，中国地产的粗放式经营时代已经结束，有地就可以赚钱、有房就不愁卖的时代已经成为过去，现在已经进入了精准定位、市场细分的新时期。走在前列的地产企业，已经完成了资本积累、资源积累，形成了自己的商业模式和在某个领域中的领先。

房地产行业会不会由此而走向大趋势拐点，从而走向下降通道，谁也无法给出准确的判断。

但陈东旭却深信，在国家经济结构转型升级的大背景下，作为国民经济重要产业之一的房地产行业也必将迎来转型的历史机遇，这一点不容置疑。

再看教育领域。

从 2013 年初开始，教育部就在酝酿"关于深化考试招生制度改革的实施意见"。新高考方案，将以有效消除高中学校片面追求升学率的弊端为出发点，破解"唯分数论""一考定终身"等问题，发挥高考"指挥棒"的正确导向，增加学生的选择机会，减轻学生的应试压力，全面推进素质教育，促使高校科学选才。高中将不再分文理科，高考总成绩改由两部分组成。

2013年下半年和年底，教育部就新高考方案制定的有关情况向社会公布阐述并征求意见。这让人们感到新高考方案的制定实施正渐行渐近，对学校人才培养、课程体系、评价方式等转变正形成倒逼态势。

新教育和新高考实施后，对教辅领域产生深刻影响，这必将给东投集团的教育产业带来巨大挑战。

对市政工程领域深切关注，让陈东旭清晰地看到，在国家发改委、住建部大力推动深化中小城市和市政领域相关行业"PPP模式"创新的趋势之下，全国各地的市政工程操作运营模式正在发生着深刻变化。

…………

事实上，陈东旭视野中的产业与商业变革，从理念到模式，广泛而深刻。

"马云用一个电子商务平台上的淘宝，在2013年11月11日一天就创造了350亿元的成交额。一个小米，没有工厂，没有广告，却击败了几乎所有底蕴深厚的传统手机制造商。2013年上半年，在还来得不及意识到新闻出版领域的革命性变化会迅速到来的时候，微信等新的传报方式就以迅雷不及掩耳之势得以广泛普及，使'自媒体'成为人人的体验和生活的现实……"

这一切，在陈东旭心中产生着巨大的震撼，更引发了他深刻而宏远的思考：

"这是一个'大裂变'的时代。一切过去的常规，都受到裂变式的冲击，'变'成为'新常态'。"

"大到世界格局，国内形势，中到产业结构、社会变化，小到技术应用和模式创新，一切都告诉我们，'大裂变'的时代已经到来。在这个'大裂变'的时代，一切过去的经验、常规和传统，都变得非常脆弱，有可能被打破；在这个'大裂变'的时代，一切预料之外的不可能，都可能发生；在这个'大裂变'的时代，不变就意味着随时出局和被淘汰，变才是'新常态'。"

"无论是地产行业还是教育行业，无论是曾经辉煌的企业还是正在创业的企业，必须站在新的起点上审时度势，把握住转型升级的时代脉搏，适应这一时代性的变化，做出积极、稳妥、正确的应对。"

"教育、地产和市政工程等我们所处的各个产业，实施深度变革以谋求下一个五年取得跨越式发展，那重定突破崛起的新方向就已势在必行！"

…………

重定东投集团发展突破崛起的新方向，整个 2014 年，陈东旭最为重要和核心的企业格局之思都聚焦于此：

——要在理念上有所突破。立足于人均 6100 美元 GDP 水平上，全新认识和深刻理解新的社会需求、新的生活方式、新的社会形态和新的社会改变；立足于互联网、电子商务、手机购物带来的商业模式、运营模式的革命，来思考新时代对于我们传统模式、现有模式构成的强烈冲击和严峻影响。所以，我们必须在理念上有所突破。

——要在战略上有所突破。无论是整个集团，还是金太阳教育、地产、市政、金融，战略突破已经成为重大选择。集团的框架已经形成，但是运筹系统、运营系统、管控系统等，还缺乏有效的战略构建；金太阳教育已全国领先，但图书面临困难与挑战，试卷增长已有瓶颈性局限，《当代中学生报》增长开始放缓，数字出版和网络教育面临困惑与风险，只有战略上的突破才会形成大局面；东投地产和市政，大格局已经初显，但是方向性定位、运营模式构建，依然处在粗放经营、"摸着石头过河"的阶段，只有在战略上加以明晰才有可能健康发展，才能形成大产业的新篇。

——要在创新上有所突破。产品创新，刻不容缓，坚持差异化和客户需求是关键；管理创新，突破理念，坚持效率原则并赋予信息时代的新特点；模式创新，需要勇敢，坚持以客户价值为核心，但是运作模式需改变；业态创新，谋划新篇，坚持新业态、新理念、新团队、新模式才是突破点；运营创新，提上高端，顶层设计、统筹资源、构建体系、控制风险，形成集团化运营发展的新起点。

从理念、战略以及创新三大层面，分别突破的递进与关联思考，最终在2014年渐渐形成了东投集团整体发展大突破的系统思考。

同时，东投集团立足当前已形成的格局基础，未雨绸缪，面向下一个五年实现跨越式大发展的大方向，也就这样清晰确立。

与以往对于各个产业通过创新实现突破的思考不同，陈东旭在这一次关于东投集团实施整体发展大突破的思考中，不但是整体而系统的，更为重要的是，在他整体而系统的思考中，渐渐开始形成产业之间的内在融合创新。

陈东旭对于内在融合创新的思考，其思路焦点是这样的：

东投集团最大的品牌影响力是什么？当然是金太阳教育！东投最大的资源优势是什么？当然还是专业化的教育资源！东投集团最具有不可复制的核心优势是什么？当然是教育研究和名校建设。

那么，在纵向已打开教育产业发展"新蓝海"的格局下，横向思路下，又怎样再拓新空间？

"名校金太阳"战略，核心解决的是与政府的合作关系问题，通过"公办民助"模式协助政府打造名校，发展教育，构建起与政府的合作关系，并获得地产的商机、资源和政策性优势。"社区教育地产"战略，则是解决目标客户最关注的问题，通过地产之外的社区性增值价值，来最大限度地吸引潜在客户。

党的十八届三中全会之后，国家对于教育的推动力度空前加大，尤其是开放了民间资本和社会力量进入教育领域，倡导政府、企业、社会合作的"PPP模式"建校办学模式——即"公办民助"办学模式。

这为我们推进"名校金太阳"战略，带来了新的发展机遇。

将金太阳教育优势与东投地产的优势相结合，用地产回馈教育、用教育推动地产——借助于金太阳教育的品牌影响，借助于金太阳教育的专业优势，走教育地产的发展道路。

教育地产，这正是在全国房地产行业于深度转型中渐成发展新格局趋势下，东投地产实施差异化发展的新路径。同时，教育地产也是地产领域近年来的一个爆发式增长的新亮点。瞄准教育地产，就定准了下一步东投地产实现跨越式发展的关键方向。

而东投市政工程，围绕教育地产项目同时广开"PPP模式"的探索，必将有力支撑和推进东投地产的发展，又实现自身的快速发展。

如此，在创新融合之下，东投集团将实现三大产业的强强携手、互促共进，同时，又催生出教育地产这一可迅速做大公司规模体量的新项目。如果能实现这一突破发展的预期目标，那可谓实现了东投集团最大品牌资源优质与最大体量规模产业的创新融合。

这一融合创新，即是教育、地产和市政三大产业板块在创新的基础上，融合构筑形成东投集团新的核心竞争力。

而这一核心竞争力，正是东投集团即将在下一个五年，实现跨越式大发展的新突破方向。

···········

不谋全局者，不足以谋一域；不谋万世者，不足以谋一时。

顺势而为，实施从产业发展方向到寻求差异化突破的全面转型升级战略，以推动东投集团的升级和突破。面对产业发展大环境变化的趋势，根据企业自身发展的特点，陈东旭再一次对东投集团发展战略做出了新的调整和部署。

这一次战略调整和部署的方向，东投集团在产业发展方向上，立足教育和地产两大支柱产业板块的基础，兼容市政工程产业，探索融合创新下的相互驱动，从而赢得教育与地产两大支柱产业的全面转型升级。

由此，2014 年不仅是东投集团取得又一个发展辉煌的年度，也是再度酝酿思考与探索实践重大变革的一个具有分水岭意义的年份！

## 第二节　从容迎接"大"时代

陈东旭对于企业发展的思维路径就是这样，从宏大格局着眼，从具体局部和举措入手。如此的战略思维，有视野、有高度同时又有极强的可操作性。

但在完成每一个整体的宏大构思布局之前，陈东旭又从来都是稳健地先付诸小范围的探索实践，再作进一步改进、补充、调整和完善，最后才确立整体推进的战略模式。

要驾驭推进创新融合方向下的集团新战略，那就必须要构建起集团面向未来的组织构架。

为此，从 2014 年上半年开始，东投集团立足于构建强有力的集团化管控能力，逐步对集团总部的组织结构进行调整和重新构建。总部架构重新调整和构建后的东投集团，组建了战略运营中心、投资管理中心、财务管理中心、人力行政中心四大运营管理机构，集团的中枢职能得以极大强化与提升。

2014 年 8 月 30 日，东投集团召开教育地产务虚会，陈东旭首次提出打造"教育社区"的全新理念。

接下来的下半年，东投集团以与湖北阳新县政府洽谈投资开发该县新城区建设为重大契机，正式推动"教育地产"项目规划。

在相互之间多轮深度了解、考察调研与沟通交流中，阳新县政府对东投集团融合创新、厚积薄发的教育地产高度赞赏，对于通过引入东投集团教育地产项目从而全面带动推进阳新高品位新城区的开发建设，充满了热切期盼和坚定信心。

2014年10月18日，东投集团与湖北省阳新县政府达成并签订战略协议，由东投集团房地产投资建设阳新县"教育城"大型地产项目。

十天之后，东投集团组建教育社区事业部，这标志着东投地产"名校学区房＋教育社区"教育地产模式的正式开创。

同年12月，"名校学区房＋教育社区"教育地产模式开始在桑海"东投·阳光城"启动实施，打造东投地产教育社区和教育地产的样板示范工程。

同时，教育各产业链之间的调整、融合与创新，也已展开。

金太阳数字出版、信息技术服务研发，教育社区的创立以及"名校金太阳"战略从理论形成到战略实施，相继启动和稳步推进。

2014年9月，作为中央部署全面深化改革的重大举措之一，《关于深化考试招生制度改革的实施意见》颁布，这也是恢复高考以来最为全面和系统的一次考试招生制度改革。

对此，《金太阳导学案》由1.0版向2.0版升级，由过去配套自主学习、合作学习、探究学习，向特色化办学模式下的思维方式衔接、学习方式衔接、个性化学习衔接。其次，试卷类产品，按照新的评价标准和评价体系进行创新和构建。

…………

从理念上、战略上及创新上三大层面实施整体突破的探索，在2014年近一年的实践调整、补充和完善中，终于在喜迎新年的前夕总结形成了相对完整地战略模式。

2015年初，陈东旭和东投集团高管层，共同确立了集团创新融合整体推进实施的战略模式。

从东投集团的地产领域而言，这一战略模式，即教育地产发展战略和教育地产的"三轮驱动"模式。

教育地产发展战略：借助于集团在教育领域的能力、品牌和资源优势，大力发展教育地产——"名校学区房+教育社区"地产。

教育地产"三轮驱动"模式：即在教育地产的投资开发和运营领域。第一轮的驱动，地产公司将从"投资开发型"的公司向"操盘运营型"公司转变，也就是由"重资产"向"轻资产"转型发展，极大地提升操盘和运营能力，尤其是在项目开发速度、成本控制以及规划设计能力等方面，实现重大提升。第二轮的驱动，就是"名校金太阳"战略和"教育社区"战略的实施。第三轮的驱动就是构建全新营销，改变在地产营销方面的被动局面。通过构建大营销格局，形成在地产营销领域的"以销定产"模式。

此外，东投集团旗下的中伦教育服务有限公司、江西天泽营销管理有限公司先后成立，分别专门运营"名校教育社区"和"以销定产"模式。

中伦教育服务有限公司，担负着为教育地产服务的重任，将致力于名校开发与名校建设，并积极探索教育社区的发展之路。在服务好教育地产运营与发展的同时，积极培育教育培训、教育社区新的产业增长点，延伸教育产业链，让集团"名校金太阳"战略的梦想真正生根、结果、发展壮大。其目标是，通过"名校金太阳"战略的实施，彰显东投教育地产的社会行星和品牌影响力；通过"教育社区"战略的实施，构建东投教育地产的独特价值和核心竞争力；通过高端教育资源的整个于教育培训高端平台的打造，实现在教育培训和教育服务产业领域的产业链延伸，并构建新的产业优势。从而，与教育出版、教育地产共同形成东投集团教育产业战略性三角支撑。

为长远大计，切实保障教育地产建筑产品和市政工程的高品质，东投集团旗下江西省鸿厦建设工程有限公司组建成立，并积极延揽一流建筑和工程管理人才，建设一支人才一流、实力一流的大型建筑、市政工程建设公司。

…………

一切未雨绸缪的稳健有序布局，推进紧张而密集，东投集团上下全力以赴，仿佛在迎接一个重大时刻的到来。

是的，陈东旭和他的同仁们正待一个"大"时代的到来！

"不管你承认与否，不论你愿意与否，这个'大'时代已经迎面而来。'大'时代对于那些被动应付者是大考验、大挑战，'大'时代对于那些从容应对者则是大机遇、好机会。"

站在新年的地平线眺望远方，陈东旭仿佛真切地看到，变革与融合的"大"时代波澜正潮涌而来。

而东投集团，已为迎接这波澜壮阔的大时代做好了准备。

2015年5月，坐落于江西南昌桑海经济技术开发区的"东投·阳光城"，在历经两年半打造后成功举行首批房源交房仪式，迎来了第一批业主。作为东投集团教育社区和教育地产的样板示范工程的"东投·阳光城"，得到了业主高度的认可，同时也赢得了房地产业界及有关主管部门的肯定赞誉。

这意味着，东投集团启动阳新县"教育城"大型地产项目，有了成功复制与借鉴推进的范例！

在此基础上，阳新县"教育城"的整体规划方案很快顺利完成。

阳新县"教育城"占地近800多亩，位于该县城东新区中心区域，整体规划为一座现代化的大型教育区域。

在"教育城"内，将建成一所高中、两所初中、一所小学和一所幼儿园，涵盖了从幼儿园到高中全部的教育。而且都是阳新最好的学校，包括阳新一中也将迁入教育城内。这里将聚集阳新最好的教育资源、最好的教师队伍、最好的教育设施、最好的教育条件。

这样的整体规划，让教育城从规模、条件、环境、氛围上而言，即使在一些省会城市、发达城市，也是罕见的。

而在阳新"太阳城"，还有外部的教育区域。

在这里，将规划建设有与世界发达国家教育理念相一致的"青少年体验教育中心"，将建有以培养"具有创造力、领导力，能够适应社会、面向未来优秀人才"为目标的青少年养成教育基地，将有培养青少年六种优秀人格的"阳光学苑"，将有养成青少年七个良好习惯的"修身学苑"，将有补充学校教育的青少年"学习圈"，将有融合与促进家庭教育的"家长圈"。

同时，"太阳城"教育社区还将打造一个能够聚集教育机构和教育产业的大平台。在这里，将建有各种类型的青少年校外培训班、辅导班。譬如专业的舞蹈培训班、乒乓球培训班、跆拳道培训班、英语培训班、围棋培训班等等。

此外，还有一个突出亮点，那就是社区化的教育环境和氛围。

总之，在"太阳城"，从涵盖由幼儿园到高中全部教育的一批优质学校打造，到外部教育区域的精心规划打造，形成了"太阳城"可以让家庭和孩子拥有最便捷、最好的教育资源、教育设施、教育条件、教育环境和教育氛围，让孩子得以充分享受到从校内到校外最全面的全程化教育服务。

2015 年 7 月，在前期筹备和基础性工程准备完毕的情况下，东投集团阳新县城东新区"教育城"项目的建设，在盛大的开工仪式中正式全面启动。

这是东投集团发展历程中的一个重要时间节点，因为从此开始，东投集团集近 20 年探索发展成果，在形成融合创新战略实施推进的新起点，再次走向更为宏远的发展目标！

东投集团开启的这一发展新起点，厚积薄发，其势如虹，由教育地产从容发端而始，又在教育各产业链之间蓬勃而起。

在教育社区的建设与发展方面，东投集团力度空前。

2015 年，从理念完善提升到软硬件设施环境、再到产品升级，金太阳教育社区，渐成东投集团教育地产的一张"王牌"。

同年 3 月至 7 月，江西省委、省政府主要领导和南昌市委、市政府主要领导先后视察金太阳社区，给予高度评价，并提出要在南昌市进行推广。与此同时，金太阳教育社区还得到了国家关心下一代工作委员会、共青团中央全国青少年发展服务中心的关注和重视。

整个 2015 年，陈东旭高度关注国家教育改革的形势和未来变化与走向，以"理念改变教育、技术改变教育、机制改变教育"为指引，推动金太阳教育产业的升级与突破。

金太阳教育不分散力量，不四处出击，紧紧围绕三大重点创新融合。

第一，深入而全面地研究新教育和新高考，深刻认识和领会新高考和教育改革的意义、走向和趋势，研究由此可能带来的一系列持续性的变化以及规律。在此基础上，系统地提出金太阳教育的创新思路和发展方案。

第二，依托于学校，全方位展开教辅创新。联合一批在中国教育改革中处于前沿和领先位置的学校，建立创新基地、研发基地。着力把金太阳教育研究院打造成为课题引领平台和资源整合平台。

第三，迅速开启《金太阳导学案》和"金太阳教育试卷"两大创新升级工程。

此外，"数字金太阳"作为面向未来的重要战略，在"互联网＋教育"领域也迈出了探索和尝试的脚步。

在市政工程领域，东投集团在稳步推进与战略伙伴的横向与纵向合作基础上，朝着配合、支撑教育地产项目的方向转航。

湖北阳新县青少年科技馆建设的正式启动，拉开了东投市政深度融入东投教育地产发展的序幕。此外，河南新野东北新城市政项目在"PPP模式"市政项目的运营上，迈出了实质性的探索实践步伐。

…………

## 第三节　而今迈步从头越

只有敢为人先、勇于探索实践，方能突破发展常规。

融合创新，充分整合与凸显了东投集团产业板块优势，更为集团在教育地产、市政地产和教育产业领域实现跨越式发展，注入了强劲的助推力。

整个 2015 年，在全国房地产行业持续下行的发展态势之下，东投集团的教育地产却一路逆势而进，引起了业内外广泛的关注。

整个 2015 年，在国家教育改革尤其是高考新政公布实施后，教育产业发生深刻变革、各大教育产业企业纷纷思考新的发展路径、调整产品结构的过程中，东投集团各大教育产业链按照既定的清晰大方向，创新与融合双管齐下，新产品、新模式和新举措亮点频频，一次次带来集团教育产业新的爆发式增长。

整个 2015 年，顺应国家发改委、住建委等部委对全国市政工程的改革探索大势，东投集团市政工程"PPP 模式"等创新，取得了丰硕成果。更为重要的是，东投市政融合支撑、推进教育地产发展的开篇之作——湖北阳新县青少年科技馆的建设，赢得了"湖北省优质工程"。

…………

仅仅一年时间，东投集团厚积薄发的产业融合创新整体大战略，在风云变幻的"大"时代开端，以纵横捭阖之势不断演绎出精彩。

2015 年的岁末年初，一场巨大的惊喜，仿佛是为东投人喜迎 2016 年的新禧如期而至的！

2015 年 12 月 19 日，对于阳新县，对于"太阳城"，对于众多期盼拥有宜居新房的阳新人而言，注定是不平凡的一天。

这一天，是阳新县"太阳城·翰林院"项目盛大开盘的日子。

当天，这个在阳新县当地被誉为"拥有一座城市最精华而顶级资源"的楼盘，从早上 8 点开始，就陆续吸引了 3000 多名市民云集售楼部。

来者，绝大多数都是真正的购房者，而这些购房者当中又有大部分人是为"太阳城"的优质教育资源而来的。

这样的场景，着实出乎售楼部工作人员的意料。为此，不得不紧急增派现场维持秩序的工作人员。同时，决定采取摇号的流程来进行选房和购房。

当天，"太阳城·翰林院"项目首批推出的 1061 套房子，全部被抢购一空，一套不剩！

"太阳城·翰林院"如此火爆的销售，震惊了阳新在建及正在销售的各大楼盘所属房地产公司。

就连阳新县的有关领导也感叹："在阳新，还从来没有见过几千人排队买房的场景，更没有出现过推出后一日就售罄的'日光盘'楼盘。"

而在湖北省内外的房地产业界，关于"太阳城·翰林院"热销的消息快速而广泛传播，令许多房地产同仁惊呼"这绝不可能"！

之所以让人们惊呼"绝不可能"，有媒体在深度报道文章是这样评价的：

"即使是在地产火热的年代，即使在京沪广深一线大城市，即使是一些蜚声世界的大型房地产开发商，也未创造过千套房子开盘当天一套未剩的辉煌。而且，'千套一日清'的现象竟然是发生在了一个经济不发达的小县城，而当下全国大多数城市，包括一些省会城市和二、三线城市，正为超存量的地产去化问题绞尽脑汁。以此而观，阳新'太阳城'出现'千套一日清'的现象让人们惊呼'绝不可能'也就不难理解了。"

但这"绝不可能"，却实实在在成为可能。

正如陈东旭在 2015 年新年献词中所说的：这是一个"大梦想"的时代。一切梦想皆有可能。只有那些敢为人先、突破常规、创造新模式、开拓新领域者，才能创造出奇迹和辉煌！

在产业相互融合与创新的探索中，东投集团渐显磅礴的崛起发展之势，开始日益显现。

当新年的阳光洒满大地，东投集团沿着 2016 年纵深向前的时光激情行进，其一路气势如虹的发展如此催人奋进：

位于河南新野的东北新城市政项目，作为该市综合改造的大型工程项目，改造面积近 3000 亩，包括市政道路建设、公园绿化及基础设施配套等一系列工程项目。

这一大型市政工程项目，在 2016 年开始整体呈现出特色风貌，赢得河南省内外各界的一致赞誉。同时，屡获多项工程高规格奖项。

此外，河南新野的"一品国际花园"项目，在 2016 年底以高端大气为这座城市更添高端品位，成为新野新城耀目的城市新地标之一。

2016 年，东投集团教育地产在全国三省八市的十大楼盘，捷报频传：

8 月 13 日，湖北阳新"太阳城二期·天颐佳苑"开盘，当天到场客户 4000 余人，截止到上午 11：00，太阳城二期首开 940 套房源全部售罄；

8 月 20 日，"南昌·阳光城"三期首批房源共计 64 套稀缺臻品洋房开盘，当天劲销 9 成，第二日全部售罄；

11 月 19 日，河南新野"一品国际花园"教师首期团购专场开盘，千余名教师齐聚开盘现场，160 套房源劲销 95%；

11 月 26 日，河南新野"一品国际"项目累计签约金额达 15065 万元，提前 35 天完成年度保底目标；

12 月 11 日，"南昌·阳光城"第三次开盘，26 号楼开盘当天，劲销九成；

12 月 18 日，"南昌·阳光城"顺利完成 10000 万元年销售基本任务，实现"亿元大盘"目标；

东投集团教育地产火爆的销售场景，一次次吸引了社会各界的目光，更是令房地产业界为之惊叹。

…………

2016 年的荣光与梦想，在东投集团的教育各产业链间交融并织，激起业界内外强烈的反响与热切关注：

信息化教育服务产品领域，"好教育云平台""好教育测评系统""知了网"等系列数字教育产品，逐渐形成依托学校，覆盖学生学习的"全链条"。"好教育云平台"覆盖了近八成与金太阳教育合作的学校，而供学生交换学习资料的"知了网"，每天增长的新用户突破 7000 人。

教辅报刊方面，《当代中学生报》征订量持续大幅度递增，金太阳教育自主研发的教育期刊《素材魔方》，荣登中国国家图书馆精品杂志展台。

教辅试卷方面，金太阳教育重磅测评产品——高考磨尖训练卷，在传统一轮复习后至高考前穿插使用，老师给学生讲解一组磨尖卷的题例，然后给学生一节课的时间做一组试卷，效果尤佳。此卷甫一上线，即被全国各地学校誉为"卷中极品"。甚至业界同人也由衷地钦佩感叹：此卷一出，谁与争锋！

…………

纷至沓来的这一切成功欣喜，汇聚在 2016 年，铸就成了东投集团发展历程中的新辉煌。而铸就这一发展新辉煌的时间节点，恰恰是陈东旭走过创业整整二十年的历程！

深情回望二十年前的出发，一个人，一腔激情，一张桌子，一方租来的陋室，就那样开始了白手起家的创业之路。

创业路上，一路艰难无数，一路风雨兼程，一路执着前行，一路志同道合者纷纷来聚，一路屡创辉煌。

如今，站在创业已二十年的时间节点上，抚今追昔，令人仿佛那样真切地感到，时光创造了一部创业传奇，而书写者正是陈东旭和他的同仁们。

到 2016 年，在东投集团旗下，已拥有江西金太阳教育研究有限公司、江西旭云教育科技有限公司、江西中伦教育服务有限公司、江西东旭地产置业有限公司、江西天泽营销有限公司等 5 家全资子公司和江西鸿厦建设有限公司、南昌智信小额贷款有限公司等 2 家控股子公司。

东投集团的总资产已达 20 亿元，员工 2500 多人，产业涉及教育、地产、市政工程三大领域。

而陈东旭本人，不但已是一位执掌着一家大型民营企业集团的知名民营企业家，还担任江西省政协委员、中国书业商会副会长、江西省工商联副主席、江西省文化企业协会会长等社会职务。

因为卓越的企业经营发展业绩，以及对社会责任的勇于担当，陈东旭先后荣获"中国优秀民营科技企业家""中国民办教育 30 名人""中国教辅图书品牌十大策划人""第二届全民创业十大创业标兵""江西省优秀中国特色社会主义建设者""首届江西省十大青年风云人物"等荣誉称号。

"回首 20 年历程，做企业在于永无止境地追求企业的成长。不断地追求，永不满足地追求企业的成长。做企业的人内心深处有一种与生俱来的激情，一定要把事情做好，做完了这件事还要做另外一件事。当你爬到一个山头，往前一看，前面还有更高的一个山头。再爬过一座山，到前面一望，还有一座高山，所以说山是没有止境的，我们一直都在爬山，不爬完你看到的山，你就不会罢休。"

在陈东旭的情感深处，昨天创造的辉煌已经成为过去，在如今企业面临新的转型与升级考验的时期，明天带给东投集团的是更多的未知和"新常态"，所以他与同仁们正处于第二次创业的新阶段。

以从容姿态和融合创新大手笔，陈东旭引领东投集团未雨绸缪、敢为人先，迎接产业变革"大"时代的壮阔波澜潮涌而来，就这样书写了东投集团二次创业的精彩开篇。

而站在这一全新事业起点，目光投向深远的未来，更为宏大壮阔的愿景蓝图，也开始在陈东旭的视野中渐渐浮现。

## 第四节　开启百年企业梦想

成千秋之大业者，必有高远之事业格局。

站在企业创立发展 20 年这座里程碑眺望未来，陈东旭胸中仿佛有万千波澜涌动，他深知，自己必须思考关于企业的深远未来——东投集团的愿景蓝图。

因为，这已不仅仅是自己个人事业的奋斗目标，而是自己与全体东投人共同的梦想，同时还是作为社会企业的东投集团的责任使命。

"现在，我们站在了新的事业起点上，我们的下一个梦想目标，就是'做中国一流的教育产业集团，把东投集团创建成和谐、舒心、富裕的世上桃源'，打造收入过百亿的可持续发展企业，和基业过百年的基业长青企业。"

"在这个企业中，每一名员工都能够找到事业的位置，充分体现自己存在的价值；这既是一个事业的平台，又是一个共同的美好家园，在这个家园中工作和生活的员工，幸福、美好、有尊严、有自豪感。这是我们东投集团的企业梦想，我相信，也是所有东投人共同的梦想。"

"把东投集团发展成为一家卓越的民营企业，为社会提供更多就业岗位、作出更多税收贡献，承担更多社会公益事业责任，这是我们东投集团企业发展的使命价值和追求所在。"

…………

树高远理想，创百年企业。

由此，在走过 20 年创业历程、迈向发展新起点之际，关于东投集团发展的愿景蓝图，在深思熟虑的深远构想中，渐渐浮现于陈东旭的胸中。

这愿景蓝图，就是矢志不渝、不懈奋进，把东投集团打造成为一家真正与社会、环境相和谐，受到社会尊重、客户认同、同行尊敬的国际一流企业，永续发展辉煌！

东投集团未来宏远的发展梦想，由此与成就百年基业的大信念、大理想紧密融为了一体。

一切成功持续的驱动力都来自对未来的愿景，实现百年企业梦想，成就百年常青企业，是每一位民营企业家毕生的梦想。

一直以来，陈东旭内心对充满激情的企业家精神推崇备至，而今，在向时光深远未来铿锵迈进的起点，他开始引领东投集团再树大目标、再定大格局。

又一位胸有远大格局、深切情怀的当代卓越赣商代表者，就这样走进了改革开放新时代、大时代，走进了人们的视野。

…………

那么，从今而始的东投集团百年基业建设，该怎样开启呢？

美国著名学者弗朗西斯指出：百年企业的形成，必然是以独特的企业文化为基础的。

"犹如理想决定一个人能走多远那样，一家企业的理想、追求、信念和情怀决定了其发展的高远。"阐述百年企业建设的著名经典著作——《基业长青》一书中，这样高度总结道。

对于这些哲言和经典阐述，陈东旭为之怦然心动。

是啊，在创业而来的一路征程中，是心中始终坚定的理想与信念，让陈东旭和他的同仁们砥砺前行，创造了一个个奇迹，终于成就了横跨三大产业，颇具规模实力的东投集团。

"实现百年企业梦想，关键是要把'企业梦'和全体东投人的个人梦贯通起来，融合起来，形成共同的梦想。只有这样，东投梦才有支撑，否则就只能成为幻想和空谈。所以，我们的东投企业理念要成为企业文化的核心与灵魂，渗透到东投人思想、行为的血液里。"

陈东旭洞悉哲理而感于创业的深切体会，他决定首先从全面总结、建设东投集团的企业文化入手，为构建企业的百年基业注入不竭的强大动力。

关爱文化、欣赏文化、学习文化、创新文化、客户文化、执行文化及奋斗文化，一个层面一个层面，一个方面一个方面，陈东旭沿着东投集团发展20年这一起点，一直向着企业创立的源头追溯、梳理，并不断融入新的内涵元素，构建起了东投集团的六大文化体系：

"关爱文化"，体现了企业关爱员工，员工关爱企业，上级关爱下级，对员工有"爹娘心"，让东投集团成为东投人的家园的文化内涵；

"欣赏文化"，体现了集团与各子公司之间、部门之间、干部之间、员工之间，互相欣赏、互相学习、互相支持，形成和谐团结的企业氛围的文化导向；

"学习文化"，倡导建立学习型企业和学习型组织，每个公司、每个岗位，都要瞄准行业标杆，进行对标学习；

"创新文化"，体现了没有创新就没有差异，没有差异就没有生机，创新是企业领先和持久发展的根本出路这一文化格局；

"执行文化"，体现的是目标导向、结果交换和契约法则，企业以结果与社会交换，没有执行就没有结果，这是企业生存的底线，也是企业发展的条件。

"但是，当我们回望20年的经历，审视20年的发展，我们那样深切地感到，还有一个优良的文化传统一直在伴随着我们、支撑着我们、激励着我们，这就是'奋斗文化'。"

是的，东投集团的创业发展史，是一部中国优秀民营企业的成长史，也是一部中国优秀民营企业的奋斗史。

因此，陈东旭提出，"奋斗文化"应该成为东投集团企业文化体系中不可缺少的核心文化。唯有奋斗精神的回归，才是一路"闯关"的法宝。

企业文化的系统构建，赋予了东投集团企业精神以深刻而广泛的内涵。

在这具有深刻而广泛内涵的企业精神之中，东投集团的企业核心价值观也逐渐清晰。

东投集团的核心价值观分四个层面：之于国家层面的核心价值观，是"与时代同步，与国家同轨，与民族同道"；之于社会层面的核心价值观，是"客户价值永远是企业第一价值"；之于企业层面的核心价值观，是"崇尚教育，追求理想，舍得精神，合作共赢"；之于员工层面的核心价值观，是"感恩心态，职业理想，团队精神，敬畏规则"。

文化的衍生力与内生张力是惊人的，在企业文化整体系统的构建中，东投集团对于创新、人才、品牌等理念一一完成了重塑：

纵观国际上的百年企业，无一不是通过不断的变革，持续保持企业永续发展活力的。为此，东投集团要实现百年企业梦想，就必须做到与时俱进，跟上时代潮流，跟上发展步伐，跟上变革的脚步。

实现百年企业梦想，只有最大限度地整合资源与聚合能量，企业才能在未来的竞争中立于不败之地。为此，东投集团提出，全面开启由产品型企业向平台运营型企业转变，同时又由自我封闭型企业稳步向开放型企业转变，从而将东投集团打造成一方吸引最优秀精英人才的企业大平台。

以创业初期提出的"让老师更轻松地教，让学生更有效地学"理念为本源，扩大到"崇尚教育，助力课改，为基础教育提供核心价值与整体服务"的核心理念，东投集团又确立了如今"用心助家，用爱助教，造幸福家园，创百年梦想"这一核心理念，以彰显和诠释企业永续经营发展的价值使命。

…………

卓越的企业文化领航，由此开启了东投集团企业航母破浪前行的新航程。

进入2017年的东投集团，其发展之势磅礴宏阔、大格局渐开。

4月，湖北阳新教育地产项目"阳新·太阳城"三期开盘，692套房源2小时即售罄，轰动整个阳新县及业界众多房地产企业同仁。

6月，"阳新·太阳城"三期700套品质房源，开盘又是2小时不到即售罄。

一次成功或许是偶然，连续的成功就是实力、就是品牌、就是品质！

"这是迄今为止，所有教育地产模式所没有的，也是迄今为止，中国地产领域最具有真正意义的教育地产。"业界人士这样评价道：东投教育地产，将真正开创教育地产的崭新时代，东投地产也将承担起中国"社区教育地产"开创者与领跑者的行业发展使命！

6月，又迎来了一年一度的高考。

到2017年，寒来暑往，不觉中"名校金太阳"战略实施已有三载春秋。

2017年6月18日，一则题为"特大喜讯"的微信信息，在社会各界人士中间广泛传播——江西桑海中学2017年高考取得令人惊叹的优异成绩：

2017年高考，桑海中学二本上线71人。其中，一本上线10人，上线率达66.7%（按中考500分以上人数15人计算）；二本上线71人，上线率达154.3%（按中考440分以上人数46人计算）；艺体特长班二本以上（双上线）20人，上线率100%。

理科徐杰同学611分，文科周思静同学565分。

这则微信消息，犹如一石激起千层浪。

熟悉桑海中学情况的市民，有人在转发这则微信的时配上了这样的文字："这是今年桑海中学的高考情况么？有没有搞错？！但如果没有错，那就简直是不可思议呀！"

要知道，三年前，桑海中学的生源质量是，学校的录取线仅为370分，择校分则更低至350分，在江西全省垫底啊！

桑海中学一位老师这样说：三年前，那些对于是否让孩子就读桑海中学而犹豫不决的家长，现在却因孩子在桑海中学读书而备感幸运！

南昌市教育部门基于桑海中学的肯定和评价是：从招生"入口"到高考"出口"来看，桑海中学教学成绩已经达到江西省高考成绩一流学校水平！

…………

仅仅三年时间，桑海中学就由一所落后学校成功逆袭。

众多教育界人士评价说，江西桑海中学 2017 年高考取得的辉煌成绩，书写了历史，创造了"低进高出、低进优出、低进特出"的神话！

2017 年高考书写的历史，让人们对这所长久以来默默无闻的学校，开始投以热切关注的目光。

对于桑海中学在三年中实现的脱胎换骨之变，熟知桑海中学原来情况的人们，用"凤凰涅槃、浴火重生"这八个字来进行概括。

这样的概括，可谓实至名归！

桑海中学——一所神奇的学校！桑海中学创造高考"神话"的消息不胫而走，"金太阳名校"战略也由此而声名鹊起！

7 月，一年过半，再看半年时间里东投集团的教辅产品、数字出版与教育信息技术服务产品创造的业绩，每一项都令人振奋。而市政工程项目，半年中实现了同比增长倍增的佳绩。

…………

而朝向缔造百年企业深远发展大目标的东投集团，在卓越文化引领下的新航程，才只是刚刚启航。

陈东旭胸中宏大事业的壮阔蓝图，正缓缓舒展开来！

东投集团未来的发展前景令人充满憧憬，但陈东旭也深知，实现百年企业愿景蓝图的目标，也将面临无数挑战，需持续不懈努力。

为此，陈东旭壮志满怀，他说，在新一轮创业的奋进前行中，自己和东投集团的全体同仁当奋勇拼搏！

# 第十章
# 情怀诠释人生追求

自年少时起，陈东旭心底就萌发出对立志有为人生的崇尚。

从一位普通中学教师到一位知名企业家，在一步步做强做大企业的过程中，陈东旭的人生格局与事业情怀也渐向宽广高远。

陈东旭深知，是改革开放伟大时代赋予的机遇，成就了自己的人生志向。因此，他志在有为的人生抱负与对改革开放时代的感恩情怀，融合成为了他对人生事业追求价值的定位。

"企业家之于企业本身和社会国家，当心怀责任使命、勇于担当，企业做得越大责任也越大、担当也就越厚重。"

在陈东旭对企业家精神的理解中，最为深切的要义，就是企业家理当以深厚的感恩情怀去倾情回报社会，同时，这也是企业理应担当的一种社会责任。

从创业初成之时起，陈东旭就开始用真情善举践行这样的人生事业信条——他捐资助学，让身处窘境、自强不息的莘莘学子圆求学之梦、圆人生之梦；他向贫困地区学生捐赠"金太阳"系列图书，资助贫困学子完成学业；他以企业名义向希望工程捐款捐物，积极参与社会救灾……

从 1998 年以来，陈东旭以个人或企业名义投向各项社会公益慈善方面的款物价值已近千万元。

2012 年前后，关于自己个人与企业对于社会责任更多担当的深切思索，开始一次次涌动于陈东旭的胸臆之中。

这是源自于大学时代深受"邵逸夫精神"的感染，此后随着事业不断发展壮大，而在陈东旭心底渐渐生发的"家国情怀"，他要将自己的人生事业追求大目标与一项立意深远、推动国家教育事业发展的社会公益计划紧密相连。

这一社会公益事业计划，就是结合东投集团的发展目标与规划，实施一项宏大的社会公益事业工程——捐资建校。

这一项目，在计划总捐助资金上，高达 50 亿元，项目在捐建的学校数量上，总计为 100 所。

# 第一节　兑现心底深情的承诺

> 人生的意义在于创造财富而不是消费财富。我创造的价值，说明我在特定历史条件下自身价值的实现。但是我认为积累的财富不应该是我能占有它和拥有它，最终财富应该回归于这个社会。所以我认为，要有感恩之心。
>
> ——题记

渴望成功，但从不自负于成功。

这是陈东旭对一个人追求事业成功内涵的深层理解，也是他对于人生事业价值目标追求的境界之悟。

自年少时起，家境困窘、家乡闭塞贫困，陈东旭立志靠读书走出农村，改变自己的命运。但同时，他也在心底默默告诉自己，将来读书走出山村、有了出息后，就要改变自家和家乡贫穷落后的状况。

在读大学期间，看到江西师大物理系毕业的校友，在事业成功之后向母校捐赠教育经费，陈东旭内心由衷敬佩。对此，他心底生发出一种深切的渴望——"我大学毕业后也当像校友这样，奋进拼搏，做成一番事业，有能力以实际行动回报母校！"

走向教师工作岗位的那几年，遇到自己的学生因家境贫困而读书艰难，陈东旭总是要尽力给予一些经济上的相助。

读书改变命运。当看到学校里其他年级的其他班级有品学兼优的贫困学子辍学了，陈东旭心里就有一种说不出的感伤，他无奈于自己工资微薄，要是自己经济宽裕那一定要帮助这些学子顺利完成学业。

立志改变命运，立志人生有为的过程中，陈东旭也一直在心底默默立下了改变家乡面貌、回报母校与帮助贫困学子读书以改变命运的期许。

…………

在陈东旭心底，那是自己深情的承诺。

时光流年中，这些深情的承诺一直在他心底，从未曾忘却。

直到有一天，陈东旭有了兑现这深情承诺的能力，于是，他带着深情厚谊而来，带着实现心中曾经期许的真情而来。

2010年10月，为庆贺母校江西师范大学建校70周年校庆，陈东旭卸下所有荣誉和光环，与众多校友一样，踏上了一次集体的寻根之行。

"无论取得怎样的成就，自己永远是母校培养的学子，母校永远是心中牵挂的精神家园。"在他深情的目光里，母校的一草一木，都是当年求学时的点滴记忆，每次重回母校都是一次温梦，都是一次新的力量和养分的汲取。

为了表示对母校70华诞的庆贺，陈东旭一次性向母校捐资21万元人民币，用于奖励品学兼优的贫困学子，资助并激励他们奋发成才。

2016年6月，江西省工商联牵头，会同省扶贫和移民办、省光彩会共同组织开展江西省"千企帮千村"精准扶贫行动。在"千企帮千村"精准扶贫行动启动仪式上，陈东旭作为企业家代表之一，与全省40多位企业家一起联名向全省民营企业家发出行动倡议——以高度的责任担当和使命情怀，积极参与到全省精准扶贫行动中来。

同月，陈东旭以东投集团的名义，向吉安市安福县竹江乡店上村捐助30万元帮扶资金，以帮助该村的贫困户改善生产生活条件，发展种养殖业项目，帮助他们尽快脱贫致富。

时光再回到十多年前，那时的陈东旭创业初成。

于是，他想起了年少时就在心底对家乡期许的那个承诺——改变家乡贫穷落后的面貌。

少年时一心要走出农村的陈东旭，在朝着事业目标离家乡渐行渐远的过程里，精神上从未曾远离家乡那方土地。

"要想富先修路。"陈东旭拿出一笔钱，把家乡那条通往外界的狭窄山路拓宽铺平。

企业开始盈利了，陈东旭的经济状况开始渐渐宽裕了。

于是，他想起了曾让人感伤的往事——看到品学兼优的贫困学子无奈辍学，他决定要兑现"要是自己经济宽裕那一定要帮助这些学子顺利完成学业"这句承诺。从那时起，他每年就开始资助贫困学子，此后每年资助的人数都在不断增加。

不但是资助贫困学子的人数在增加，陈东旭行公益、做慈善的对象和范围，也逐渐越来越多、越来越广。

2003 年，陈东旭为家乡吉安市捐款，以发展当地扶贫产业的开发。

2005 年，金太阳教育向南昌市慈善总会捐献爱心款，陈东旭自己和一部分员工与一些学校的贫困学生结成帮扶对子。

2007 年，在江西新农村建设中，陈东旭为全省首批 200 家 "农家书屋" 出资订阅 2008 年的部分报刊。

…………

"我感恩于人生阶段中立下的一个个志向目标，让我不断奋力前行。而在树立一个个志向目标同时，自己在心底所期许的，正是一种催我奋进前行的激励力量！"陈东旭说，自己兑现心底那深情的承诺，源自于感恩的情愫。

感恩激励的力量，让自己始终不曾停止奋进的脚步。

更感恩改革开放时代，赋予了自己奋进去实现人生事业梦想的机遇和舞台。

在这一过程中，陈东旭也越来越深刻地感受到，用创造的财富造福更多的人，创造更大的社会效益和经济效益，这样的财富才是有生命力的，自己事业追求的目标更有价值。

## 第二节　善济四方寒门学子

"十年树木，百年树人。"

教师出身的陈东旭，把教育产业定位为自己人生事业追求的恒定事业，在他内心深处，有着深厚的教育情结。

贫寒农家出身和历经的艰苦年少岁月，也让陈东旭对寒门学子靠读书改变命运，有着那样深刻的感悟。

正因为如此，陈东旭对教育公益慈善事业的重大意义有着自己深刻的理解，也有着特殊的情感。

同时，又因为自己始终都不曾离开教育这一事业领域，因而，陈东旭心底的深厚师者情怀由来已久，他对莘莘学子尤其是那些品学兼优的贫困学子们能否顺利完成学业、通过读书来改变人生命运，在情感深处有着真挚的牵念。

或许正是基于这样的原因，在陈东旭逐步赢得人生事业的成功过程中，他倾情教育慈善的公益情怀也越来越浓厚。

"三寸粉笔，三尺讲台系国运；一颗丹心，一生秉烛铸民魂。"从自己靠读书走出农村、改变人生命运到成为一位深感荣光的人民教师，再到通过出版编辑书籍为无数学子改变人生命运而助力，陈东旭内心深处的社会公益情感，从最初开始生发的，就是在与其师者情怀紧密相联的捐资助学。

在陈东旭倾情公益慈善事业的真情之举中，他对教育公益慈善的关切，在其社会公益情怀中体现得最为鲜明。

鲜为人知的是，还是在事业刚有起色的时候，陈东旭就开始力所能及地帮助一些家境困难的学子。到 2000 年前后，江西金太阳教育进入良好的发展状况，陈东旭个人和企业每年都展开捐资助学活动。

2006 年，历经风雨的江西金太阳教育走过了十年的创业发展历程。

在陈东旭内心深处，这是他人生事业历程中永难忘怀的一个十年。而对于江西金太阳教育来说，这是从艰难起步到快速崛起的发展开端。

正是基于这些非同寻常的意义，在江西金太阳教育创业发展十年之际，陈东旭和大家早就有了计划，要举行隆重的公司十周年庆典活动，以展现十年创业的风雨历程，激励公司砥砺前行，追求卓越。

然而，正在此时，一件事却让陈东旭改变了原定的计划安排。

2006 年，中国"希望工程"实施已 15 年。江西"希望工程"实施 15 周年以来，共募集善款 3.2 亿元人民币，16 万余名贫困大、中、小学生受到资助，兴建希望小学 960 所，救助大、中、小学生 16 万名，捐建希望书库、希望电脑室 1000 余个，修缮农村贫困学校 600 所……为江西贫困地区基础教育事业的发展发挥了积极作用。

为此，江西省青少年发展基金会、江南都市报和江西电视台第五频道，将定于 2006 年 12 月底联合推出"江西希望工程 15 周年感恩之旅"大型公益活动。旨在通过这项活动向社会各界大力宣传希望工程，激起人们情感深处对希望工程的共鸣，将感恩化作爱心传递行动，延续人间的真情。

在报纸上读到这则新闻报道后，陈东旭随即产生了这样的感想：大力宣传和推进"希望工程"，是一件价值和意义远比公司十周年庆典要重要和深远得多的活动！

陈东旭的内心，被"希望工程"的感召力再一次深深打动。

几乎没有任何的犹豫，陈东旭很快就做出了一个决定——把原定的公司十周年庆典活动的规格大幅度降低，将节省出来的经费捐献给江西省青少年基金会，用于帮助推动江西"希望工程"的发展。

陈东旭的这一决定，立即引起了公司全体同仁的共鸣，每一位江西金太阳教育的员工无不为此而深感自豪。

最后，陈东旭把压缩公司十周年庆典活动节省下来的 30 万元经费，以江西金太阳教育有限公司的名义，悉数捐赠给了江西省青少年基金会。

"我是从农村走出来的，是通过读书和知识改变的命运，这一点我感触最深。"陈东旭坦言，在自己和江西金太阳教育的社会公益之举中最主要的是倾向于教育，这和自己的人生经历有关。

"书籍是点亮人生希望的明灯。"陈东旭深知，对于一位家境贫寒的贫困学子来说，往往来自社会的一份捐助就可有能改变他的一生，使他们将来成为社会的俊杰之才。

为此，当自己有了帮助贫困学子的经济能力后，陈东旭总是希望尽可能多的给予那些贫困学子以资助。

2008 年汶川地震后，江西金太阳教育有限公司倾力在地震灾区展开助学活动。除了援建希望小学，对口帮助灾区学校重建，江西金太阳教育优先公司还资助了 100 名地震灾区的贫困学子。这其中，有 50 名贫困学子是由陈东旭个人资助的。

对自己捐资的贫困学子，陈东旭不仅从经济上给予资助，而且还通过书信或平时派专人代为走访了解家庭和学习情况的方式，让这些贫困学子感受到温暖的关爱，激起心中奋力努力，改变人生命运的志向。

如今，已近十年过去了，当年由江西金太阳教育有限公司和陈东旭个人资助的那 100 名贫困学子，都顺利完成了高中或大学学业，有的学生大学毕业后已参加了工作。

"尽力帮助更多的寒门学子顺利完成学业和成才，我会一直坚持做下去。"陈东旭动情地说，每当得知自己曾资助的贫困学子完成大学学业、走上了工作岗位的消息，他心中就感到无限欣慰。

"自己的一份力，可以帮助一个孩子去成就人生希望，成为社会的栋梁之材，这是多么有意义的事情！"陈东旭还说，在自己的情感深处，尽力帮助贫困学子求学成才也是源自于心底的师者之情，虽然自己不在三尺讲台，但对学生这一群体从来都是充满着殷切的成才期盼。

多年来，从江西金太阳教育有限公司到如今的江西东旭投资集团有限公司，陈东旭对寒门学子饱含深情的大爱情怀也深深感染着每一位员工，公司上下形成了浓厚的爱心助学氛围。

多年前，江西东旭投资集团有限公司设立了一项名为"金太阳公益"的爱心助学活动，专门帮助全国各地的寒门学子。

对于"金太阳公益"的成立和助学活动的持续开展，在陈东旭的情感里，这是自己一直希望实现的有更多的社会爱心去照亮寒门学子的人生希望。

在江西东旭投资集团有限公司，自发参加"金太阳公益"的员工，每人每年至少与一位贫困学子结对子。对结成对子帮助的小学生，每人每年至少给予400元的帮助，初中每人每年至少给予600元的帮助。

"金太阳公益"爱心助学活动开展以来，从江西开始，至今已逐年延伸到了外省各地。

随着江西东旭投资集团有限公司各领域产业在全国各地的延伸，公司员工因业务工作分布于全国各地，自发参加到"金太阳公益"爱心助学活动中的许多员工们，在他们工作的地方，当得知有家境困难的学生时就会和他们结成帮扶对子。有的员工，一年结对帮扶多位贫困学子。

这么多年，"金太阳公益"爱心助学活动帮助了多少寒门学子顺利完成学业，笔者没有去认真统计。然而，在就江西东旭投资集团公司社会公益之举主题进行采访的过程中，笔者却常被一些故事深深打动：

2013年，江西东旭投资集团公司"金太阳公益"助学活动的一行员工，一年中3次来到江西省南昌市新建区松湖镇和平小学，与这所小学里15名家境贫困的小学生结成帮扶对子。2014年，"金太阳公益"在和平小学的助学活动继续延续……结对帮扶的对象进一步扩大。

在江西抚州市、永丰县的一些偏远山区农村学校，贫困学子们得到的"金太阳公益"助学活动帮助，不仅有经济上的还有各类学习用品和金太阳教育出版的各类优质教辅图书。

记不清有多少次，当来自外省一些农村学校的老师或是校长给江西东旭投资集团写来充满真挚感激之情的感谢信，公司才知道某位员工在这所学校结对帮扶了贫困学子。

还有一次，位于湖北大别山区的一所学校校长寻找经常给予该校几名贫困学生帮助的爱心人士，最后才发现这位爱心人士就是江西金太阳教育的员工。

像这样默默帮助贫困学子求学而不露声色的员工，在江西东旭投资集团公司有很多。在他们看来，这是发自自己内心深处的之情之举。

如今，"金太阳公益"助学活动在江西东旭投资集团公司已成为一项品牌活动，自发加入到活动中的员工逐渐越来越多。

…………

孩子们朝气蓬勃，是国家的未来。可是贫困依然是一些农村地区孩子们走不出的梦魇。基础教育，尤其是偏远山区的基础教育设施，直接关系到众多贫困山区孩子的学习和成长。

为感恩回馈社会，支持偏远山区的基础教育发展，近年来江西东旭投资集团又通过捐赠教学设备和交付图书的方式来实施教育公益活动。

2014 年，江西东旭投资集团旗下的东投地产联合金太阳教育，开展了"五百万元捐书助学"大型公益助学活动。

在这一助学活动中，江西东旭投资集团捐赠出价值 500 万元的教辅图书，免费发放给经济落后地区学校的中小学生。

仅在江西省永丰县，全县小学四年级到高中三年级的 40800 名学生中小学生，都在"五百万元捐书助学"大型助学活动中领到了捐赠的图书。

活动期间，永丰县各中小学的学生或者是学生家长，络绎不绝从各个方向聚集到图书捐赠点，有的家长特地坐班车从百公里外的偏远乡镇赶过来。

一套套散发着墨香的"金太阳"系列教辅图书，带给了全县中小学学生们无比的惊喜。尤其是对那些家境贫困的孩子们来说，"金太阳"系列教辅图书更是给了他们努力学习的深深鼓励。

此次江西东旭投资集团的这一公益助学活动，在社会上引起了强烈的反响。

社会公益慈善是一个由点及面，积少成多的过程，一个人的力量虽然微不足道，但是它所带来的积极影响却是不可估量的。

陈东旭由衷地希望，自己和江西东旭投资集团公司在教育公益慈善领域的真情之举，不仅向天下寒门学子传递助学温情，更能对彰显企业的社会责任担当起到一定的推动作用。

为此，向来低调的陈东旭对公司举办公益助学活动却显得很是高调。而且在他看来，公司这样的高调之举十分有意义。

人们仍记得，2014年9月13日下午，由江西东旭投资集团旗下的东投地产与南昌市红谷滩新区沙井街道联合举办的"千人冰桶挑战，东投爱有冻力"——让爱上学大型慈善公益活动在南昌红谷滩万达广场举行时，活动场面热闹，声势颇为壮观。

在当天下午的"冰桶挑战"活动中，由东投地产200多位员工组成的企业方阵，一起进行冰桶挑战。除了东投地产企业方阵外，参与冰桶挑战的爱心人士都是社会人员自发报名参加。

在活动开始之前的宣传中，东投地产宣布：自发报名前来参与"冰桶挑战"的社会爱心人士，只要携带1名以上朋友参加"冰桶挑战"，东投地产就以参与者的名义进行一对一资助帮扶贫困儿童，捐助一名贫困儿童在小学6年期间的上学费用！

这次"冰桶挑战"结束之后，东投地产又继而向南昌房地产行业的领跑者发起"冰桶挑战"。

东投地产的挑战书,第一次将个人与个人之间的挑战,提升到企业对企业之间的挑战,随即引起广泛的社会关注。

"教育地产繁荣领跑者——东投地产,向住宅地产领跑者——万科地产、商业地产领跑者——万达集团、城市豪宅领跑者——世茂地产发起'冰桶挑战'。东投集团此举,意在希望更多的企业参与到活动中来,与东投地产一起来传递着爱心的接力棒。"对于这次高调热烈的"冰桶挑战"活动的深层意义,在江西主流媒体的报道文章中,记者这样道出了其中的真切深情!

随即,一家家企业怀着大爱深情,积极响应东投地产发起的"冰桶挑战"活动,加入到这场实际上的爱心助学活动中。

一场爱的力量,让寒门学子从此不寒心。

这次"冰桶挑战"活动引起了社会各界对贫困学子的关注,东投集团和各方企业用真情大爱,共帮助了100位家庭贫困的孩子圆了上学梦。

将社会公益慈善事业列入集团每年的常规工作,倾情倾力而为——如今,东投集团开始形成了每年定期开展的公益慈善活动,形成了常规活动和不定期活动相互结合的社会公益慈善机制。

在常规社会公益慈善活动开展方面,比如,东投集团已制定了"公益夏训营活动"行动计划,每年定期举办公益夏令营活动,向贫困家庭的孩子倾斜,捐助贫困学子参加夏令营,还安排爱心人士与贫困学子见面,携同社会爱心,帮助贫困学子圆读书梦想。

在不定期社会公益慈善活动开展方面,比如,积极响应江西省红十字基金会、南昌市崛美行动公益发展中心、腾讯公益等公益慈善机构开展的各类公益慈善活动。

"企业家之于企业本身和社会国家,当心怀责任使命、勇于担当,企业做得越大责任也越大、担当也就越厚重。"

把公益慈善之举上升到自己和企业义不容辞的社会责任高度，让陈东旭对个人和东投集团的社会公益担当，也开始有了更深切与厚重的理解。

## 第三节　倾情实施"50100 工程"

在陈东旭内心深处，对个人和东投集团社会公益责任担当更深切厚重的理解，就是个人事业和企业发展之于社会进步的责任使命。

源自于这样的责任使命之思，一种被大学时代萌生的愿望所触动的情怀，渐渐在陈东旭关于企业家对社会责任使命担当的深思中，形成了一项宏大社会公益工程的计划。

一个人内心深处的某种愿望，往往经年累月在心底潜藏沉淀，在时间和各方面条件成熟之时就会为实现这愿望而倾情努力。

20 多年来，陈东旭心底一直深藏着一个志向宏大的愿望，这个愿望萌生于他读大学期间的时光。

这志向宏大的愿望，源自于陈东旭大学时代深受"邵逸夫精神"的感染，此后随着事业不断发展壮大，而在他心底渐渐生发的家国情怀。

陈东旭心底的这家国情怀，是要将自己的人生事业追求大目标，与一项立意深远、推动国家教育事业发展的社会公益计划紧密相连，作为自己人生事业目标的高远境界追求。

"我在江西师范大学读书的时候，学校里有一座楼叫'逸夫楼'，当时知道了是香港著名企业家邵逸夫先生捐建的，我心里就对先生充满了无限敬意。"陈东旭说，后来他又了解到，邵逸夫先生在全国很多地方都捐资建校或建楼，无论是逸夫楼、逸夫中学，还是逸夫体育馆、逸夫图书馆，以他名字命名的教学楼，已经成为神州大地上从小学到大学校园里共同的风景。

当了解到这一切之后，陈东旭心里受到了极大的震撼——一个人对社会的贡献力量竟然可以如此巨大！

从此，邵逸夫先生就成了陈东旭心里深深崇敬的人物。

更为重要的是，陈东旭心底对邵逸夫先生的崇拜，逐渐内化为自己精神世界里的一种强大动力，他希望自己将来也能像邵逸夫先生那样对社会做出贡献，让自己的事业对他人、对社会受益。

…………

时间定格在 2014 年 1 月 7 日。

这一天，107 岁的邵逸夫先生与世长辞。

邵逸夫先生逝世的噩耗传来，陈东旭十分震惊，他为自己从大学时代就深怀敬仰之情的这样一位世纪伟人的离去而悲痛。

在对邵逸夫先生的深情怀念中，陈东旭再一次凝望这位可敬老人在其一生中对教育事业做出的巨大贡献：

"细数一路成长，总有那么一栋'逸夫楼'陪伴着我们走过日夜青葱。"

在中国，来自不同地域的年轻人常常可以找到共同点——他们曾就读的某所小学、中学或者高校里有一座"逸夫楼"。

截至2012年，邵逸夫25年共捐赠内地教育47.5亿港币，捐建项目总数超6000个，遍布31个省、市及自治区，全国高校已遍布逸夫楼。邵逸夫基金教育赠款项目是持续时间最长、赠款金额最大、建设项目最多的教育赠款项目。

"逸夫楼"，成了许许多多人内心深处学生时代的共同记忆。事实上，每一座逸夫楼，又何尝不是一座关于慈善和财富存在价值的"碑刻"。

"我们需要千千万万像先生这样的人，能够让自己的人生实现最大价值，为国家富强，为民族振兴奉献自己的力量。"大学时光里，老师对邵逸夫先生充满敬意的评价，以邵逸夫先生精神情怀激励莘莘学子的话语，犹在耳边。

邵逸夫的生命逝去了，但是，从此却矗立起一座丰碑，逸夫精神、逸夫人格为世人永远敬仰。在世界、在亚洲甚至在香港邵逸夫都不是最有钱的人，但是他所达到的人生高度却是高山仰止，几乎无人企及。

…………

一种巨大的力量仿佛从心底升起，邵逸夫先生毕生人生事业追求的大格局、大情怀和大境界，让陈东旭心中充满了无限敬仰，更充满了豪情。

关于自己个人与企业对于社会责任担当的深切思索，开始一次次涌动于陈东旭的胸臆之中——"我为之奋斗的个人人生事业，我们全体东投人为之奋斗的集体事业，当为我们国家和时代的进步发展做一件大事！"

陈东旭决心，自己要成为像邵逸夫先生那样的企业家，他决定要用实际行动体现和彰显自己对"逸夫精神"的敬仰，并让这种敬仰之情深深融入自己人生事业和东投集团企业发展的境界追求之中，成为自己和全体东投人一项共同的事业追求目标！

而恰恰在此时，陈东旭关于"名校金太阳"的战略正好酝酿成熟。

"把这一战略，确立为自己个人和东投集团的一项教育公益大项目，持之以恒、倾情倾力去做去实现！"经过一番慎重的思考，陈东旭做出了一个令人震撼的决定：在有生之年，要拿出50亿元用于捐资助学！

这一项教育公益大项目的具体内容是，通过慈善捐助的方式，以"公办民助"的建校模式，创建100所"金太阳实验学校"，并通过推动教育家办学、推动新课程改革和课堂教学模式改革、推动教育创新和机制创新、推动信息化和现代化教育，将其打造成以"教育成功、学校成名、教师成长、学生成才"为目标的一流名校。

这项教育公益大项目，被陈东旭命名为"50100工程"（捐资50亿元建设100所金太阳名校），并被列为东投集团今后10~15年内最大的企业目标。

充满人生事业追求深切情怀的"50100工程"，随即被提上东投集团的重大议事日程。

就在几个月前，东投集团与南昌市桑海经济技术开发区正式签订了办学合作协议，而现在，陈东旭立即对办学合作战略的实施进行了重大调整——倾注满腔赤诚之情，将在6年内捐资2300万元，用于对桑海开发区教育的倾力支持，在桑海中学基础上挂牌"金太阳实验学校"正是挂牌。

接下来，东投集团又与湖北省阳新县人民政府签订协议，将捐资5000万元打造阳新"金太阳实验学校"。

"50100工程"就此拉开启动序幕。

2015年，对桑海中学（金太阳实验学校）实际捐资助学超过500万元，面向全国聘请了优秀的校长，为桑海中学配置了全新的教学设施和全套的教育信息化设备，为老师们配备了手提电脑，为学生们建设了食堂和宿舍。

2016年，湖北阳新县"金太阳实验学校"建设启动。

在公司事务异常繁忙的状态下，陈东旭为"50100工程"的计划制定、实施部署和其中各环节具体内容的严谨完善，投入了巨大热情。

2017年，又有两所"金太阳实验学校"的建设，开始列入规划之中。

…………

在陈东旭的情感深处，他个人人生事业的追求梦想，东投集团未来事业的发展梦想，都由此与实现中华民族伟大复兴的中国梦同向而行，这是他和东投集团全体同仁人生事业中的巨大荣光！

"时代赋予了我们更为广阔的事业天地，我当坚守人生的追求与信念，以百倍的努力去一步步实现理想目标。"在陈东旭心里，倾力于教育公益事业的投入除了源自于内心深处对人生价值的实现，同样有深切真挚的感恩情愫。

这深切真挚的感恩情愫，即是，改革开放赋予的机遇造就了他的人生事业，他理所应当倾情倾力去回报国家社会！

# 附录

作者按：在《当代赣商——陈东旭》书稿即将付梓之际，《中国教育报》分别于2017年5月2日、31日与6月3日，先后刊发了由山东教育报刊社总编辑、编审，中国教育报记者陶继新先生采写《大智大志大德——江西东旭投资集团有限公司总裁陈东旭的人生轨迹》（上篇、中篇、下篇）一文。

这篇人物专访文章围绕陈东旭创业历程这一主线，在质朴、真挚的叙写中充分展现了他对人生事业的理想追求，为实现事业目标付出的不懈努力。通览全文，从时光深处而来，陈东旭在三尺讲台上挥洒青春，从辞职"下海"创业初期的艰难与锲而不舍，再到此后寻找到突破口以及通过一系列创新之举赢得一次次成功，终于成就了令人注目的全国教辅书籍及服务领域中的卓越企业。在完成由一位普通教师向优秀企业家成功转型的这一过程中，陈东旭的执着拼搏、智慧与眼光等等企业家精神品格，一一深刻体现于其中。而在实施多元化发展、成立并引领东投集团一步步稳健崛起壮大的岁月进程中，陈东旭的胆略豪情、决策思路与战略思维，无不令人钦佩，给人以深刻启示。

由一位普通教师成长为一位卓越民营企业家，跻身于杰出赣商中的代表者之一，陈东旭通过奋进而实现的人生命运之变，如此气势磅礴和深富启示意义。

与此同时，这篇人物专访中对平常生活中陈东旭的叙写，以细腻的笔触描述其待人接物与日常生活中的言谈、举止、气质、观点等等，仿佛让读者真切地感触到他的鲜明个性。更为触动人心的，是陈东旭在一步步走向事业成功过程中渐成博大的企业家情怀，对社会公益事业的倾情倾力，对人生事业价值与社会责任的勇于担当。

由此，《大智大志大德——江西东旭投资集团有限公司总裁陈东旭的人生轨迹》(上篇、中篇、下篇)这篇文章，为人们进一步了解和解读陈东旭，提供了又一补充视角。有鉴于此，在征得陶继新先生的同意后，将此文收录《当代赣商——陈东旭》，以飨读者。同时，在此对陶继新先生表达真诚谢意。

# 大智 大志 大德

——江西东旭投资集团有限公司总裁陈东旭的人生轨迹

## （上篇）

陈东旭，男，汉族，江西安福人，1968 年 12 月出生，无党派人士。1990 年毕业于江西师范大学物理系；2005 年江西社会主义学院受训结业；2006 年于江西财经大学 MBA 总裁班研究生毕业；2011 年于南昌市企业经营者评价推荐中心 EMBA 总裁班学习。

陈东旭于 1990 年至 1995 年，在江西省新余一中担任物理老师，从 1996 年开始创业，创办了江西金太阳教育研究有限公司，并担任公司董事长和总裁，其间取得了高级出版物发行员资格。2010 年至今，成立江西东旭投资集团有限公司，并担任集团公司总裁。

陈东旭担任的社会职务有：中国书业商会副会长、江西省工商联副主席、江西省文化企业协会会长、江西省对外友好协会副会长、南昌市文化产业协会会长、南昌市出版发行协会会长、南昌市经开区商会会长、南昌市新闻出版广电协会会长等，先后荣获中国优秀民营科技企业家、中国教辅图书品牌十大策划人、第二届全民创业十大创业标兵、江西省优秀中国特色社会主义建设者、首届江西省十大青年风云人物、2016 江西经济影响力年度人物等荣誉称号。

人们称道陈东旭说，他是一个有政治信念的企业家，一个有经营思想和战略眼光的企业家，一个有高度社会责任感的企业家，一个有教育情怀的企业家，一个包容宽厚、有爱心的企业家，一个有远大抱负和理想的企业家。

才者，德之资也；德者，才之帅也。

拥有金太阳教育等七个子公司、几十个亿资产的江西东旭投资集团有限公司总裁陈东旭，在江西的民营企业界，特别是全国民营基础教育研究和教育出版领域，无疑赫赫有名。

可当笔者一见到他，原先在大脑中想象模拟的形象，顷刻间荡然无存。

他衣着简单，举止也没有一般大企业家的超然气势；就连说话，也没有洪钟大吕似的响亮。可是，与之交谈少顷，他那旺盛的生命力、强劲的感召力、奉献的情怀、义务办学的善举以及对基础教育发展的治本之策，让我立刻顿悟：欣赏他，必须得从另一种角度。于是，对他产生了须仰视才见的感觉！

常言说得好："人不可貌相，海水不可斗量。"

我则叹之曰："陈东旭之谓也！"

他，不动声色地塑造了一个"大象无形"的教育"界"之外的教育人。

## 商海创业　初心未改

"先入为主"的印象导致了认知偏见的形成，但正如笛卡尔所说："怀疑是为自己寻求确信的理由。"若干年前，我在一个朋友家里听到陈东旭的名字，尽管这位朋友对他敬佩有加，可在我的大脑里，陈东旭更多还是一个编试卷、卖教辅材料的高手而已。

而我则对于教辅材料在当今中国的泛滥乱象，有一种极大的反感与抵触。

前不久，在一位我特别信得过的校长讲学时，再次听到陈东旭的名字，刚开始我还没有摆脱掉原来对他的偏见。可是，随着这位校长对他创业史的叙说，我渐渐地改变了对他的看法。

原来，同是"卖"试卷和教辅者，境界与方略，向往和追求，也有天壤之别。

于是，我走近了陈东旭总裁——

1990年，陈东旭满怀教育激情，被分配到江西一所重点高中，担任物理老师。

五载春秋，他尽心尽力，取得了很好的教学成绩。

当时，学生日常用以训练的试卷，更多是从新华书店或个体书商手上买来的。陈东旭的学生所用的，则是广西博白中学的《高中物理导学与针对训练》。

就在老师们一年又一年、一批又一批地为学生购买这些试卷的时候，却很少有人想到教师自己也可以成为试卷的编写者。英国著名课程理论学家劳伦斯·斯腾豪斯早在20世纪后叶就明确提出："教师应该是研究者。"而美国学者康奈利和本·彼瑞兹也强调，教师需要对外部提供的教学材料进行修改、调整和调换，以介入自己的知识与观念，从而开发出自己的课程材料。

而这，陈东旭想到了，且行动起来了！

他认为，如果组织一些全国优秀老师，精心编写一套更加优秀的综合性教辅材料，必然会让老师更轻松地教学，学生更有效地学习。

满怀"让老师更轻松地教，让学生更有效地学"的朴素想法，陈东旭毅然辞去公职，与一些有共同理想的年轻人一起，投入到他所憧憬的世界里。

陈东旭认为，要想编出让学生用起来既能补充所学知识又学得轻松的试卷和学习材料，一定要有高水平的老师和作者，这样的老师和作者则一定是全国教学经验丰富、功夫过硬的一流名师，因为名师所蕴含的教育经验与智慧对于教学资料的编制所潜隐的意义，恰如美国学者康奈利在其著述《教师在研究和课程开发中的角色》里所强调的："教师是对课程材料的要求和教学情境之间的不可逃避的仲裁者。"而名师既是仲裁者，更是直接的践行者，其在教辅材料研发过程中所能发挥的效应和价值是不可估量的。为此，陈东旭遍览全国教育类报刊，搜索发表文章多的名师。随后想方设法，与他们取得联系，诚请他们参加共同编写工作。有的时候，一些名师并不答应陈东旭的请求，为此，他千里迢迢，亲自登门拜访，恳请他们"出山"。

《大学》有言："心诚求之，虽不中，不远矣。"

陈东旭的真诚与情怀，打动了这些名师们。功夫不负有心人，终于，287所重点中学的名师加入到编写队伍之中。

名师的稿件很快陆续发来，陈东旭喜出望外之时，与20多名员工，在江西新余市租来的6套民房里，继以日夜地忙碌起来。1996年底，涵盖数、理、化三科的《名校·名师·名作》丛书正式出版。

有了好的产品，还要有好的销路。1997年，陈东旭创造性地想到了"全国大联考"。美国教育评价学家C.斯塔弗尔比姆认为："评价的最重要意图不仅是为了证明，更是为了改进。"联考作为教学过程的一个从属活动，具有很强的导向性功能，它能为决策提供效用信息和参照。基于此，陈东旭向全国高中学校发出信函，说明这套试卷的作者均系全国名师，试题质量堪称一流，希望该校学生参加全国大联考，以促进学生的学习，并测定学生高考前的水平。

一石激起千层浪，很多高中热烈响应。《名校·名师·名作》丛书初出茅庐，便风靡全国，向高中校园"进军"。心理学家亚瑟·盖兹说："没有比成功更能增加满足的感觉，也没有比成功更能鼓起进一步成功的努力。"

随后，陈东旭又相继推出高考必考的其他4科考试试卷。

1999年3月，全国已有154万学生参加"全国大联考"；2005年，大联考参考学校达 7000 余所，参考人数 280 万人，被教育界称为仅次于高考的"中国第二高考"。

在这些试卷发行量与日俱增的同时，陈东旭带领员工们又陆续编辑出版《模拟卷》《高三单元卷》《热点难点专题透析》《优秀高考模拟卷重新组合卷》《重组卷》等与高考相关的教辅类图书，而且以质量高与发行量大而受到更加广泛的欢迎。

1999 年，江西金太阳教育研究有限公司从吉安搬迁至南昌。

## 教研引领　质量为先

现任东旭投资集团名校研究院院长的柏成刚，原本是一位在全国知名的名校长。他说自己以前是金太阳教育的一个教辅客户，现在则成了东投集团的一名员工。

1996 年金太阳教育创办之时，柏成刚还是河南省一所重点高中的业务校长，对教辅有着火眼金睛般透视力的他，就认定了金太阳教辅的质量。十几年来，他几乎每年都要带着学校的老师们，到金太阳教育学习和交流。因为他想探索一下这个团队是如何编制出如此高质量教辅图书和试卷的。

在对金太阳教育的了解越来越深之后，柏成刚对这个企业的感情也与日俱增。突然有一天，他发现这个企业不就是自己寻觅了很久而终生归依之地吗？于是，他决定来到金太阳教育，成为其中的一员。

金太阳教育没有让柏成刚后悔，他也没有让金太阳教育失望。金太阳教育这个大舞台，让柏成刚有了用武之地。他先是在金太阳教育研究院教科所所长的位置上，走遍全国、讲遍全国，成为一名教育培训大师；后又在东投集团名校研究院院长的位置上，专门从事名校研究、名校建设、名校发展和名校推广，作出了突出的贡献。

从一名金太阳教育的员工，到名校研究院的院长，其生命的价值实现了飞跃。正如金太阳教育一样，从一个研发试卷产品的教辅公司，一步步发展成为一个服务全国教育的大型教育产业集团。

今天谈及加盟金太阳教育，柏成刚依然激动不已。恰如我国早期的教育践行家们，他们在认识上，永远在探索；在意愿上，则永远在行动。在柏成刚眼中，陈东旭不是一般意义上的企业老总，而是一个有着很深教育情怀的人。他之所以要金太阳教育出版全国一流的教辅图书，目的不单单是要卖得更好、赢利更多，更主要的是通过图书的高质量来减轻学生的负担，通过优质的服务来减轻教师的负担。为此，金太阳教育专门成立教育研究院，组织了一个阵容庞大、水平很高的基础教育研发团队。

柏成刚说："我们必须有权威级的基础教育专家，才能研发出全国一流的教辅。如果产品不好，发行得越多，危害就越大；只有首先确保高质量，发行越多才能产生高效益。"产品质量有着巨大的"魔力"，这种"魔力"不在发行队伍，而在研发团队。金太阳教育从创业之初研发团队的三四十人，到现在研究基础教育的专业人员多达近500人，在人员不断增加的同时，教研水平也持续上升。

据金太阳教育研究院副院长杜建刚讲，陈东旭具有远大的战略眼光，比如在全国基础教育课程改革之初，他敏锐地发现，课程改革必然会带来课堂教学的改革，以及与之相应的教学辅导材料的变化。为此，陈东旭带领公司干部在上海等地参加了很多培训。他让大家思考，面对新课程改革，我们如何为学校提供更优质、更全面的教育服务？于是，《金太阳导学案》创新和研发出来了，并很快投入市场，用户遍及全国各地学校。直到现在，合作学校的数量依然在不断增加。因为这样的教辅图书，有效地解决了老师们高效课堂改革中的落地问题。

金太阳教育研究院负责教学备考的研究中心主任李时林认为，金太阳教育的教辅图书，体现了播种与收获、实用与高效合一的特点，注重了四个方面的内容：一是预习，二是导学案，三是固学案，四是思学案。

法国学者贝斯特认为："真正的教育是智慧的训练。"金太阳教辅研发的目的，不是让学生一遍又一遍地去做题，而是让学生实现从学会到会学的飞跃。

陈东旭要求教育研究院的人员不但要有专业理论水平，还要知晓国家教育教学改革的动向，同时，对于一线教学又要有深入的了解与研究。这样，才能有较高的研究成果，既研发出高质量的产品，又为学校提供更好的服务。更重要的是，还要立足当下，瞩目未来，始终保持领先一步的品质。

有人说，金太阳教育就是一个典型的现代大型教育出版企业，阵容强大，人才济济。所以，一些国有出版社频频到金太阳教育来挖人才。有人甚至说，金太阳教育是当今教辅出版行业的"黄埔军校"。当然，个别人才也会高枝别依。陈东旭却说，我们能够为教辅出版业培养人才，是我们集团的骄傲。同时，他们都是在为中国出版业发展作贡献。

《吕氏春秋·察今》说："世易时移，变法宜矣。"陈东旭说，当信息化技术呼啸而至的时候，由此带来的教学变革将是史无前例的，金太阳教育也要应时而变。2014年新春动员大会上，陈东旭提出金太阳教育的重点是启动并推进"2.0"升级版战略。打造三个新的金太阳，其中之一便是"数字金太阳"。

东投集团负责教育信息化板块的周东强总经理说，经过反复调研之后，金太阳教育决定，教育信息化聚焦于测评，我们就充分发挥金太阳教育的测评优势，专注做测评产品，并且做优做精，经过近一年的调研考察，望远教育测评系统的研发工作于2014年11月正式启动。历时半年，于2015年3月成功进入试用阶段。

2015年3月1日，根据教育市场需求，结合传统教育领域的产品优势，东投集团研发出了新数字产品——望远教育测评系统，成为教育教学改革"转型"和持续提升的新动力。

望远教育测评系统有效地解决了三个问题：一是实现了老师备课、课堂评价等教学行为方式的改变，从而让教师从一讲到底的"圣坛"上走下来，让学生自己去演绎其生命的精彩；二是改变了学生学习的方式，在翻转课堂等新的课堂形式中，学生不再感觉学习是一场又一场的苦役，而是自我学习甚至自我评价的快乐学习；三是改变了家长对孩子管理的方式，以往那种以成绩优劣评价孩子的终结式评价，转变为过程性评价。家长免费下载一个PPT，就可以了解孩子整个的学习过程，进而协助教师工作或者指导孩子更好地学习。

望远教育测评系统拥有"1+2"高效训练整体解决方案，而"1+2"指的是通过测评分析系统，达到精准化诊断教学的目的，建立学生个性化学习档案。

负责金太阳教育山东省区市场推广的刘艳玲经理讲，望远教育测评系统通过收集学生考试的大数据进行分析，挖掘每一道试题的测评数据，分析每一个学生的学习行为，从而得出教学诊断结果，帮助老师准确掌握学生学习情况，高效实施精准教学、个性化辅导，快速实现培优补差，让更多学生考上心中理想的大学。同时，形成学生个性化学习档案，有效地反馈和建立错题集，让学生更清楚地了解自己的弱项，在后续的学习中更有针对性和创造性。让每个学生都有自己学习的"路线图"，更能发挥个性化学习的优势。

周东强说，在不改变教师和学生原有的工作及学习习惯的前提下，快速检测出学生的学习情况，大大减少了教师的工作量。更重要的是，既能帮助教师有针对性地制定教学计划，同时又使学生快速准确地掌握自己的学习情况，着力攻克自己的学科薄弱点，走自己特定的学习路线，提升自身的各种素养。因此，望远教育测评系统将成为中国教育领域极具"市场"号召力的品牌。

## （中篇）

### 传媒称奇　创造辉煌

近年来，纸制媒体受网络影视等新媒体的冲击，销量呈每况愈下的态势。而陈东旭所策划发行的《当代中学生报》，却依然一路凯歌，创造了期发行量 1350 万份的惊人奇迹！

陈东旭认为，报刊发行量下滑固然与网络影视媒体的高歌猛进有关，但也与同质化报刊的恶性竞争分不开。所以，应当避开同质化，差异发展。于是，他们首先想到了优秀儿童所需要的优质精神食粮。

孔子倡导"因材施教"，办报刊也要因人而变。一般的报刊，面对的是同一群体的不同质的孩子，所以，真正优秀的学生，只能从中摄取很少有用的东西，以至于因此而不再问津。

于是，金太阳教育专门为优秀学生办的报刊也就应运而生，自然也就有了庞大的读者群。据金太阳教育研究院负责报刊研发工作的杜建刚讲，当今学校使用统一教材，很难满足部分学习佼佼者的需求。从表面上看，这是均衡教育，其实，是不科学的，它限制了一些学生的发展潜力和求知的欲望。

《当代中学生报》无疑是金太阳教育的一个品牌产品。那么，它又是如何在当今中国报刊界独领风骚的呢？陈东旭认为，当下常规的学生学习资料相当多。如果出一份报刊，既能够适宜学生在课堂上使用，又可以在课外提升素质的话，不就有了"鱼"和"熊掌""得兼"之妙了吗？

2008 年,《当代中学生报》正式出刊。它提供的"学方案""思方案""练方案""悟方案"，为广大优秀学生高效学习、快乐成长提供了有价值、可操作的优质方案。由于想学生之所想，急学生之所需，报刊一问世，就有了众多的读者。短短四年时间,总订数已经过亿。期发行量达到1300万份。

陈东旭说，在新的一年里，《当代中学生报》还要在内容上创新，将设置一两个创新性栏目，试题不但要新颖，还要符合新课标的精神。

陈东旭现在正在考虑策划一个不与教学同步的学生课外阅读类产品。他满怀信心地说，我们已策划发行了 3 本期刊，单期订数已超过了 200 万份。不用几年，期发行量超过 500 万份没什么问题。

与一些报刊界的朋友交流的时候，不少人忧心忡忡，认为纸质媒体时过境迁，不再辉煌了。可见到陈东旭后我才感到，纸质媒体并没有退出历史舞台，依然有着强劲的生命力。关键问题在于，纸质报刊的领军人物，不但要有强烈的市场竞争意识，更要有宽广的胸襟，尤其需要具备的教育情怀。

## 客户为本　价值为魂

近年来，教学辅导类图书的销量，越来越呈现出下滑的趋势。即使有人使出全身解数进行狂轰滥炸式的宣传，依然无法改变其走向没落的结局。金太阳教育不但没有被卷进这个"无可奈何花落去"的大潮中，反而激流勇进，显见了"浪遏飞舟"的强劲势头。短短 5 年的更新、拓展，《金太阳导学案》一套图书的发行总量就接近 10 亿码洋！

其中的高招与奥妙，陈东旭一语道破天机："服务高于销售！"

一般教辅类图书销售商，在发行的时候甜言蜜语地闯过"闸门"。可是，一旦出手成交，就万事大吉，无处可觅。即使使用试卷和教辅图书的师生发现质量问题，也是叫天天不应，叫地地不灵。销售的渠道和诚信也随之走进"死胡同"。金太阳教育恰恰相反，不"叫"而行，一流的服务不仅及时解决了师生的疑难问题，更让使用教辅图书的师生备感温馨。

更让人放心且暖心的是，金太阳教育编发的教辅图书刚到师生手里，"联系点"的专家讲师团便随后到来。一讲就是三天，不仅传播先进的教育理念，而且为学校带来示范课、点评课，帮助学校进行课堂分析与诊断，为学校提供贴心的需求和服务。仅 2016 年一年，金太阳就对全国各地的学校进行"点对点"讲课 3000 多场次。每一位听过金太阳教育讲座的老师，每一所被金太阳教育服务的学校，就成了金太阳教育的"粉丝"。苏联教育学家苏霍姆林斯基说过："如果想让教师的劳动能够给教师带来乐趣，而非单调的活动，那就引导每一位老师走上从事研究的这条幸福的道路上来。"金太阳的"点对点"讲课对在教学中忙得不可开交的老师来说，无疑送来了及时雨。不但省去了时间，还提高了教学效率。所以，金太阳教育为学校提供的不仅有教辅产品，更多的是有价值的教育服务。

我曾与许多同金太阳教育接触过的老师们交流，他们对金太阳教育从心里感激不尽。他们说，有些人甚至是熟人把教辅图书送到学校，我们并不接受。可是，对金太阳教育的教辅图书，我们盼着早日到手。用陈东旭的话说，销售产品的高层境界，不但需要超高的质量，还需要一流的服务。

在东投集团工作了 18 年的王军宇，曾经在金太阳教育分管营销十几年，他说，金太阳教育不叫教辅图书公司，而叫教育服务公司。因为陈东旭说，我们的核心是做教育，是为培养新一代复合型人才提供有价值的服务。

陈东旭认为，真正的高效教学，必须是学生能动性的开发，甚至是走进"游于艺"的境界才行。所以，金太阳教育的教育培训，广泛而持久。在一次聚会时，有人说了这样一句话："白山黑水有我的足迹，天南地北有我的声音。"正是这些不知疲惫的员工，他们用自己的行动，兢兢业业地辛勤工作，为金太阳教育增加了竞争力。

在与金太阳教育一些员工交谈的时候，谈起他们的辛苦之旅，个个都是一脸的自豪。他们说，每逢到基层学校作报告的时候，他们都兴奋不已。特别是听到老师们奔走相告地说"金太阳教育的专家来了"时，那种自豪感，只有身在其中的人才能真正体会到。

他们说，越是这样，越不能辜负老师们的期望，不但要认真备课，就连制作的课件，也是做到文质兼美。尤其是走上讲坛的时候，有一种重新审视自己的感觉。那么多老师聚精会神地听讲，一次又一次热烈的掌声响起，让金太阳的老师们有了一种传播文明的自豪感。

人固然要有物质需求，不然，就无法生存。可人更要有精神需求。这些演讲专家说，他们是精神上的富翁，每天被老师们鼓励着、欢迎着，还有比这更有价值的吗？

## 名校战略 "逸夫精神"

陈东旭有一句话令人吃惊："企业不赢利就是犯罪！"

难道唯利是图才算是企业？可是，且听以下分解之后，我们就又对他敬而仰之了。

陈东旭认为，企业是要讲经济效益的，不然，休说发展，生存也不可能。可是，企业更要讲社会效益，不然，你只能活在今天，你活不到明天。企业挣的钱越多，就越应当回馈社会，投资公益事业。

2016 年，东投集团对南昌市桑海中学捐资助学已经超过 1200 万元，不但解决了学校所需的全部教育设备，解决了学生的食宿问题，为每个教师配上了手提电脑，还连续三年持续支持教师培训。

陈东旭说，东投集团自金太阳教育创业，发端于教育，就要回馈于教育。为此，他们在集团层面启动了"名校金太阳"和实体教育发展战略。

什么是"名校金太阳"和实体教育发展战略呢？

用陈东旭的话说，就是要在全国创建一百所金太阳实验学校，向实体教育转型和发展，由一流的教辅企业向一流的教育集团升级。在办学方面，陈东旭有他自己独到的认识和理念，他说，要用理念改变教育、用技术改变教育、用机制改变教育、用文化改变教育。在理念改变教育方面，陈东旭特别强调"教育家办学"。所以，每一所金太阳实验学校都要从全国公开招聘德才兼备且有一定影响的名校长，同时，将金太阳的管理机制引进学校，让学校真正"活"起来。

陈东旭毫不讳言教师的待遇，他认为，要想让教师踏踏实实工作，就要保证其较好的待遇，让老师们有尊严地生活。同时，他认为，"好报才有好人"，要创新学校管理机制、分配机制，让负责任的老师、高水平的老师、出成果的老师得到更好的报酬，那种干好干坏一个样的机制，不但纵容了少干与干不好的教师，也在无形中打击了干得多、干得好的老师的积极性。

谈起东投集团的名校金太阳战略和实体教育的发展，中国青少年发展服务中心特聘教育专家、东投集团战略运营中心总经理、东投集团实体教育总负责人杨昊坤很是感慨。他说，2014 年 1 月，陈东旭对他说，邵逸夫一生为教育捐助 47 亿元，彪炳千古。邵逸夫的事迹激发了他的一个梦想，就是在有生之年，争取捐助教育 50 个亿，在全国创办 100 所金太阳学校，而且还要建成全国一流的名校。而他说的名校，有一个基本标准，那就是让学生成才，让教师成长，让学校成名，让教育成功。

当晚，杨昊坤就写了《逸夫精神与东旭情怀》一文，抒发了他对陈东旭人格与教育情怀的敬仰之情，也为自己能成为一名东投人而感到自豪。

从逻辑上讲，有了一流的硬件建设与一流的教学设施，还只是成为名校的必要条件，而不是充分条件；只有有了先进的教育理念，有一流的校长、一流的教师与高品质的学生，才能让名校名实相符。杨昊坤说，为真正建好名校，陈东旭提出名校的六个必备条件：一是要由名校长甚至是教育家办学；二是用先进的理念改变教育，启动教育变革；三是技术改变教育，让信息化成为学校发展新的增长点；四是用优质的教师队伍改变教育，不但对教师进行培训，而且由集团出钱引进名师；五是机制改变教育，出台名校激励办法；六是构建校园文化和良好的学校氛围。目前，由杨昊坤负责实施的名校战略和实体教育正按照陈东旭提出的目标有序推动。

名校长谢莉香，这位巾帼不让须眉的女豪杰，在甘肃白银十中时，就用她的坚忍不拔的意志、无私奉献与拼命工作的精神，让一所普通高中跃升为全省名校。

一次偶然的机会，改变了谢莉香的人生轨迹。

2013年在河北衡水中学的一次研讨会上，她与临川一中饶祥明校长不期而遇。饶校长向谢莉香校长介绍了东投集团的名校战略。她动心了，专程来到东投集团考察。陈东旭与她倾心而谈，让她内心激动却又辗转反侧。因为就在几天前，甘肃省白银市平川中恒学校还在千方百计让她留下。极重情义的她犹豫了，何去何从？

但是最终，谢莉香还是决定来到南昌，加盟到东投集团。她认为，她遇到了一群具有共同理想和情怀的智者，她遇到了可以施展才华发挥作用的舞台，她决定与这个团队一起来实现陈东旭提出的教育梦想。

2014年1月，以"公办民助"形成挂牌的桑海金太阳实验学校诞生。不过，要想让这样一所基础薄弱的学校成为名校谈何容易！一是地处城乡接合部，甚至可以说是在农村；二是缺少优秀师资，生源不佳。

谈到桑海金太阳实验学校，陈东旭很是感慨。他说，20年来，南昌城市建设突飞猛进，开发区是发展的一个亮点。可是，这里的学校基本上没有增加，更没有优质学校，这与发展中的城市很不相配。作为这个城市中的一位市民、一位有抱负的企业领导人，有责任有义务支持这个新区建设和发展一所好学校。

笔者曾两次到这所学校考察，它绝对是当地一道美丽的风景。即使内部设施也堪称国内一流。投资之大，可想而知。其实，这只是财物上的投资，而人力投资与精神投入更是令人感动。

陈东旭让集团战略运营中心总经理杨昊坤主管名校战略和实体教育的发展，具体负责对金太阳实验学校的支持与推动。为此，他为实现陈总提出的"理念改变教育，机制改变教育，技术改变教育"殚精竭虑。而谢莉香校长也是雄心勃勃，对于改变这所学校的命运，有一种舍我其谁的担当精神。

在 2015 年，笔者再到桑海金太阳实验学校的时候，正好与时任南昌市桑海经济技术开发区社发部门领导相遇，他高兴地对我说，不到两年的时间，学校便发生了巨大的变化，他自己的孩子也放弃了到南昌二中读书的机会，到了这所学校就读。现在孩子的学习成绩和各个方面都有很大的进步，很多原来放弃在桑海金太阳实验学校读书的孩子都后悔了。按照这个势头，金太阳实验学校成为江西名校只是时间问题，毫无悬念。

桑海金太阳实验学校只是东投集团名校战略布下的一个点。星星之火，可以燎原。当陈东旭所期盼的 100 所名校在全国不同地区崛起之后，它对中国的教育，将是一个多大的贡献！

据了解，2016 年东投集团将在湖北阳新县投资 10 个亿承建一个 800 亩的一流教育城，并将为阳新县 6 年捐资 5000 万元，支持教育事业的发展。届时，一所高中、三所初中、一所小学、一所幼儿园将拔地而起。另外，在学校之外，东投集团还要打造一个方圆千亩、拥有完备教育功能的金太阳教育社区。

名校金太阳战略是一个大手笔，也是一个民心工程。陈东旭，将因此举在中国教育的史册上书写出浓墨重彩的一笔。

## 成功思维　智慧人生

随着信息化时代的到来和电子商务的发展，许多传统行业都受到了挑战和冲击。可是，金太阳教育却在 2016 年依然增长 7 个亿码洋，呈现出蒸蒸日上和生机勃勃的局面。

金太阳教育研究院刘春华院长一语中的："陈东旭总裁有一种成功者的思维！"

他是很早走进金太阳教育的坚定分子之一，一同经历了公司由小到大、由弱变强的整个发展历程。他说，陈东旭在认定方向之后，不管有多么大的困难，都决不放弃，而且有着积极的思维，认为成功一定到来。但他绝不蛮干，他有一整套走向成功的战略战术，既让员工看到前方的希望，又有明晰的通往成功的路径。

在陈东旭看来，没有失败，就没有成功。偶然的失败，不是终结性的，而是走向成功的一个序曲与前奏，所以，从总体格局上来说，还是成功的。陈东旭有一句名言："方法总比困难多！"

说起陈东旭，金太阳教育直营事业部总监刘金平一语道破天机：陈总胆商极高，一般人对某个大事还琢磨不定的时候，他就拍板做起来了。但是，他不只是胆商高，关键是智商更高。因为在人们还看不清未来发展走向的时候，他已经了然于胸。所以，看起来是"胆大包天"，其实是智慧过人。

2015年初加盟东投集团的吴中付曾经是保险公司的高管，在保险行业工作了28年。听说陈东旭是一个能容人容物且有发展前景的民营企业的领军人物，于是他毅然辞去原来保险公司总经理的职务，来到东投集团做教育地产的营销工作。

吴中付认为，陈东旭是一位极具智慧的人。他做教育地产，一般不在大中城市，而是瞄准了县级城市。农村人有要享受城市的教育、医疗等的愿望，那么，县级城市人口的增加就是一个必然加速的态势。可是，面对县域城市不断膨胀的现实，有的政府部门却没有相应的财力给予支持。金太阳教育是教育人，通过办教育地产，不但可以满足老百姓进城后日益增长的需求，自身也有了可观的经济收益。

但地产投资是要冒风险的，尤其是当今房地产呈现出的低迷走势，让一些地产商望而却步，如果盖了一大批房子而无人问津，赔本不说，自身的形象也会受到严重影响。陈东旭智慧地提出了以销定产战略。即市场有什么需求，定量生产，拿着订单来做地产。不是有了房子再卖，而是有人需要多少房子再去建。比如意欲进城或在城里的无房者，孩子很难进入好的学校。于是，东投集团在建房的时候，配套的学校相应而生，而且从硬件设施到师资队伍，在当地都堪称一流。这样，就对老百姓形成了一股巨大的吸引力，而且也真正能让老百姓从中受益，再加上与学校同时诞生的教育社区的配套，就更让老百姓由衷地欢迎了。

他的教育地产才做了半年时间，就已经初显了其前景的灿烂。

## （下篇）

### 教育社区，"五心"弘道

社区教育在丰富居民生活与老人养老方面，已经彰显了它的意义。可陈东旭认为，社区的教育功能还远远不够，尤其是在如何更好地为孩子的成长和教育服务方面，还需要下一番大功夫。

目前学生尤其是小学生放学之后，如果父母工作太忙，做起作业来，大多效率低下，甚至有的还迷恋上了上网。即使家有老人，也多因对隔代孩子溺爱而让家庭教育走入误区。

孩子们放学后的"路"在何方？这已成为全社会所关注的问题。

陈东旭想到了创办教育社区，并把教育社区的策划、创办交给了对青少年成长教育颇有研究、拥有战略大师和策划专家之称的集团战略运营中心总经理杨昊坤。老板的决策和信任，就是更大的责任。习惯于挑重担的杨昊坤毫不犹豫地接受了这项任务。但是，搞教育社区在全国没有先例，更没有成熟的模式和经验。杨昊坤开始了夜以继日地从理论研究到模式创建的探索。自从与杨昊坤相识之后，我就感受到这是一个具有教育情怀并拥有大智慧的人。他提出的青少年成长教育"三三四"理论，发表于光明日报的《教育家》杂志上，对青少年的成长教育有深刻的研究和独到的见地。青少年成长教育"三三四"理论的基本观点是，影响青少年成长的三个关键人是"家长、老师和朋友"，决定青少年成长的三个关键因素是"学习与能力、人格与情商、行为与习惯"，完善青少年教育的四种教育形态是"学校教育、社会教育、家庭教育、自然教育"。

正是基于青少年成长"三三四"教育理论，杨昊坤构建起金太阳教育社区"2+3"养成教育模式。由此，杨昊坤提出，金太阳教育社区的定位是"衔接和补充学校教育、创新和发展社会教育、促进和融合家庭教育、拓展和实践自然教育"；金太阳教育社区要解决孩子放学后家长们更关心的孩子安全问题、更操心的孩子学习问题、更关注的孩子成长问题。金太阳教育社区的"2+3"养成教育模式是，构建"学习圈""良友圈""家长圈"和培育孩子六种人格的"阳光学苑"，养成孩子七种习惯的"修身学苑"，金太阳教育社区的这个理念和教育模式，得到了江西省领导的充分肯定和全国许多教育专家的高度称赞。陈东旭也坚定了创办和发展教育社区的信念。他非常坚定地说，办好教育社区，金太阳教育将不惜一切代价。

2015年3月，首个教育社区在东投集团总部挂牌开张。不过，金太阳教育社区和其他服务机构不一样，完全是公益性的。陈东旭认为，应该让自己的职工与附近居民的孩子放学之后，有一个学习、娱乐、活动、成长的场所。

为此，东投集团专门成立了中伦教育服务有限公司和教育社区事业部，组建了专业团队和导师队伍。比如学生的作业问题，不但有老师指导，而且特别重视做作业的习惯培养。以往学生做作业，不紧不慢，外面有点动静，就转移了注意力，甚至停止做作业。金太阳教育社区为引导学生走好每一步，首先特聘专职教师在培养学生写作业的习惯上进行教育与指导。一是培养孩子们的专注力，二是培养孩子们高效完成作业的习惯，三是培养孩子们提高作业正确率的意识和信心。经过培养，原来两三个小时甚至更长时间才能完成的作业，现在一个小时即可完成，而且提高了质量。高效完成作业后，则开展体育、艺术或其他活动。于是，这里成了孩子们学习与游戏的乐园，也成了他们成长的乐园。更重要的是，它解除了孩子家长的后顾之忧，尤其是让学生放学之后的教育更加优质，更加高效。

陈东旭认为，金太阳教育社区可以引导学生高效高质地完成老师布置的作业，进行丰富有趣的活动，但绝对不能像学校一样为孩子上课。他说，培育孩子"理想追求、感恩博爱、阳光心态、是非辨识、逆境成长、礼貌礼仪"这六种优秀人格和养成"规划时间、收拾整理、独立思考、系统阅读、承担家务、纠正错误、关心他人"的七种良好习惯，是社区教育的灵魂和关键。所以，在聘请教师方面，陈东旭特别强调了教育情怀。他认为，教师的业务水平固然重要，可如果不将教育社区作为一个理想工作去做的话，就不是一个合格的老师。他们不但要懂得如何教育孩子，还要真正爱孩子，爱这个事业。

我们看到，金太阳教育社区成了孩子们向往之地，放学之后孩子们不是急切地回家，而是背着书包在第一时间来到教育社区。有些有兴趣且对孩子的培养有经验与特长的家长，也走进社区，义务指导学生，教育社区的人气越来越旺，内容也越来越丰富，活动越来越广泛。

陈东旭认为，之所以要创办教育社区，为当地百姓提供相应的场所，提供优秀的师资，就是从心里想着更好地为老百姓服务，解决他们解决不了的问题，让他们的孩子在优质的"土壤"中健康成长。教育是学校、家庭与社会合而为一的系统化的工程。如果家庭教育做不好，社会教育跟不上，即使学校教育做得再好，最后也会出现事倍功半甚至前功尽弃的后果，教育需要合力。

2015年5月13日，我应邀参加了金太阳教育社区导师训练中心和首期实验班的开班仪式，并参加了教育社区研讨会。

目前很多课堂教学基本是学科本位，教师各自为政，缺乏合作意识。尽管有的学校也在进行教育教学改革，但更多还属于原始形态，大多也只能称得上初级阶段。但是金太阳教育社区就不一样了，当天杨昊坤总经理亲自给孩子们上的头一课，从团队的角度展示了一些合作性学习的内容。我相信肯定还会有一系列的课程，并在如何建构合作团队组织方面进行探索。团队建设呼唤合作精神，而教育社区在这方面则显现了生命活力。比如同学之间，不单单是学习，也不单单是活动，还要帮助别人成长。在团队中，每个人是有分工的，更是积极主动的。同时，他们还要学会等待，学会倾听，学会尊重他人，从而形成助人为乐的品质。未来真正需要的人才，恰恰是这种具有合作精神的人才。

但是学校现在培养的人才，恰恰缺失合作精神，而金太阳教育社区正在完成这个使命。在我第二次来金太阳考察时，我的感觉和印象是，不管是陈东旭总裁还是杨昊坤总经理、柏成刚院长以及其他的公司领导，他们合作意识太强了。也正因如此，他们才干出了一番如此大的事业。

英国哲学家洛克在《教育漫话》中曾经说过："儿童学习任何事情更合适时机是当他们兴致高、心里想做的时候。"然而，当下还有很多学校的课堂，采取的还是老师讲、学生听、满堂灌的形式，学生内在的生命精神和自主能动性被压抑了。但在金太阳教育社区就完全不一样了。杨昊坤总经理上的课，开始的时候有些孩子虽然拘谨、不想说，可他想方设法让孩子上台大胆地说，在他的鼓励下，几乎所有孩子不仅上台讲了，而且讲得还很不错。于是，每个孩子在这个过程中都慢慢地有了自信，形成了自主精神和自主意识。朱熹有言："教人未见意趣，必不乐学。"想一想，如果没有自主精神和自主意识，没有能动性，孩子是不可能很好地成长的。即使学的知识再多，他也绝对不能与社会融为一体。只有不断地自主、能动、自由的发展，才能让学生真正健康成长起来。可以说，金太阳教育社区，很好地给孩子们搭建了一个全面发展、健康成长的平台。

与此同时，个性化教育也是金太阳教育社区关心的问题。比如有几个孩子在台上跳起了拉丁舞，就体现了不同的个性。不同层次、不同年级的孩子，个性可以在这里尽显。如果孩子的个性和思维不能充分地发挥出来，以后是难有创造力的。就比如陈东旭总裁，他的学历也不是特别高，但却能干成大事业，不只是因为他积累了很多的知识，关键是他本身所具有的巨大潜力得到了淋漓尽致的发挥。实际上，几乎每一个人都有巨大的生命潜力，但非常可怕的是，有的教育将这些潜能压抑了，这种潜能一旦被压抑得很厉害，就会处于睡眠状态，最后导致潜能死亡。在文化教育学代表人物斯普朗格看来，"教育的最终目的绝非单纯的文化传递，而是要把人的心灵唤醒。"其在这种"唤醒理论"中所强调的就是在教育的过程中，要想尽办法将学生的生命感、价值感诱发出来，点亮、唤醒他们心中的所有渴望和潜能，让学生的梦沿着每片绿叶延伸。

为了办好金太阳教育社区，陈东旭追求的是"孩子开心，老人舒心、家长放心、学校放心、政府宽心"的"五心"目标。而"五心"实施后，孩子未来美好的发展前景就成为不期而至的现实。

正是基于这种思考，陈东旭有了一个更大的思路。东投集团教育地产的开发，不再只是向其他教育地产一样打造学区房，还要配套打造起一流的金太阳教育社区，让老百姓住进新房后，连孩子的上学问题、放学后的教育和成长问题都解决了。

目前，在江西、湖北、河南等地，东投集团正与一些地方政府部门和开发商进行洽谈，准备把金太阳教育社区引入到当地开发项目和社区建设之中。陈东旭信心百倍地说，用五年时间，金太阳教育将在全国建100个教育社区。

### 谦虚宽厚，仁爱至善

写到这里，读者也许认为已经解开了陈东旭走向成功的内在密码。可是，随着交谈的深入，更深层次的"根系"和更让人感慨的还在其做人方面。他的真诚、善良、谦虚、宽厚……才是走向成功本质的因素。

### 吃亏是福，宽容是美

陈东旭常挂在嘴边的一句话是"吃亏是福"。开始的时候，商婷婷觉得他有点懦弱。慢慢地，她发现，他骨子里是宽容大度，遇事沉稳泰然，待人以诚，恪守信用。商婷婷认为，这是陈东旭走向成功的核心元素。

商婷婷说，在陈东旭身边做事的人，心里都有安全感，能看到发展的前景。比如当时学校正式职工月薪800元，金太阳教育这个民营企业以月薪5000元招聘员工的时候，有的人辞去公职过来跟他干了起来。

而在公司员工离职的时候，他也会以一种很好的心态理解甚至帮助他们。真诚地告诉他们到了新的公司，应当如何才能做得更好。甚至有的高管人员离职的时候，陈东旭非但不生气，反而还将他们当作朋友，在其困难的时候依然出手相助。

有人很不理解，认为何必再善待有可能或已经成为对手的人呢，陈东旭坦然一笑说："我的竞争对手很多，我教会一个人更好地做人做事，只不过又多了一个而已，对我的事业不会有很大的影响。"谈及这个问题的时候，商婷婷说刚开始很不理解他，可是，后来不但理解了，而且也被他彻底改变了。曾被商婷婷聘来的彭建军就是这样一个例子——

当时正是金太阳教育急需人才之时。一天，商婷婷在火车上与彭建军邂逅，感到他在企业经营上是一个难得的人才，就将其聘到金太阳教育。他确实非同凡响，业绩越做越好。而且公司的运行机制及相关商业机密，他也多有了解。于是，陈东旭更是对他另眼相看，委以重任。可谁也没有想到，突然有一天，一家公司以高薪将他"挖"走了。这对公司是一个极大的震撼。几乎人人气愤，个个抱怨。可是，只有陈东旭平和如初，而且与之和风细雨地交流。

两年之后，彭建军被那家公司解聘，无路可走的他，想到了陈东旭的宽容与真诚，决定再次回到金太阳教育。可是，集团所有的人，都一致表示拒绝。陈东旭难违民意，可他还是用另外一种方式接纳了彭建军。陈东旭专门为他新开了一个项目，并在外面为他租了房子。他感恩不尽，积极努力，终于做出了不菲的业绩。这个时候，陈东旭才将他招回到公司，大家自然也认可了他。

商婷婷说，自己的先生如此厚待所有的人，是先生"宁让天下人负我，我不负天下人"的品质，这不正是为成就大事业积累的一笔巨大精神资产吗？

鉴于此，我不由明悟本杰明·富兰克林在其自传中所说："争辩、抱怨和反驳或许会带来暂时的胜利，但你永远无法通过表面上的胜利赢得对方的尊敬。"支持同伴甚至对手发展起来，这不仅是一种境界，也是一种智慧。在陈东旭把光彩留给合作伙伴的时候，自己却悄悄地把困难收下。陈东旭不但让她感到了做一个有意义的人的价值，而且还改变了她的心智模式。她说："他经常告诉我们：不要只看小家、小团体，要想到全社会。"

在日新月异的形势下，有的老员工难以适应。陈东旭绝对不"卸磨杀驴"，而是更加厚待。给老资格的他们设置一个更高的职位，经济收入也与之相符。有人说，他们已经没有多少贡献了，何必如此？可陈东旭却说："我们永远要厚待以前为公司做出过贡献的人，这是为人之道，也是经商之道。"

厚道的语言，火热的胸膛，把人生成功的秘诀自然亮出。

与老员工交谈的时候，他们认为这里永远是他们温暖幸福的家。是的，当所有的员工都拥有"家"的感觉的时候，公司的发展也就有了不竭的动力。

## 生活俭朴，"嫁"给教育

陈东旭生活中俭朴得近乎不通人情，在他看来，吃饭求饱而已，穿衣蔽体足矣。孩子出门，他会郑重其事地教育他们要随手关灯，千万不能浪费。

前些天商婷婷与他开玩笑说："你过着贫下中农的生活，心里却想着国家高层领导应该想的大事。"

他反问道："这有什么不对？"

商婷婷说："你是不是忘了初衷？"

两个人刚结婚的时候，家境不好，陈东旭曾经承诺，以后经济条件好了，一定让家里的生活好起来。

可现在他不认账了："我没有忘记，就是想让所有孩子受教育的条件更好些！"

商婷婷有点生气："没有办法和你沟通！"

商婷婷谈起此事，心里的委屈化作泪水流了出来。她希望他不要太过辛苦，留一些时间给家庭。可他一点儿也听不进去，他将家庭缩小到无限小，却将事业放大到无限大。

他没有时间外出旅游，也没有时间陪家人交流。当商婷婷试图改变他的生活态度，开启他享受生活的方式行为模式的时候，说不了几句，他就会向她投来鄙视的眼神。

商婷婷在屡遭白眼后，就不再提及享受生活的事情。因为她已经明白了，自己的先生是为教育而活着的人。

几十亿资产的"富豪"，看来是真的"嫁"给了教育。美国学者戴维·斯塔·乔丹曾说："真正卓越的人士，少不了正直的生活。"价值品质决定了一个人行为的方向与价值取向，可以说，正是陈东旭的"正心"与"质直"使他收获了一份卓越人生。

## 家园文化，感恩情怀

千万不要误认为陈东旭就是一个没有感情的人，他对父母的孝心与对家庭的责任心，恰恰是一般人所不具备的。2005 年 9 月下旬，陈东旭组织员工父母到杭州、奉化、普陀山、南昌双卧六日游。行前，他把员工的父母集中安排在一个宾馆里，他满怀感激与愧疚之情地对他们说："感谢你们为我们公司培养了这么优秀的子女，可是，因为公司的工作，他们有时忽略了对你们的关心与陪伴。在这里，我代表他们，对你们说一句：对不起了！"

沁心润肺的话如同一根琴弦，撩拨起颤音。很多父母流下热泪，就连商婷婷也被深深地感动了。这是从陈东旭口里说出来的，也是从他心里流出来的。他太过忙碌，很少有时间与父母在一起。他觉得愧对父母，所以借旅游的时间，好好陪老人们说说话、聊聊天。在他看来，孝敬父母不但是一种美德，也是检验其对企业是否忠诚的试金石。他说，培养员工对父母的感恩心，也是培养他们对企业的忠诚心。

东投集团人力行政中心总经理鄢琼说，每逢父亲节与母亲节，集团都会给员工的父亲母亲送上礼物和祝福的信。在陈东旭看来，一个不孝敬父母的人，连人都算不上，更遑论是优秀员工了。

陈东旭不但对天下父母有一颗感恩的心，对员工也像对自己的家人一样。

2001年，陈东旭在南昌安营扎寨，正是在这个时候，肖龙强满怀希望地来到金太阳教育做营销工作。不长时间，他成了片区经理；2006年，他做了销售总监；2010年，进入印发中心，成为总监；2012年，他又被调到传媒事业部，负责报刊发行等传媒工作。

以前在国有企业的肖龙强为什么自砸铁饭碗，来到金太阳教育？他说，陈东旭出身农民，纯朴善良，对员工特别关爱。他在会上讲话，不是称他们员工，而是叫他们兄弟姐妹。就连开的晚会，也叫爱的家园，打造的是一个家的文化。所以，员工们很舒心，积极工作，不是领导督促，而是自发自愿。

谢莉香校长谈起2014年12月25日参加陈东旭生日晚宴的情景，总是情不自禁地泪流满面。她说，那个场景，永远铭刻在她的心里，因为美好，感人。陈东旭把大家看作骨肉相亲的兄弟姐妹，他慷慨激昂地从母亲的十月怀胎讲起，一边讲，一边哭，感恩之心感动了所有在场的人，全场一片哭声。亲情、友情拉近了公司所有人的距离。

在采访金太阳教育山东省区经理刘艳玲时，感到她浑身充满了激情与自豪感。她说自己以前在制药公司工作，很少感觉到自己工作的意义。2013年10月走进金太阳教育后，自己突然变得很伟大了。如果说以前自己是一个卖药的，现在俨然变成了一个做教育的人。成就感和人生的尊严出色地为她塑造了自身舞台形象。正当她兴趣盎然地进入这一新工作岗位的时候，她的父亲被确诊为胃癌晚期。她觉得天要塌下来了，这时，公司让她感觉到了一个大家庭的温暖。父亲在医院期间，整个公司的大小领导，全部前来看望；父亲出殡那天，公司来了那么多人，以致她的家里都站不开了。她的妈妈感动得哭了，对女儿说，一定要好好地在这个公司工作啊！

刘艳玲说，这不只是妈妈的嘱托，也是自己的意愿。她说，自己找到了一个让她安身立命的地方，这里已经成了她终生奋斗的家了。

**关爱至情，精神家园**

东旭投资有限公司并没有采取目前比较时髦的股份制，陈东旭认为，用这种方式，企业盈利的时候员工会非常高兴，而不盈利甚至亏本的时候，员工就不会拥有稳定的经济升值。

为此，他设置了员工福利股：所有在公司工作的员工，根据所在的岗位与工作年限，可以自愿提出向公司投相应的福利股。这个政策已经实施十年了，就连陈东旭家里的保姆也大大受益。第一年她只投了两万元，丰厚的利润和收入让她也买了车。

如果提出离职或出现了重大事故，则按银行的贷款利率支付。陈东旭说，即使你从公司走出去了，也一定会走得舒心。

罗启碧是金太阳教育的元老级员工，开始与陈东旭一起工作的3个人中，她便是其中一个。那个时候，还是自己打字与排版，天天加班加点，从来没有节假日，工资也不可能及时发。因工作地点在新余一中，她一个月才能回南昌一次，后来索性把女儿接到公司。尽管如此辛苦，可是，心里依然快乐。因为她觉得陈东旭是一个可靠的人，跟着这样的人干事业，开心又放心。有人对罗启碧说，你年龄越来越大了，公司又没有你的股份，以后的生活怎么办呢？她坦然地笑着说，跟着他这么一个好人干，一切都可以放心。

看到鄢琼的时候，明显感到她是一个头脑特别清醒的职业人。直觉告诉我，她在选择企业及企业领导人的时候，是极其慎重的。她说自己五年来一直在东投集团兢兢业业工作，甚至在累的时候都特别快乐的重要原因就是，懂得了一个人如果只是为了挣钱，即使成为百万富翁，也没有多少价值。而自己在东投集团，不只是学会了做事，更学会了如何做人，学会了如何做一个有格调的人。她说，一个企业之所以走得远，与其价值观是分不开的。她，包括其他有思想有能力的人，都不可能跟着一个不好的企业走，也不会跟着一个不好的老板干工作，因为那样便失去了做人的底线。这也许就是东投集团和金太阳教育能使"近者悦，远者来"的原因吧。

这种精神收获也是一种福利，而且是高品位高层次的福利。因为有了这种福利，员工们才有了生命归依的感觉，才有了精神的愉悦。

清代学者金兰生所悟："大其心，容天下之物；虚其心，爱天下之善；平其心，论天下之事；潜其心，观天下之理；定其心，应天下之变。"其实，所叙故事也只是陈东旭生命行程中的冰山一角，不过，他已经让我有了长久的感动。相信人们会由此窥斑见豹，领略其精神的光华，甚至走近陈东旭，走进江西东旭投资集团和金太阳教育，去采撷与聆听那更加精彩的生命乐章。

**图书在版编目（CIP）数据**

陈东旭 / 许林著. ﹣﹣南昌：江西人民出版社，2018.4
（当代赣商丛书）
ISBN 978-7-210-10320-2

Ⅰ.①陈…　Ⅱ.①许…　Ⅲ.①报告文学—中国—当代
Ⅳ.①I25

中国版本图书馆CIP数据核字（2018）第063308号

## 陈东旭

许林　著

组稿编辑：游道勤　陈世象
责任编辑：陈子欣
封面设计：章　雷
出　　版：江西人民出版社
发　　行：各地新华书店
地　　址：江西省南昌市三经路47号附1号
编辑部电话：0791-86898683
发行部电话：0791-86898893
邮　　编：330006
网　　址：www.jxpph.com
E-mail：jxpph@tom.com　web@jxpph.com
2018年4月第1版　2018年4月第1次印刷
开　　本：787×1092毫米　1/16
印　　张：19
字　　数：260千
ISBN 978-7-210-10320-2
赣版权登字—01—2018—358
定　　价：58.00元
承 印 厂：南昌市红星印刷有限公司